新潮文庫

一生に一度のこの恋にタネも仕掛けもございません。

神田　茜著

新潮社版

10976

目次

一生に一度の
この恋に
タネも仕掛けも
ございません。

1　リフルシャッフル　*riffle shuffle*

世田谷線の線路わきにはオレンジ色のコスモスが咲く。毎年夏に咲くと母は言うのだが、わたしは涼しくなってから気づくので、秋になったのをこの花で知る。

終点で降りると駅前がひとで溢《あふ》れかえっていた。三軒茶屋の街は年にいちどの大道芸フェスティバルの期間らしい。去年もちょうどこの時期にキヨミと待ち合わせしたのを思い出した。

歩行者天国の車道にできている人垣の向こうから、アコーディオンの演奏が聞こえる。背伸びをして覗《のぞ》くと、男の芸人が頭上のシンバルと背中につけた太鼓を足もとのペダルで器用に鳴らし、なおかつ同時にハーモニカとアコーディオンを演奏している。

通りの先のほうを眺めると、手足に竹馬をつけているのか大きなクモ男のような芸人もいる。しばらく見物したいが約束の二時がせまってきて、急いで待ち合わせのカフェに向かった。

「キヨミ」

「あ、印子《いんこ》」

いつもの無表情でキヨミは立っていた。木製のテーブルと椅子《いす》が特徴的なカフェに入ると、いちばん奥の壁ぎわの席に案内された。ランチ時を過ぎたからか店内はわりと空《す》いている。

「新しい制服のスカーフの色、決まった」

「ああ、印子は黄色がいいって言ってた？」

会うのは二カ月ぶりだったが、先週会ったばかりのように会話がはじまる。はじまるだけで、会話がはずむわけではない。お互いに三十歳の独り身では職場と家との往復だけの日々で、会わないあいだの話題が特にないからだ。

「黄色は風水でお金が集まるって言うから。信金だからさ」

「うん」

高校時代から周りの女子に半歩遅れているような、進んでいるような、つまり歩幅が周りと合わないという負の引力で引き合ったふたりだ。他人が見ると別れ話でもしている風であろう低い声でぼそぼそ話すやりとりは、つき合って十五年変わりがない。

「でもオレンジ色になった」

「ふううん」

三流大学を卒業してわたしは地元の信金に、キヨミは建設会社に就職して、八年間をただ無難に働くことだけで暮らしてきた点でも共通しているふたりだ。

「キヨミの職場の住宅展示場って、制服？」

「制服じゃないけどみんな黒のスーツ」

「私服だったら毎日大変だ」

「なにが？」

「朝、なに着て行くか選ぶの」

「ああ」

本当はキヨミの私服選びのおかしさを指摘したくてそう言ったのだが、まったく伝わりそうにない。生まれつきファッションセンスに恵まれなかったことはかわいそうだが、今日はあまりにもひどい。せっかくおしゃれなカフェに入ったというのに、奥の日の当たらない手洗い横に案内されたのもキヨミの格好のせいだと思う。

「キヨミのその服、どこで買ったの？」

「え、どこかな。気がつくとあった」

「へえ……」

服が勝手にキヨミの部屋に転がり込んだというのか。それともキノコのようにキヨミの部屋で繁殖しているのか。いや、そう言ってもおかしくないくらい不気味な服だ。

ジーンズ風のパンツは幅が広く、膝《ひざ》の後ろに座《すわ》り皺《じわ》がたくさんあるうえに膝も出て、丈がかなり寸足らずになっている。上半身に着ている長袖《ながそで》Tシャツは、ベージュというよりまさに肌色で、柄がなくポケットもボタンもついていない。すこし離れただけで上半身が裸に見える。持ち物はエビ茶色のリュックだけなので、裸にリュックを背負った決して目を合わせてはいけない危険な女に見える。現にさっき、店の前で立っているキヨミを見たときには、声をかけずに逃げ去りたくなった。

「まあ、オレンジも黄色系だよね」

「え？」

「スカーフ」

「ああ、そうだね」

制服のスカーフのことをずっと考えていたらしい。話のタイミングがずれるのにはもう慣れている。感情を表情には出さないタイプで誤解されやすいが、ひとの話を聞けないわけではなく、むしろわたしのことをよく考えてくれている。そこだけは信用できるのでずっと親友でいられるのだと思う。

キヨミがいきなり窓辺の席に向かって睨《にら》みをきかせた。店のメインのような日の当たる席にいるふたり連れの美しい女のひとりが、天井を仰ぎながら長い髪をゆらし「ああ、恋がしたいなー」と呟《つぶや》いたからだ。

「あんな女、ぜったい恋ができない」

声をひそめもせずにそう言うので、焦《あせ》ってキヨミの前に両手を掲げて隠そうとした。しかし存在感の薄いこっちのふたりは、派手なあっちのふたりの視界に入ってもいないようだ。

彼女たちの手入れの行き届いたさらさらの髪といい、青と白の二色に塗られた長い爪《つめ》といい、肌の透明感といい、女性としては百点満点だ。それにくらべてキヨミは、何年クシを通していないのかというほど毛の絡《から》んだおかっぱ髪といい、爬虫類《はちゅうるい》っぽいヘラ形の指といい、鼻の下のうぶ毛といい、女性としてはマイナス百二十点くらいだろう。

若くは見えるかもしれないが、それは女性として成熟していないせいだ。今年から三《み》十路《そじ》になったのだから、成人女性としての期間を経ないまま男性化してしまう可能性もある。女子学生からいきなりオッサンになるパターンだ。そのキヨミが恋などという単語をその口から発している。

「なんで恋できないってわかる？」

わたしは嫌味を込めてキヨミに訊《き》いた。おまえに恋を語る資格はないと言いたい。キヨミはアゴをわずかに持ち上げ、気味わるく目を細めた。

「恋はするものじゃなくて、落ちるものなの」

女優気取りの言い方だ。口全体にガムテでも貼《は》りたくなった。

「恋は、ある日とつぜん、雷に打たれたみたいに落ちるもの。恋がしたいなんて言うのは、恋の意味がわかってないいってこと。本気で恋愛したことないんだろうね」

恋愛小説好きのキヨミのことだから、たぶん小説の登場人物が言った台詞《せりふ》の受け売りだろう。キヨミが気取って上を向いた拍子に、前髪の寝ぐせがぴょんと現れた。左端のひと束だけ左を向いていて、矢印みたいに見える。

キヨミとわたしは高校一年からのつき合いだが、その間キヨミが恋に落ちたという話を聞いたことなど……。

「ないよね？」

「なにが」

「だから、キヨミだって、恋に落ちたことないよね」

「そんなわけないでしょ。あるよ……」

あるよ……の響きが口ごもって小さい。キヨミはカップの縁を平たい指でなぞり、視線をウィンドウの外へ向けた。そこに見えるのは、たこ焼き屋の看板と自転車を漕《こ》ぐ爺《じい》さんだけだ。

「お互いさまだよ、キヨミ。わたしだって恋愛経験ないんだもん」

「お互いさまじゃないって。印子とは違う」

強がっているのが見え見えだ。高校一年からずっと一緒にいるのだから、声のトーンと表情で嘘《うそ》か本当かはわかる。それに彼女は、小説の世界に入り込んで妄想と現実の境目がなくなってしまうことがある。いつか三角関係の恋愛小説を読んで、年上の作家の愛人になるか、年下の役者の妻になるか、どちらが女として幸せかと本気で悩んで顔がやつれていた。三十路になったキヨミが、日常のあまりの孤独感のために自分に彼氏ができたと妄想しているとしたら、これ以上追及するのもかわいそうだ。

「キヨミの仕事って、土日は忙しいよね」

「うん。大道芸フェスの日は休むけどね」

「休みが平日のひとってさ、恋人がサラリーマンか公務員だったら休みが合わなくて、デートもできないね」

「そうかね」

しまった。恋愛の話はこれ以上しないでおこうと思ったのに、万が一キヨミに恋人がいたらと不安がよぎった。

「キヨミにもし彼がいてもできないね」

「なにが?」

「デート」

だめだ。恋愛話を避けようとしても、わたしの脳内にはそのことしかない。キヨミが恋に落ちたというのは事実ではないと確認しないことには、今夜布団《ふとん》に入っても眠れなくなってしまいそうだ。

「デートなんか平日にできるでしょ。すぐに会えない恋のほうが燃えるし」

それは恋愛小説を読んでの妄想ではないのか。キヨミは、ふたたび左側のウィンドウの外を見る。前髪の矢印の寝ぐせを見つめていると、わたしまで同じ方向を向いてしまう。「あっち向いてホイ」が苦手だったのを思い出した。

「そうだ、キヨミんとこ、ちよりんから結婚式の招待状来た？」

「来ないよ」

「そうなんだ。じゃあ、茶道部の仲間だけ呼んだんだ」

「ちよりん、だれと結婚するの？」

「なんか、職場関係みたいだよ。十五歳くらい年上でバツイチだって。親の反対を押し切ったっていうから、本当の恋に落ちたんだね、ちよりんは」

「ふん」

鼻で笑ってキヨミは、茶碗《ちゃわん》型カップを片手で持ちカフェオレを飲みほした。茶碗酒をがぶ呑《の》みする山賊に見える。

「あんなに男っ気のなかったちよりんが恋に落ちたんだから、だいじょうぶだよ、キヨミ」

「印子、さっきからなんで私が恋愛してないことが前提なの」

「え、キヨミ、無理してるみたいだから」

「ちがうでしょ。自分と同類にしとかないと、印子が不安なんでしょ」

「いや、そんな」

そうだ。そのとおりだ。同類のキヨミが恋愛したなんてことになったら、わたしはどうしたらいいのか。無意識のうちにキヨミの永遠の平凡を願ってしまうのだ。わるいとは思いながらも。

キヨミのリュックの中でゲロッゲロッと声がする。無造作に手を突っ込むキヨミに、トノサマガエルでも取り出すのかと身構えると、携帯電話だった。

「はい、いま友達とお茶。あとで行く。それか七時三茶《さんちゃ》の駅とか。はい」

必要最低限の用件を告げてキヨミは電話を切った。ふたりで会っているときに電話が鳴ったことなど、これまでいちどもない。お互いにお互いの他に友人はいないはずだし、親からだとしたら三茶で七時に待ち合わせるはずがない。もしかしてとも思うが、ストレートに訊くのも嫉妬《しっと》しているみたいで癪《しゃく》だ。

「カエル？」

「着信音？」

「いや、電話の相手」

「相手？　なんで？」

「ゲロッゲロッって鳴いて喋《しゃべ》ったから」

「なんで彼氏がカエルなの」

あきれたように言う。余裕の笑みで。キヨミが自らの口で彼氏という言葉を発した。奇跡のような響きだ。やはり彼氏ができたのか。この不気味な私服姿のキヨミに。寝ぐせが矢印になっている、化粧もしない、へら形の指を持ったキヨミに。

はっきりと訊く勇気は出ないが、どうしてもその彼氏の姿を見てみたい。七時に三茶の駅前で柱の陰から覗き見をしている自分の姿を思い浮かべてしまう。

「印子には会ってもらうべきだと思う」

「誰と？」

「彼氏と」

「誰の？」

「私の」

「え、キヨミ、彼氏できたの？　びっくりー」

この期《ご》に及んでまだ認めたくないという思いが胸の内でうずまく。

「いま三茶にいるんだ。緑道《りょくどう》のフリーマーケットに出店してる」

「え、いや、いいよ、そんなの」

言葉とは裏腹にそそくさとカフェを出ると、キヨミに連れられ、ときどき追い越しながら緑道に向かった。そのフリーマーケットというのは、去年訪れたから知っている。

毎年秋の大道芸フェスティバルに合わせて開催され、アクセサリーや陶器、Tシャツや飾り物などを作るアーティストたちが、プロアマ問わず小さな店を並べるイベントだ。ということはキヨミの彼氏もアーティストということか。

三茶の緑道は確か目黒川までつながっているはずだが、そこまではいかないものの、かなりの距離を使いフリーマーケットがひらかれている。狭い通りの両側に出店が並んでいるので行き交うひとと肩がふれるほどの盛況ぶりで、その一番奥までキヨミと歩いた。

「あ、来たの？」

「うん。売れた？」

「まだまだこれから」

そのひとは本当に男のひとだった。キヨミと会話をしている光景はバラエティー番組の再現ドラマのようだが現実だ。畳んだTシャツを数十枚台の上に並べて、折りたたみの小さい椅子に座っている。中年でもない三十代くらいの、病弱そうでもない中肉中背の、地味でも派手でもない男で、キヨミの彼氏にしてはどう見ても不釣り合いな「異常な普通さ」だった。

「印子」

キヨミがわたしをアゴで指して紹介する。あまりの緊張でたぶん顔が強張《こわば》っているわたしに、男は異常に普通の笑顔を向けてくる。

「ああ、印子さん。いらっしゃい」

いらっしゃいという、商売じみた言葉がひっかかる。店主として客に対して言う挨拶《あいさつ》なので、言われた瞬間にわたしはこの店の客ということになってしまった。そう言われたからには客として振る舞わなければと、台の上のTシャツに視線を向けた。

「へえ、Tシャツ……」

「草木染めなんだ」

キヨミが横から説明する。まるで女房気取りではないか。

「山に行って採った植物だとか、果物の皮だとかで染めるんだ」

得意げに言うキヨミがどんな顔をしているのかまじまじと眺めてみたいが、視線をTシャツに落としたまま動かせない。予想外のことばかりで、脳内の整理が必要だ。なぜわたしはTシャツを見ているのか。そうだ、わたしはキヨミの彼氏を見に来たのだ。それもキヨミのほうから会ってほしいと言ったような気がする。彼とキヨミを並ばせて、どこで出会ったのか、どんなデートをしているのか、インタビューしてもいいような立場ではないのか。

「じゃあ、これ一枚買おうかな」

そう言ってTシャツを手にとって広げてしまう気の弱さが、わたしの最大の欠点である。

「それは紅茶染めだよ」

「へえ、こっちは？」

「これは、りんごの皮染め」

「これは？」

「玉ねぎの皮染め」

わたしが手にとるTシャツの染料を間髪を容《い》れずに答えるキヨミが鼻につく。これほど知っているということは、この染物はキヨミも手伝ったということか。あの男と肩を並べて作業などしているのか。ときには手が触れ合ったりしているのか。一緒にご飯を食べたり、買い物に行ったり。いや、彼氏というからにはもっとすごいこともしているのか。想像もできないが、肌を見せ合ったり、触れ合ったり、一緒に眠ったり……。

「これは、何染め！」「コーヒー」「これは！」「ヨモギ」

彼氏のことなら何でも知っていますと言わんばかりの、実に得意げな言い方だ。

「これは！」「緑茶」「これは！」「みかんの皮」

わからないという言葉は口にするものかとムキになっているところに、初めてできた彼氏に対する執着の深さを感じる。

「これは！」「さつまいもの皮」「これは！」「シソの葉」

同じような微妙に薄い色合いなのに、どれを指しても即答する。

「これは！」「葡萄《ぶどう》の皮」「これは！」「柿《かき》の皮」「これは！」「笹の葉」

この不毛な言い合いをいつまで続ける気だ。続けているうちに、キヨミの答える声に吐く息がまじる。息があがっているようだ。

「これは！」「にんじん」「これは！」「たんぽぽ」「これは！」「カボチャの皮」

そっと顔を上げると、キヨミの額が汗でうっすら濡《ぬ》れている。たぶんわたしも同じだ。台に並んだすべてのTシャツの染料を問うた女と、それに答えきった女が、眉間《みけん》にシワを寄せ肩で息をしていた。相手の健闘を称《たた》えるべきかとも思うがどうしても悔しい。

「染める材料って、安いものばっかりだね」

精一杯の反撃だった。わたしの知らないところでキヨミが彼氏と草木染めなどという地味な共同作業をしていたことは、驚きを通り越して怒りとなってわたしの胸に突き刺さった。

「だってね？　ヨネくん」

キヨミが彼に視線を向けるのを見て、そこにもう一人いたことを思い出した。彼氏はずっとわたしとキヨミのやりとりを見ていたらしく、鳥のような丸い目で口を半開きにしていた。

「なんでも使えるのが草木染めのいいところなんだよね」

キヨミが促すと、彼氏がはっとしたように声を出す。

「あ、う、うん、自然な色に染まるんだ」

それを聞いて、キヨミの着ているTシャツの自然過ぎる肌色の意味がわかった。これも草木染めだったのだ。たぶん出がらしの紅茶か玉ねぎの皮で染めたのだろう。たった今、キヨミとの闘いで得たばかりの知識でそれがわかってしまう自分が惨《みじ》めだが。

「じゃあ、葡萄染めの、下さい」

買わないことにはこの場を去れないだろう。そのくらいは理性を失った頭でもわかる。

財布から千円札を三枚抜いて差し出した。

「あ、キヨっぴのお友達だから、プレゼントするよ」

「いや、払います」

「いいよ。あげるから」

「いいえ、払いたいんです。とってください」

意地でも支払いたいわたしの威圧感が伝わったのか、彼氏は三千円を受け取った。

「印子に似合うよ、その色」

勝ち誇ったように鼻の穴を膨らませキヨミが言う。似合うもなにもどれも薄ぼけた微妙な色で、唯一《ゆいいつ》濃い色が葡萄染めだっただけだ。近所のひとに裸で歩いている女にだけは見られたくない。

「じゃあ、私、印子と散歩してくる」

「うん、じゃあ、またあとで」

「あとでね。店、がんばって」

「おう」

駄目押しのような恋人同士のやりとりを見せつけられ、わたしはすぐにでもひとりになりたかった。

「わたしだったら、ひとりで大丈夫。キヨミはここにいれば？」

「女同士のつき合いのほうが大事」

なんて見え透《す》いた嘘をつくキヨミだ。三十年ぶりに、つまりは人生ではじめてできた彼氏のほうが、わたしよりも大事なのは明らかではないか。だいたいお互いを「ヨネくん」「キヨっぴ」と呼び合っていることだけで、今までのキヨミとは別人になっていることは間違いない。

無言で緑道を歩きつつ、両脇《りょうわき》の出店を覗くようなふりをしながらキヨミとのこれからのつき合い方を考えていた。これまでのように、会わなかった日々をなかったことにするような会話ができなくなる。わたしと会わない日にも彼氏と会っていろんな話をするのだから、キヨミの言いたいことはわたしではなく、まず彼氏が聞くことになるのだ。

それほど深い会話をしていたわけでもないのに、自分よりキヨミのことに詳しくなる人間が現れたことが何とも言えず寂しく悲しい。娘を嫁に出す父親の心情だろうか。いや、それとは全然違う。虚《むな》しさの矛先《ほこさき》がわが身に向かっている。自分のことが無性《むしよう》に嫌になった。今ここにいる自分が綿ゴミみたいにちっぽけに感じられる。

異性と愛し合って家庭をつくるという、たぶん人間として与えられている当然の役割を果たしもせず、自分のことしか考えられない人間として存在するのではないか。突然そう強く感じていたたまれなくなった。

今まで何となく恋愛をしなかった。本当に何となく、なのだ。キヨミが恋愛小説にのめり込んでいるあいだ、わたしは恋愛ゲームの中の土方歳三《ひじかたとしぞう》にはまっていた。オデコに包帯を巻いている画像や、着物の胸元がはだけている画像を見て、ゲームの世界で会話をするだけで十分満ち足りていた。学生時代は勉強する意欲を、就職してからは労働する意欲を、ゲームの中の歳三からもらうことができていた。ファン同士がネットでやりとりする場もあり、仲間とつながって楽しんで生きている実感だってあった。

ここ数年で同世代の同僚が数人結婚したので、自分もそういうことになったらと考えてはみたが、裸体を見たことのある男性は父親だけだ。あの父親の体のような男性と抱き合ったり、触れ合ったりすることなど、想像しようとしても脳が勝手に打ち消してしまう。

同じ思考の持ち主だと思っていたキヨミが、もしも結婚して出産までしてしまったら、わたしだけがとり残されるような思いになるだろう。船が出るのも教えてもらえずに、わたしだけ無人島に置き去りにされるような。

「テジナシなんだ」

「え、なに市？」

「手品師。マジシャン」

「染め物職人じゃないの？」

「それは趣味っていうか、まあ、活動費稼ぎ」

住宅展示場でのイベントに、彼がマジシャンとして出演して知り合ったそうだ。休日の住宅展示場では家族連れのお客を呼ぶために、様々な催し物が行われている。キヨミが企画してその日、展示場の広場に特設のステージを作り、漫才と紙切り、マジックの芸人を呼んで演芸会を催した。

芸能事務所に問い合わせ、子どもに人気の芸人を紹介してもらったそうで、中でもマジシャンの彼の芸は子どもたちに大好評だったという。十数年前に大御所の師匠に弟子入りし、現在は北川《きたがわ》ヨネ太郎《たろう》という芸名で寄席《よせ》などにも出演するプロのマジシャンだそうだ。

「でも、草木染めもやってるんだ？」

「プロっていっても、人気商売だから、収入は安定しない」

「大変だね」

同情するふりをしながら、どこかで気持ちが緩んだ。もしも彼氏が医者だとか、公務員だとか、たとえ起業家だとしても、安定した収入と社会的地位の持ち主であったら、わたしはもっと辛《つら》くなっていた。キヨミにはわるいが、やはり普通の男性と恋愛することなど、キヨミには似合わない。

「まだ若いから、これからの芸人なんだ」

「売れるよ、きっと」

そう明るく励ましながら、胸の内で「ぜったい売れるもんか。だって芸名がヨネ太郎だぜ」と呟いた。

大きな通りに出ると大道芸を見物する人垣ができている。

「去年もここで大道芸見たね」

たった一年前のことが急に昔のように思えて感慨深くそう言った。人垣に加わり中を覗くと、若い男性がカードのマジックを披露している。何もないはずの手のひらから、つぎつぎにカードが現れ、シルクハットの中にそれを投げ入れる。

黒いスーツの襟《えり》のところから、耳の後ろから、空中から、カードは何枚も現れる。シルクハットに溜《た》まったカードを右手で持ち上げたかと思うと、オレンジ色のスカーフになってふんわり膨らみ、いきなりそれに火が点《つ》いた。一瞬にしてその炎を両手で包みそっと手をひらくと、中から真っ白なかわいいハトが顔を出す。二、三回羽《はね》をバタバタさせると、おとなしく柵《さく》のついた黒い木箱の中に納められた。

「すごいね」

キヨミの彼氏もこんな芸のできるひとなのだろう。

「素人《しろうと》芸人だよ。あんなマジック、大きな舞台ではできないから」

「そうなの？」

「独学でやってるマジシャンはね、小手先でできるようなネタしかやらないから。練習積めば誰でもできる」

「へえ、よくわかんないけど」

やはり去年ここにいたキヨミとは別人になった。何を見ても「すごい、すごい」と手を叩《たた》いては、百円玉を投げ銭入れに入れていたキヨミはもういない。芸の良し悪《あ》しを語るような人間になってしまった。まさにヨネ太郎マジックというやつだ。

「大きなステージでマジックをやるまでにはね、芸を継承してきたひとに弟子入りして、修行しなきゃならないの。まずはアシスタントから始めて、下積みの期間を経て、初めてやらせてもらえるものなの。独り立ちするまでに十年はかかるんだから。デパートのマジック道具売り場で教えてもらって道具を買えばできるような芸は、しょせん宴会芸なんだ。千人の前でステージに立つことなんかないの」

彼氏を擁護したい思いが強いばかりに、ほかのマジシャンをわるく言っているように聞こえる。キヨミが最も嫌うタイプの勘違い女に、自分がなっているではないか。それに気がつけないほど恋の威力とは強いものなのか。

「勘違い女だね」

ぼそりとキヨミが呟く。

「うん、そうだよキヨミ。恋に溺《おぼ》れちゃってるよ」

「自分の勘違いに気づかないかわいそうなやつ」

「それに気づけてよかったよ、キヨミ」

「見てくれに惚《ほ》れてるだけのくせに」

「え？」

自分のことを言っているのかと思えば、キヨミの視線は周りの観客たちに向いている。よく見ると人垣のほとんどが若い女性だ。取り囲む輪の最前列はきれいに体育座りをし、二列目は膝を突いて立ち、整列するようにきれいな輪を描いている。まるで宝塚劇場の出待ちファンのようだ。

後ろの列に加わり観察すると、マジシャンを見つめる視線はアイドルスターに向けるそれに近いものがある。マジックの技が決まり、笑顔をつくった彼が「はい」と言うたびに、観衆の若い女性たちが「キャッ」と抑えめではあるが声をあげて手をたたく。

どうもこの若い男性マジシャンの追っかけファンらしい。それほど魅力的な男性なのかともう一度マジシャンを見ると、長い足が目立つすらりとした体に、色白の整った顔立ちだ。小さな顔に高い鼻が美しく尖《とが》っている。さらさらとした髪が耳を隠す長さで、額に前髪が垂れているのが恋愛コミックの主人公を思わせる。黒のスーツが細い腰をなまめかしく見せ、無駄なものがすこしもない全身には清潔感が漂う。見れば見るほど、確かに魅力的な姿だ。

空中にかざした左手を、握ってひらくとコインが現れた。それをまたシルクハットに投げ込む。宙に舞う花びらでも摑《つか》むように指を合わせるとそこからまたコインは現れる。つぎつぎとコインがシルクハットに投げ込まれ、ずいぶん溜まったところで左手を入れると、中からまたオレンジ色のスカーフが出てきた。

それをふわりと浮かせるとつぎの瞬間、手にはシャンパングラスがあり、泡のたったシャンパンらしきものがなみなみと注がれていた。それを口に運び、空をあおいで飲みほすと、目にも止まらぬ速さでグラスを空中に投げ上げる。ところが降ってきたのは金色にきらきら光る紙ふぶきだった。

観客のなかから「キャッ」と叫び声があがり、いっせいに拍手が起こる。まるで加工された映像を観《み》ているかと錯覚するくらい、美しい指の動き、身のこなし、表情だった。思わず両手をたたき合わせていた。胸が高鳴っているのがわかる。

「ふん」

大きな鼻を鳴らす音が聞こえ隣りを向くと、キヨミが漢方薬を嚙《か》み砕《くだ》いたような顔をしている。

「きれいなマジシャンだね」

「えええっ？」

あまりに大げさに驚くので、なにか言ってはいけないことを口にしたかと焦った。

「キヨミの彼氏とは違う？」

「うん。そもそも始まりが違うし、目指すものも違う」

演技を終えたマジシャンは道具を片づけはじめ、近づいた若い女性たちに囲まれて見えなくなった。投げ銭入れの箱を探したが見あたらず、女性たちは彼の手から何かチケットのようなものを受け取っている。

「でもさ、芸を見たからには投げ銭あげなきゃ」

キヨミに五百円玉を見せると、「もう、しょうがないな」とでも言いたげにアゴで「行きなよ」と指す。去年まではキヨミのほうが、目にした芸人全員に投げ銭をあげていたのに。

女性たちの輪に入り、五百円玉を「これ」と彼の前に差し出した。

「わあ、ありがとう」

彼はすぐにそれに気づき受け取ると、わたしの顔に視線を向けた。そして顔の前に手を伸ばし五百円玉を見せる。それを指ではじいて手のひらでつかみ、そっとひらくと中にあるはずのお金はなくなっていた。その右手をわたしの耳元に運び指をこすり合わせると、そこから五百円玉が現れた。思わず「ええ」と驚きの声をあげると、取り巻いていた女性たちから笑い声が漏れる。

「ごめんね。ボクお金受け取ってないの」

そう言うとわたしの左手を握って、手のひらの真ん中に五百円玉を置いた。

「でも嬉《うれ》しいな。こんどは店に観に来て」

胸の前に差し出されたチケットを受け取ると「マジックバー　シマノ」と書いてある。割引料金五千円とあり、渋谷にある店の地図も明記されている。

「ユウト、今夜店に予約入れてあるの」

「そう、じゃあ待ってるね」

周りの女性たちがユウトと名を呼んでいる。チケットをよく見ると小さな字で何人かの名が書いてあり、その中に「タカミユウト」というのがある。この名前がそうだろうか。

もういちど顔を上げると美しく尖った鼻と、細めた目にかぶる長いまつげと、ぴたりと閉じたまま横に引いた薄い唇が見える。自分の頬が熱くなっているのがわかった。彼が視線を上げた瞬間に目が合った。わたしの視線に焦点を合わせるように目蓋《まぶた》をわずかにひらいて、頬をゆるめて微笑《ほほえ》んだ。

恥ずかしさに耐えられず、視線をさけて俯《うつむ》いた。胸の鼓動が鳴っている。目を逸らしてしまったことを後悔してもういちど顔を上げると、すでに彼はほかの女のひとを見ていてがっかりした。

微笑んだ顔ではなく、視線が合ったときの怖いほど鋭い瞳《ひとみ》にドキリとしたのだ。魂《たましい》が吸い取られそうな、それでいて寂しげな、硬く凍ってしまいそうな黒い瞳だった。

髪の長い女のひとと、笑い合いながら握手をしている彼の姿を見つめていた。さっきわたしの手にふれた指先の冷たさがよみがえる。左手の甲を包むように握った彼の手は、とても白くて指が長く、冷たかった。

「印子、はやくして」

振り向くと、キヨミが漢方薬をのどに詰まらせたような、いっそう渋い顔で立っている。

「あ、ごめん」

「なに配ってた？」

「あのひとマジックバーで働いてるみたい。店の割引券だった」

「やっぱり。芸が小さいもん」

「そうなの？」

道路では他にもパントマイムや楽器の演奏などが披露されていたが、キヨミは興味がないようすで、三軒茶屋の駅のほうにただ歩いた。

「あんなマジック、ひと月も練習したらできるものばかりだよ。バーみたいに暗くて狭い場所でやってるだけなら、あんな芸でいいんだろうけど、ネタが増えないからすぐ飽きられる」

「追っかけファンみたいのがいっぱいだったね」

「見てくれで人気が出ちゃうと、それで満足しちゃうから芸は伸びないね」

さっきから言っていることすべてが、評論家のようだ。キヨミはわたしの知らないうちにマジック芸の知識を身につけていた。しかしその知識は正しいものなのだろうか。妬《ねた》みのような気もするが。

本当はさっきの彼に見つめられ、胸が締めつけられるほどの思いになったことを話したいが、キヨミの耳にはちゃんと伝わらないだろう。キヨミはもう、わたしの本心を聞いてもらえる唯一のひとではなくなってしまった。

「キヨミ、わたし、お母さんと待ち合わせしてるんだ。また電話する」

「うん、わかった」

世田谷線の改札の前でキヨミと別れた。もちろん母との待ち合わせなど作り話だ。わたしの知っているキヨミが別人になってしまったようで、もうこれ以上一緒にいることは苦し過ぎる。でもいくら否定しようとしても、わたしにはキヨミしかいないのだ。どんなに考えても、ほかに友達などひとりもいない。

あっさりと背を向けたキヨミの後ろ姿は見たくはなかった。どうせすぐにヨネ太郎のTシャツ屋に戻って、夕方まで売り子の手伝いをするのだろう。芸の小さい、見てくれだけの素人マジシャンのわる口などを言いながら。

ホームに入るとちょうど車両が動き始めたところだ。二両しかない電車が駅舎のアーチ型の天井の下を遠ざかっていく。オレンジ色のかわいらしい車体がいっそう小さくなり、頼りなくわずかに揺れた。後に残されたふた筋《すじ》のレールまで、玩具《おもちゃ》のように頼りなく見えた。

2　オレンジシルク　*orange silk*

弁当箱の入ったトートバッグを自転車のカゴに入れ、二十分漕《こ》いで出勤する。東京と神奈川県に支店が五十数店あるだけの四葉《よつば》信用金庫は、全国的には知られていないが、地元との密着度は高い。近隣の小中学校では、給食費や教材費の引き落としのため、全家庭が口座を開設する。また、古くからある商店の多くは、うちをメインバンクとして利用している。

「あのね、ちょっと相談ごとがあって、いいかしら。あら、制服が変わった？」

あまり見かけない六十歳くらいの品の良い女性だ。縁がワインレッド色の眼鏡をかけて同じ色の口紅をつけている。

「制服はそんなに変わらないんですけど、スカーフの色が変わったんです。前は紺のリボンで」

「ああそう。ずい分明るくなるのね」

窓口担当のもうひとりにあとを頼み、その女性をカウンター端の椅子《いす》のある席に案内した。

「あのね、うちの母がもう八十二なんだけど、一人暮らしなのね。私たち子どもは家を出たから。それで、なんだか母、オレオレ詐欺《さぎ》に遭ったみたいなの」

「え、そうなんですか？　警察に届けました？」

「それがね、詳しいことを言わないの。隠してるの。恥ずかしいのかしらね」

「そうですか。ちょっと、今後の参考のために支店長と一緒に、お話伺ってもよろしいですか？」

「ええ、でも私も詳しくはわからないのよ」

後ろを向くと、見張り席のようなデスクについた神谷《かみたに》支店長と目が合った。会釈《えしやく》をすると立ち上がり、こちらに向かってくる。支店長になってまだ半年の、「真面目《まじめ》」と顔に書いてあるような、黒縁眼鏡に七三分け、常にグレースーツの五十代妻子持ち男性だ。

振り込め詐欺については、もう何年も前から四葉信用金庫でも対策を講じている。毎週月曜日の朝礼で支店長から新手の詐欺の手口が報告され、高額を引き出そうとするお年寄りが来た時には、必ず支店長に報告して一緒に声をかけ、場合によっては警察に通報する。ＡＴＭで携帯電話をかけながら操作しているお年寄りがいた場合、詐欺師の指示を聞いている可能性があるので必ず声をかけるようにする。

こんなに注意しているのに詐欺はなくならず、さらに手口が巧妙化して被害が増えてしまっている。どの例でも子どもや孫が困っていると思い込み、老後の資金として貯《た》めていたなけなしのお金を、いとも簡単に騙《だま》し取られてしまっている。詐欺と知った時の老人の傷つきようと言ったら、がっくりと老《ふ》けこみ寿命が縮まるのではないかと心配になるほどだ。

「うちでお金を引き出したのでしょうか」

改めて女性にわたしから訊ねた。

「それがね、家の金庫にあったお金らしいんだけど、二百万くらいなくなってるの」

「ええっ」

だから現金は家に置かずに、信金に預金しておけばいいものを。相手が実の母だったらそう言っているところだが今は我慢した。

「どうもその犯人のこと、本当の息子だと思い込んだみたいで。私の三つ下の弟。家に顔を出したら母に『返すのはいつでもいいから』って言われて、ピンときて金庫を調べたら、お金がなくなってたって」

「はあ、それは、詐欺の可能性が高いです。警察に通報したほうがいいですね」

支店長が真面目に応対する。

「それが、母は騙されていないって言い張って。よっぽどショックだったのか、騙されたって、ひとに知られたくないみたいで。年のせいでだいぶん呆《ぼ》けているんだけど、自分ではそう思っていないしね。なんだかかわいそうでしょ、警察で根ほり葉ほり訊《き》かれるの。年寄りでもプライドは持ってますから」

「しかしですね。詐欺グループは根絶しないと、また同じことが繰り返されますから」

「そうなの。だから相談に来たんですけどね。これからもっと呆けるだろうから、また詐欺にあったらと思うと心配でね。母はこの四葉信金さんにかなり預金があるの。それをいっぺんに払い戻しできないように、一日に下ろせる限度額を設定していただけるって聞いたから、それでお願いしたいと思って」

せめてもの救いは、この女性は裕福そうで、その母親もかなりの資産家らしいということだ。金庫にあった二百万というのは、普段すぐに使えるようなお金だったのだろう。

「はい、払い戻し限度額の設定ですね」

この話は支店長が説明慣れしているので、目配せしてお願いした。

「私どもは窓口で高額の払い戻し請求があった場合、必ずお声掛けしていますし、ATMでは、一日に払い戻しできる限度額を、お客様のご意向の金額に設定できます。あらかじめ百万円以上は引き出せないようにはなっております。お母様の場合、大金が必要になることもないのであれば、五十万円かあるいは十万円でもよろしいかと思います。何《いず》れにせよ、名義人のお母様にお手続きしていただく必要があります。いちどこちらまで出向いていただくことはできますでしょうか」

マニュアル通りの支店長の物言いに、女性は口をつぐんで睨《にら》みつける。

「あ、い、いえ、結構です。こちらからお母様のお宅に伺います。ご高齢なんですよね。内容の変更というのは、ご口座の名義人じゃないと難しいのですが、書類にサインと捺《なつ》印《いん》をお願いできれば問題ないです。もしかすると、うちの営業の者が、定期的に伺っているかもしれません。ご住所とお名前を伺えますか」

「あの、母には、私が頼んだってことは内緒にしてくださいね。すごく怖い母ですからね。お気をつけて」

相沢喜久子《あいざわきくこ》という名と住所を書いて、その女性は帰ってしまった。

地域に密着していて小回りがきくことが四葉信用金庫の特徴なのだが、その家はすこし遠方にあった。営業の担当者には先約があったので、支店長とわたしがタクシーで向かうことになった。

タクシーの後部座席で支店長は、なんだかそわそわとし、乗ってすぐから黒の革財布を握りしめている。あまりに真面目な性格で、臨機応変ということが苦手なタイプではなかろうか。半年前に赴任して来てからずっと感じていたが、支店長という責任ある立場には向いていない性格かもしれない。

「支店長、相沢さんには、最近は振り込め詐欺の被害が増えていますから、念のためって言えば大丈夫でしょうか」

「うん、そ、そうそう、そうだな」

「支店長が話すよりわたしのほうが、孫がお祖母《ばあ》ちゃんに語りかけるみたいでいいかもしれませんね」

「え、あ、そう？　そうだね、じゃあ印子君、話してくれる？」

「はい、わかりました」

同僚はなぜか、天野《あまの》という苗字《みょうじ》ではなく下の名で呼ぶ。後輩でさえ印子先輩だ。親しみやすい名前をつけてくれた親には感謝しているが、実は母親が無類のインコ好きで、娘の名前まで趣味でつけてしまったのだ。家にはセキセイインコ十二羽と、オカメインコ六羽が、わたしたち親子三人と一緒に暮らしている。

わたしが小学生のころ母の両親、つまりわたしの祖父母が相次いで病気で亡《な》くなり、実家だった小さなビルに、家族で引っ越してきた。一階の空いていた貸し店舗で母は花屋をひらいた。母の生まれ育った土地でもあるので知り合いが多く、慶弔事の花籠《はなかご》やスタンド花、飲食店の生け花やアレンジメントなど何かと注文が入る。商売はうまく行っているようで毎日忙しそうにしている。父親は出張の多い空調設備会社に長年勤め、あと一年半ほどで定年退職したら母の花屋を手伝うことになっている。

両親とも仕事が忙しい上に放任主義で、わたしは友達がいなくてもゲームに夢中でも、心配されたり叱《しか》られたりすることもなく、のんきなまま三十路《みそじ》を迎えるまでになった。

このままでいいのかと、最近やっと自分のことが心配になってきた。とりあえず、料理の腕だけは上げておこうと毎日自分の弁当は作っている。

「支店長、お昼までに帰れますよね。わたしお弁当なんです」

「ああそうだな、お昼までに帰ろう。帰れるさ。帰りたい」

やけに硬い面持《おもも》ちの支店長は、正面を向いたまま手元の財布から十円玉を取り出した。それを指に挟み、くるくると指のあいだをくぐらせ小指まで移動し、またくるくると戻し、人差し指と親指でつまんだ。

「え、支店長、マジックやるんですか？」

「え、な、なんで？」

「それ、コインのマジックですよね」

「いや、ちがうよ、やってないよ、マジックなんか」

なぜかどぎまぎとして、十円玉を握りしめて目を泳がせている。

「わたし、先日、コインのマジック見たばっかりなんです。それ、手をひらくと、コインがなくなってるんですよね」

「え、なくなって？　え、こういうやつ？」

右手の拳《こぶし》を上に向け、小指からゆっくりひらくと、中の十円玉は本当になくなっていた。

「うわっ、支店長、すごい。マジシャンみたいじゃないですか」

しまったという顔をして、支店長は「だめだめ、ひとに言わないでね。マジックできるなんて、噂《うわさ》が広まったら大変だから、内緒だからね」と釘《くぎ》を刺す。緊張のあまり、つい指が動いてしまったようだが、無意識のうちにやってしまうほどマジックが得意だとは自慢すべきことではないか。

「信金職員がコインのマジックなんかやっちゃだめなんだよ。僕、新人研修の打ち上げでこれ披露しちゃって、出世が遅れたんだから」

「え、そうなんですか?」

なんでも研修の最終日に宴会芸をひとりずつ披露することになり、得意のマジックでコインを消したところ、それを見た上司たちが潮の引くように無言になり、その場の空気が凍りついてしまったのだそうだ。一円でも計算が合わなければ合うまで帰宅できない金融の職場に、たとえコインとはいえお金を消してしまう人間がいることは縁起がわるいと嫌がられたらしい。それで出世が遅れたというのは思い込みかもしれないが、それ以来マジックの特技は封印してしまったのだと言う。

「でも、すごく練習しないとできないですよね。指先のマジックって」

「え、印子君、くわしい?」

「いいえ、ちょっと大道芸で見てから興味がわいて、図書館で本を借りてやり方を研究したんですけど、コインもカードも、すごく難しくて無理でした」

キヨミの彼氏がマジシャンだったことと、大道芸フェスティバルでタカミユウトを見たことで、それまでまるで縁がなかったマジックのことが頭から離れなくなり、近所の図書館でマジックの本を探してしまった。マジック関係の本は新旧たくさん出版されていて、その何冊かによると指先でカードやコインを隠したり出したりするマジックは、簡単そうに見えて一年二年と練習し続けなければできないものだという。

「支店長はどこで覚えたんですか？」

「小学生のときにね、近所に教えてくれるおじさんがいて、だんだんできるようになったんだ。お小遣い貯めて道具も増やしてね。デパートの手品用品売り場にいたお兄さんと仲良くなって、いろいろ教えてもらってね。僕は内気だったから、学校でマジックやったらみんなが喜んでくれて、それが嬉《うれ》しくて。あ、誰にも言わないでね」

頷《うなず》きながら、マジック芸は周りの人間とコミュニケーションをとるために、とてもいい特技なのにと考えていた。

地域の方々との親睦《しんぼく》に力を入れる四葉信用金庫は、毎年近所の八幡《はちまん》神社の祭りでは全員で神輿《みこし》を担《かつ》ぎ、そのあとの宴会にも顔を出して場を盛り上げる。地区会館で行われる敬老会と子供まつりにも参加し、出し物をする。

腹話術のうまい同僚がいて、そのひとを中心に毎年「よつばちゃんのおさいふ」という劇をやっている。最初のころこそ話題になったものの、最近は中古で買ったよつばちゃん人形の顔が黒ずんできて、子どもたちに怖がられるのだ。支店長のマジックがあれば、マンネリから抜け出せる。

「最近ね、また練習してるんだ」

「え、そうなんですか？」

「うん、ちょっとやる機会ができて」

「あ、やっぱり、お祭りの余興でやるんですか？」

「いや、そうじゃなくて、僕の祖母がね、もう百歳に近いんだけど、かなり進んだ認知症なんだよね。それが、テレビでマジックを観《み》ているときにすごく集中してるのに気がついて、僕のマジックをやって見せたんだ。そうしたら、見ているうちに頭がクリアになったみたいで、昔のお祖母ちゃんみたいにすごくまともなこと話して、僕のこともはっきりわかって、もう泣きそうになるほど嬉しくてね。まあ次の日にはまた元に戻ったけど。でも、マジックって脳への刺激になるのかなって思ってさ」

聞きながら支店長がいいひとに思えてきた。堅物で面白味のない、色気も人間味もない外見もほどほどの中年男性とばかり思っていたが、祖母の脳を刺激するためにマジックをやっているなんて、キヨミに聞かせたいくらいだ。マジック芸評論家気取りのキヨミなら何と言うだろう。芸が小さいとでも言うだろうか。

三軒茶屋でヨネ太郎を紹介されてから、キヨミは毎週のように電話をかけてくる。週末の夜遅く、たぶん彼氏とは仕事で会えないという理由なのだろうが、勝手に電話してきて話す内容はヨネ太郎の自慢話だ。

ヨネ太郎が師匠のアシスタントで、九州の大きなホールで公演をしたこと。師匠が寄《よ》席《せ》に出演しているので、ヨネ太郎も一緒に楽屋の手伝いをしながらアシスタントで出演もしていること。

テレビの演芸番組に出演すると聞いたときには、わたしも日曜日の夕方の番組を楽しみに観たのだが、やはりヨネ太郎は師匠のアシスタントとして、舞台の後方でニコニコしながら道具を渡す仕事をしていた。ヨネ太郎の職業はマジシャンではなくアシスタントなのかと、つぎの電話でキヨミに訊《き》くと、「アシスタントで修行を積んで、初めて独り立ちできるんだ。下積みが長いほど大成するもんなんだ」と鼻息あらく語っていた。

わたしはヨネ太郎よりも、大道芸フェスティバルで女性ファンに囲まれていたタカミユウトのほうが気になっている。そりゃあ、見た目が美しいから人気があるのは無理もないが、彼は独学であってもマジックが好きで仕方がないような、がむしゃらにマジックの練習をしているような感じがして、そのオタクっぽさに妙に惹《ひ》かれた。

たぶんそれには、わたしのキヨミに対する嫉妬《しっと》も含まれていることは自分でもわかる。キヨミに初めてできた彼氏のことを好きになれないから、タカミユウトをライバルに仕立てて、勝手にそっちを応援してしまうのだろう。わたしの中の醜い妬《ねた》みの感情のせいで、あの美しいマジシャンのことを考えてしまうのだ。

でもこんなにひとりの男性のことを、ふとした瞬間に思い出すのは初めてだ。朝起きたとき、自転車を漕《こ》いでいるとき、昼休み、お風呂《ふろ》の中、布団《ふとん》に入ってから。気がつくとタカミユウトの姿を思い浮かべている。

それは彼の全身ではなくいくつかのパーツで、耳にかかった髪のすこし跳ねた毛先や、汗が滲《にじ》んで時々光って見える首すじ。マジックの技が決まる直前、口もとに力が入り尖《とが》る上唇。それらのパーツが胸ポケットに差し込まれたスカーフのオレンジ色をバックにして、わたしの頭のなかに映しだされる。

そして彼とわたしの、ほんのわずかな接点をひとつひとつ思い出して確認する。彼がわたしの顔を見つめたときの長いまつ毛に覆《おお》われた瞳《ひとみ》を。「ありがとう」と言った低くかすれた声を。わたしの手に五百円玉を置いたときの、長い指の冷たさを。

そんな空想の最後に、決まってキヨミの勝ち誇ったようにほくそ笑んだ顔が現れる。「印子と私って、よく間違えられるってことは、見た目も似てるんだね」そう言って消える。未《いま》だ認めてはいないが、高校時代から後ろ姿でよく間違えられたことは事実だ。

キヨミに彼氏ができて苦しいのはとり残される寂しさからだけではなく、わたしと似ていると言われるキヨミを好きになった男性がいたことで、もしかしたらわたしもと恋愛に欲を持ってしまったからではないだろうか。

「お客さん、住所でいうとこのあたりですが」

カーナビ通りに進み、タクシーが停まったのは住宅街の中だった。そこで降りると地図を見ながら相沢喜久子さんの家を探す。見つかったのは古い石造りの囲いがあるごく一般的な家屋で、門構えもさほど重厚でもない。

チャイムを押すとすぐに老女がドアを開けて玄関に招き入れてくれる。ごくごく一般的な、白髪に小綺麗《こぎれい》なセーターとスラックス姿のお婆ちゃんだ。名刺を渡し居間まで上げてもらってから、詳しく事情を話した。

「はあ、信金さん」

「手続きは、今日できますから、お通帳をお願いできますか？」

「さあ、どこにあったか」

「だいじょうぶですよ。通帳は再発行できますからね。印鑑はありますか？」

支店長は、認知症のお祖母様のことで経験があるのか優しく言葉をかける。

「さあ、見たことないね」

「印鑑です。ハンコ」

「そんなものは知らない」

娘さんの言葉から強情で怖いイメージを持っていたが、どうも様子を見ているとかなり認知症が進んでいるようだ。ヘルパーさんが出入りしているようすはないが、ひとり暮らしでだいじょうぶなのだろうか。

「喜久子さん、僕たちみたいな、初めて見る顔の人間は信用しないでくださいね。誰が詐欺師か、わからないですからね」

そんなことを真顔で言う支店長を、老婆《ろうば》は驚いた様子で見つめ、つぎの瞬間ケタケタと笑いはじめた。それでも支店長は話を続ける。

「いいんですよ、家族以外は誰も信用しなくて。それほど詐欺の手口は巧妙ですから。通帳は再発行して、カードは作らずにおきましょう。お金が必要になったら、電話を下さい。私どもがお届けにあがります」

一瞬耳をかたむけたかと思うと喜久子さんは、またケタケタ笑い出す。話が通じていないとすると、今日は手続きの書類を書いてもらうことも、捺印してもらうこともできないかもしれない。親族に話し早急に後見人をたててもらい、財産の管理を頼んだほうが良さそうだ。

「いいですか？　よーく見ていてくださいね」

いつの間にか支店長は、財布から十円玉を出して指でつまんでいる。マジックをはじめるというのか。喜久子さんの瞳が、一瞬潤《うる》むように光った気がした。和室の大きな座卓を挟んで支店長の向かい側に喜久子さんが座っている。わたしは支店長の隣りにいて、手元が横から見える。

「ここに、コインがありますね」

やはりマジックを見せるらしい。認知症の祖母のように、マジックで頭がはっきりするかもしれないと思ったのか。

「このコインが、えええいっ」

おかしなかけ声と同時に十円玉を上に投げると、空中でふっと消えたように見えた。それを探して視線を彷徨《さまよ》わせていると、「あれ？ こんなところに」と支店長がにやつきながら空中に手を差し出した。すると、指の間から十円玉がにょきっと現れる。

「これはコインですね。これが、えええーぃ。なくなりました。と思ったら、出てきましたー」

十円玉がなくなっては現れるという演技を、手の位置を変えながら何回も繰り返した。マジックの原則として同じネタを繰り返さないと本には書いてあったが、小銭しかマジックの道具がないのだから仕方がない。支店長は目の前の喜久子さんの脳に刺激をあたえるために頑張っているのだから、ここは部下として協力すべきだろう。

「うわー、どうしてー！ すごーい」

大げさに驚いて手をたたいた。十円玉を出しては隠すことを十数回続け、つぎにその十円玉を投げ上げると指の間からボールペンが現れた。

「えー、どうしてー！　信じられなーい」

やっとネタが変わってほっとした。喜久子さんは無言で目を見開いたままだが、脳が活性化されているかどうかは表情からは窺《うかが》えない。

「さあ、このボールペンに、オレンジ色のスカーフを被《かぶ》せます」

言いながら支店長がじっとわたしを見る。視線の先がわたしの首のあたりにある。オレンジ色のスカーフが自分の首に巻かれていることに気づくまで少々かかった。あわててそれをほどくと喜久子さんの前で表と裏を返して見せ、何もないことを確かめてから支店長に手渡した。テレビで観たヨネ太郎が、こんな動きをしていたからだ。思わぬところでわたしまで、マジシャンのアシスタントになってしまった。

「さあ、このボールペンが」

左手に持ったボールペンにスカーフを被せ、それをさっと引くとボールペンが赤い羽でできたお花に変わっている。手のひら大のこぢんまりとした花だ。支店長がこんなマジック道具をいつも胸ポケットに忍ばせていたのかと思うと、マジック愛好家の健気《けなげ》さを感じる。

「うわー、すごい、お花になったー」

わたしも精いっぱい盛り上げ役に徹した。

「さあ、印子君、そこの茶びつの湯のみをここに三つ置いてくれる」

「はい、ちょっと、湯のみをお借りしますね」

支店長は三つの湯のみを座卓の上に伏せて置き、そのひとつに十円玉を入れた。そして、湯のみの位置を何度か入れ替えてから、

「さあ、喜久子さん、コインが入っている湯のみはどれでしょう」と問うた。

真顔のまま、喜久子さんはひとつを指差す。わたしが目で追った湯のみと同じということは、集中力も判断力も正常ということだ。

「ここにコインが入っていますか？　本当にこれですか？」

喜久子さんの代わりにわたしが答えた。

「はい、そこに入っています」

「そうですよね、ところがーじゃんがじゃーん」

またおかしな掛け声で湯のみを持ち上げるとそこにコインはなく、違う湯のみの中に入っている。その地味なマジックも数回繰り返され、そのたびに喜久子さんはコインの移動先を正確に目で追って指差していた。

「喜久子さん、お札を一枚、僕に貸してください」

調子が出てきたようで、得意げに次のネタに入る。喜久子さんはすこし考えてから、座卓の下にあった雷おこしの四角い缶を出した。雷神が描かれているフタを開け、紺印伝のぷっくり膨らんだガマロ財布を手にしてクチ金を捻《ひね》る。そして四つに折り畳んだ一

万円札を丁寧に広げて支店長に差し出した。

「さあ、この一万円札、タネも仕掛けもありません。印子君、確かめて」

「はい、確かに一万円札です。間違いありません」

「さあ、これをこうして畳んでー、こうしてひらくとー、およよー」

もう掛け声の気味わるさにも慣れたが、小さく畳んだお札をゆっくりひらくとそれが二枚になっていた。

「あれあれ？　お金はどうなりました？」

「うわあ、すごい。増えました」

「はい、増えたお金を、こうします」

二枚の一万円札を重ねて、中央から半分に破いてしまった。

「四枚になりましたね」

また中央からそれを破く。

「これを、こうして、破いてしまいましょう。えい、えい、ええええーい」

何べんも繰り返し破いていると重ねたお札が分厚くなり、破こうとする指に力が入る。

「こうして……破いてしまいます」

いつか見たマジックは、半分に切ったお札がまたくっつくというものだったが、こんなに細かく破いてしまってだいじょうぶなのだろうか。

「こんなもの、こんなもの」

まるで何かの恨みを晴らすかのように、憎々しげにお札を破く。粉々になったお札が両手のあいだからこぼれている。それでもまだ破き続ける。

「あの、支店長？　お金、喜久子さんの」

わたしの声に、支店長ははっと我に返ったように手もとを見つめ、そのまま動かなくなった。

「え？　あの、支店長？　お金、一万円札」

「あ……」

ふたりで、紙ふぶきのようになったお札をながめて数秒過ぎた。

「は、はい、破いてしまった一万円札は、実はここにありまーす」

そう弱々しく言いながら支店長は紙ふぶきを舞い上げて、ゆっくりと内ポケットから革財布を取り出すとそこから一万円札を抜きとり、またゆっくり喜久子さんの前に差し出した。指先がわずかにふるえている。もしかすると、このマジックは失敗だったのだろうか。しかしここは、取《と》り繕《つくろ》うべきだろう。

「うわー、すごーい、あんなに粉々になったのにー、元通り！　喜久子さん、これ、ちゃんと使えますからね。安心してください」

わたしがわざとらしく言っている隙《すき》に、支店長は畳に落ちたお札の破片をかき集めてポケットに入れた。いったい支店長は何がしたかったのだ。喜久子さんの脳に刺激を与えようとしていたのではないのか。途中から何かにとりつかれたようになってしまった。

ここは退散したほうがよさそうだ。

「では、喜久子さん。お通帳のことは、また改めて参りますね。じゃあ支店長、今日はこれで失礼しましょう」

支店長の腕を摑《つか》んで、立ち上がらせようと試みた。そうしないとあまりに思いつめた表情で、畳に身を投げ出して泣き出しそうだったからだ。

「すいません、僕、ちょっと、いろんなことがあって」

「支店長、いいですから、失礼しましょう」

立ち上がった支店長のズボンから、お札の破片がひらひらと舞い落ちた。散らかしたまま帰るわけにもいかないだろうと、それを手のひらに拾い集めた。支店長は棒立ちのまま、何か呟《つぶや》いている。

「ホントに……喜久子さん、気をつけてくださいね。僕の母なんか、信金職員の親でありながら詐欺にまんまと引っかかって、ごっそり持って行かれました」

「え、そうなんですか？」

どうりで、詐欺のことになると感情的になっていたはずだ。母親にふりかかった災難を、ひとりで抱え込んでいたとみえる。立ち上がったまま、支店長は語り始めた。聞こえているのかいないのか、喜久子さんはぼんやりしたままだ。

「犯人は僕が信金の職員だと知って、実家に電話をかけてきました。本店の次長だと名乗って。お宅の息子さんが一千万円の使い込みをしました。うちの不祥事にもなりますので、すぐに半分でも返せば表沙汰《ざた》にはしませんと言って。息子さんに代わりますと、電話に出た僕はシクシク泣いていたそうです。僕が泣いて困っていると思い込んだ母は、家の近くの支店に行って、定期を解約しました。家の屋根が壊れて急遽《きゅうきょ》修理を頼んだと嘘《うそ》をついて、六百万下ろしました」

「え、そんなに」

驚くわたしの声に支店長はわずかに頷いて、仁王立ちのまま鴨居《かもい》の辺りを見つめて話す。

「うちの母だって、まるっきり馬鹿《ばか》じゃない。僕の携帯に電話をかけたそうです。でもその番号は、数日前に、携帯の番号が変わったからと僕が伝えた番号でした。もちろん僕じゃない。犯人です。咳《せ》き込《こ》んで、ちょっと風邪引いてーと言ったそうです。母は僕の声が変わっていてもおかしいと思わず、僕の体のことを心配していました。その新しい番号に、お金は都合したから安心しなさいと電話した。すると、僕はまだ泣いていて、泣き声で信金の同僚が受け取りに行くからと言ったそうです」

「支店長は、そんなに泣き虫じゃないですよね」

「いや、僕は小さいころから泣き虫だった。だから母もおかしいとは思わなかった」

詐欺グループは支店長が泣き虫だと知っていたのだろうか。金融関係に勤め、風邪を引きやすく、泣き虫の中年男性の親は騙されやすいとも言える。

「そしてお金を封筒に入れて、指定された近所の接骨院の前に行くと、スーツの男が取りに来たそうです。母は、申し訳ありません、どうか許してくださいと、泣いて頼んだ。男はわかりましたと言ってお金を持って、去っていった。そのあと、僕の携帯に何度かけても僕が出ない。次の日、心配した母は僕のマンションまで訪ねてきた。何も知らない僕は、母の顔を見ておどろいて……もう、目が落ちくぼんで……げっそりやつれて、かわいそうに……」

聞きながらわたしは洟《はな》をすすっていた。支店長も鴨居を見上げたまま、頬に涙を流している。

「詐欺だったとわかった母親は、その瞬間、ほっと顔をほころばせた。僕が無事だったから。だけど、自分だけは詐欺に遭わないと自負していただけに、心が深く傷ついた。すぐに警察に通報した。その日のうちに警察署に行って、被害届を出した」

「犯人、捕まったんですか」

「まだ捕まっていない。それどころか、もっと酷《ひど》い、恐ろしいことが起こってしまった。

背すじが凍りつくようなこわーいことが」

語り口調がろうそくの灯りで怪談を語る芸人のようだ。

「な、なにが起きたんですか」

「その数日後、警察官がひとり、実家を訪ねてきた。そしてこう言った。犯人が捕まりそうです。勘づくと犯人はお金を隠すかもしれません。今のうちに犯人の口座から、お宅の口座にお金を移しておいて下さい。ATMの操作法はこれです。まだ機械の対応ができていませんから一般には知られていない操作法ですと、メモを渡した。母親は慌《あわ》ててATMに行き、紙に書いてある通り操作して口座番号を押した。しかしそれは、ただの振り込みの操作で、書かれた数字は口座番号ではなく、自分の口座から、犯人の口座に振り込む金額だった。あとでそのメモに書かれた番号を見ると、九八四一四〇。九十八万四千百四十円だ。わかる？」

支店長がわたしに質問している。

「あ、ATMでは百万円以上の振り込みはできないと知っていて、ぎりぎりの金額にしたんですね」

「うん、それもそうなのだが、九八四一四〇、くやしいよー、だ」

「あっ」と口をおさえて、息をつめるのが精いっぱいだった。背すじがぞっとする。

「母は、すこしでもお金を取り戻そうとして、さらにまた詐欺に遭った。こんなことは、冷静になれば、すぐに嘘だとわかる。それが、冷静な判断ができなくなるほど、追い詰められていた。信金で振り込め詐欺対策に奮闘している僕のことを知っているからこそ、母親でありながら引っ掛かった自分が情けなく、息子に申し訳ないと思って落ち込んでいた。そんなときに警察官の格好で、犯人が捕まりそうですと、家まで来るんだからな。

それが、極悪非道、人非人、悪魔の詐欺グループの手口だ」

嗚咽《おえつ》をもらす支店長の腕を摑み、「大変でしたね」と労《いたわ》った。そのまま抱きかかえるようにして玄関に向かった。襖《ふすま》を開け廊下に出たときに背後から声が聞こえる。

「あ、あったわ、通帳」

その声を聞いて喜久子さんの存在を思い出した。すっかり支店長とふたりの世界に入ってしまっていた。あわてて座卓に戻ると、喜久子さんの手には四葉信用金庫の白地に緑色のクローバーが描かれた普通預金通帳が握られている。

「あ、ありました？」

「ええ、この雷おこしのカンカンに入ってたわ」

そう言って、フタに雷神が描かれた銀色の四角いカンカンを持ち上げる。

「じゃあ、もしかすると、印鑑と、カードもカンカンに入っているのでしょうか」

わたしの問いに喜久子さんは、缶のフタを開け中をまさぐり、「あった」と言って四葉マークのカードと黒い印鑑ケースを取り出す。支店長がそれを見て、はっと正気に戻ったように喜久子さんに駆け寄った。

「ダメ、ダメですよ。そんなカンカンに通帳と印鑑を一緒に入れておいちゃあ」

そう言って四角い缶を点検しようとする。「え、これも。ええ、こんなに」と支店長が驚きの声を発しながら中の物を座卓の上に取り出すと、本当にびっくりするようなものが並んだ。

たくさんの銀行の通帳とカード。何本もの印鑑。株券や証書。帯がついたままの現金の札束まで三百万ほど。無造作にビニールに包まれた宝石のついた指輪やネックレス。夫の形見なのか、よく使い込まれた大きなパイプとロレックスの時計もビニールに包まれている。

「うちの金庫はこれだから」

「娘さんは、金庫から二百万がなくなったって」

「金庫はないの。このカンカンだけ」

「え、それじゃあ」

いくらフタに描かれた雷神に守られているとはいえ、座卓の下のカンカンに数百万が入っていたということになる。

「これでは、振り込め詐欺にあったら、簡単にお金を渡してしまいますよ」

「あの犯人は息子。息子の勇次郎が遊ぶお金欲しさに持ってった」

「え？」

「ええ？」

支店長とわたしは声を揃《そろ》えて驚いた。支店長のほうがわずかに大きくのけぞった。

「息子が勝手に持ってったの。私は呆けたふりしてたから、気がつかないって思ってたんでしょ。姉に見つかりそうになって、あわてて詐欺に遭ったって作り話をしたの」

「なんでまた、呆けたふりなんか、なさったのですか？」

「娘と息子がどうするのか見てやろうと思って」

残念なことにふたりとも、お金のことが真っ先に頭に浮かんだようだ。喜久子さんにとってはショックなことだったのだろう。

「それで、口座がね、ほかの銀行さんにいくつもあるの。夫の仕事柄ね。それを最近娘が自由に下ろせるようにしたの」

「カードの暗証番号を教えたんですか」

「しつこく聞き出されたわ。でも私が生きているうちは子どもたちには渡さない。さっきのマジック見てたらそう思えてきたの。だから、ほかを解約しておたくの信金さん、ひとつにまとめたいの。いろいろ手伝ってもらえる？」

「ええ、もちろん」

確かに口座がいくつもあると、遺産相続のときに手続きが増えて大変だ。

「私が病気にでもなったときに使うためのカンカンの中のお金だったのにね。葬式代にも使えるだろうと思って。それを息子に狙《ねら》われるなんて。もう自分が死んでからのこと考えてお金を遺《のこ》すのなんてやめるわ。だからおたくで預かって。電話したら持ってきてくれるんでしょ」

「それはもう、地域に密着した四葉信用金庫ですから」

「しかし、相続のときのために、後見人をたてていただくほうがいいでしょう。そのお手伝いもいたします」

なんだかとんとん拍子にことが運んだような気もするが、あのワインレッドの眼鏡の娘さんにとっては迷惑な話かもしれない。怒鳴り込まれるだろうか。

「その代わり、お願いがあるの」

「なんでしょう」

「支店長さん、私に手品を教えて」

「はい？」

「ペンがお花になるやつ」

「いや、これは簡単で……」

道具屋さんで買えばだれでもできる、とは言いにくいだろう。マジックをする者の原則として、けっしてタネ明かしをしてはいけないというのがある。

「初めてじゃないの。私、今から六十数年前、奇術師だったの」

「え！」

「えええー！」

支店長とわたしはふたたび同時に声をあげた。支店長の声のほうが甲高かった。

「松洋斎天下《しょうようさいてんか》の内弟子だったのよ」

奇術師だったことにも驚くが、そんなに昔から手品という芸があったことも驚きだ。

「きじちゅしだったんですか？　本当に、きじゅちゅし？」

驚きのためか、支店長の滑舌《かつぜつ》が異常にわるくなっている。

「今の手品とはずいぶん違うの。着物に袴《はかま》姿で、刀や唐傘《からかさ》やお扇子を使ってやってたんだから」

「ああ、和妻《わづま》ですね。すばらしい芸です」

「師匠の一座でアメリカ巡業にも行ったの。そこで貿易商をしていた主人に乞《こ》われてお嫁に来たから、奇術をしていたのはほんの五年くらいかしらね。もうすっかり忘れてしまって」

支店長は畳に正座したまま身を乗り出してそれを聞いている。目を潤ませているので、よほど感動していると見える。

「もしや、お名前は松洋斎……」

「天鈴《てんすず》といいます」

「あの伝説の松洋斎天下一座の、天鈴さん。本で読みました。人気絶頂のときに突然消えるようにいなくなった天鈴さんだったんですね」

先ほどの悔し涙の乾かぬうちに、こんどは何やら感動の涙を流している。「天鈴さんといえば、大きな鈴の中から小さな鈴を何十個も出して、傘につけて、手を触れずに鳴らすという『鈴鳴り』の芸で人気を博したんですよね。今で言う、アイドルスター、いや、日本を代表する世界的超人気きじゅちゅしですよ。いやー、本当にお会いできて光栄です」とひとしきり感動を伝え続け、喜久子さんに「じゃあ今日はこれで」と仕切られて、やっと腰を上げた。

明日改めて支店長と営業の者がお邪魔することを告げ、相沢邸を後にした。

住宅街のどこかから出汁《だし》のきいた蕎麦《そば》つゆの匂《にお》いがする。腕時計を見ると正午をまわっていた。

喜久子さんの手品のレッスンには、土曜日の午後に支店長が伺うというので、わたしも同行させてもらうことにした。それにしても、支店長にとっては目まぐるしい週明け早々の仕事になった。

「天鈴さんにマジックを教えるなんて、そんなことが僕の人生に起こるとは、まだ信じられない」

そう呟く支店長が、今朝の朝礼のときとは別人の、なんだか母方の叔父さんくらい近しいひとに見える。わたしにとっても思いがけないことが起こった月曜の午前だった。今朝作ったお弁当の中身も忘れてしまっている。

タクシーの中でバッグのポケットに仕舞ってある、渋谷のマジックバーの割引券を取り出した。タカミユウトが勤めているバーだ。一日に何回もこのチケットを手に取って、タカミユウトの名前を眺めている。

「支店長、マジックバーって知っています？」

「ああ、いちど行ってみたいと思っているんだ」

「本当ですか？　わたし、割引券持ってるんです」

情けないが、この年齢になってもお酒を飲む場所にひとりで行けない。初めて行く飲食店はいつもキヨミと一緒だった。このマジックバーにだけはキヨミを誘う気にはなれず、でもどうしても行ってみたくて、あれからずっと悶々《もんもん》としていた。

「そうか、五千円か……」

そう言われてみると、今の支店長にとっては痛い出費かもしれない。母親が詐欺の被害に遭い、ついさっきもトラの子であろう二万円をバラバラに破いてしまった。その破片は支店長の背広のポケットに入っている。

「じゃあ、支店長、わたし破れたお札の修復作業をします。家に持ち帰ってでも、やらせてください。以前もお客様の持ち込んだ破れたお札を、みんなで繋《つな》ぎ合わせたことがあります」

「でも、大変だよ。くしゃみしたら、ぱーって飛んでいくんだから」

「マスクしてやります」

「そうか、じゃあ土曜日、天鈴さんの所に行ってから、そのマジックバーに行こうか。印子君のぶんも奢《おご》ってあげる。でもみんなには内緒ね」

「はい、ありがとうございます！」

通り沿いの歩道には、昼休みの会社員たちの姿がある。コンビニに入って行くひと。お弁当屋の店頭に並ぶひと。制服を着ている女性もいるが、みな胸元にはリボンやタイをつけていて、今どきオレンジ色のスカーフを巻いているひとなどいない。

「あ、この制服のスカーフって、支店長が決めたんですか？　マジック道具だから」

「え、違うよ。でも……無意識にそれを選んだのかもね。ちなみにマジックではスカーフって言わない。シルクって言うんだ」

得意げに支店長は微笑《ほほえ》む。本当はポリエステルだと思うが、ちょっと変わったこの制服がわたしは気に入っている。さっき支店長のマジックで、アシスタントのようなことをして気づいた。

オレンジ色のシルクは、タカミユウトが使っていたものと同じだ。わたしと彼を結ぶシルクだと、勝手に空想することだってできる。

深まる秋の寂しさも、キヨミに彼氏ができた悔しさも、このオレンジ色ですこし晴れたような気がしていた。

3　ギミック　*gimmick*

神谷支店長が喜久子さんのために用意していたレッスン用のマジック道具は、池袋にあるディーラーのいる店舗で仕入れてきたという。ディーラーとはマジシャンではなくマジック道具を紹介し、売る職業なのだそうだ。

「選ぶのが難しかったよ。ペンが花になるのでいいって言われたけど、経験者だからあんまり簡単でも物足りないだろうし、難しすぎてもね、年齢もあるしさ。でもやっぱり華やかで可愛《かわい》らしくて品があるのがいいしさ。でも難しくなくて、簡単すぎなくて、年齢もあるし……」

支店長の緊張が伝わってくる話の反復ぶりだった。三軒茶屋の地下道で待ち合わせをして、こんどは電車で相沢邸に向かった。わたしは相沢さんのレッスンより実は、その後支店長と行くマジックバーでタカミユウトに会うことのほうに緊張していた。

たったいちど、大道芸のイベントで見物人として出会ったわたしのことを覚えているはずがないのはわかっている。でもわたしの頭の中では毎日繰り返しあのときのことが再生され、勝手にCG加工されて彼の声や表情を映像化してきた。タカミユウトはわたしの理想の男性としてかなり成長してしまっている。

そんな彼に実際に会うということは、ゲームの中の誰かに会うようで現実感が湧《わ》きにくい。それと同時に、頭の中で神格化してしまった人物が生身のカラダを持っていることを改めて確認するのが怖い。そんな気もしている。

「ねえ、印子君どう思う？」

聞いていなかったが、電車のなか、隣りの席で支店長はまだ話し続けていたらしい。

「はい？」

「道具の代金。請求したほうがいい？　けっこうしたんだ」

マジック道具は高額なのだそうだが、こちらが勝手に買ったのだから請求しないほうがいいだろう。そう告げると、「そうだよね。でも痛いな、小遣いほとんど遣っちゃったよ。ま、今回はしょうがないかな。僕の楽しみでもあるしね。また、ほかの道具が欲しいって言われたら、そのときには一緒にディーラーのとこに行ってもいいし、そしたら……」とまた話が止まらなくなった。

キヨミとは最近はあまり会っていないが、週に一回くらいは電話で話す。相変わらずヨネ太郎のことばかりで、半分は聞いていない。いや、ほとんどすべて耳にフタをしてしまっている。自分でもこんなに嫉妬《しっと》深い人間だとは思わなかった。

わたしにだって高校時代から、片思いの好きな人はいたにはいた。サッカー部員の上級生だったり、絵の上手な同じクラスの学級委員だったり、近所のコーヒーショップの店員だったり。ここ数年はゲームの中の土方歳三だったのだが、どの相手もどんなきっかけでなぜ好きになったのかと問われても答えられない。タカミユウトも同じように、好きになったきっかけなどわからない。ただ彼のことを考えている時間がやたらと長くなっただけだ。

キヨミが言っていたように雷に打たれるごとく落ちるのが恋なのだとしたら、わたしはまだ経験したことがない。キヨミの場合すでに両思いだとすると、お互い同時に雷に打たれたのだろうか。そんなことが実際に起こり得るのだろうか。

丘の上ですれ違いざまに雷が落ち、抱き合うヨネ太郎とキヨミが骸骨《がいこつ》になってビリビリしている漫画を思い浮かべて、吹き出しそうになった。ふたりとも草木染めのTシャツを着てリュックを背負っていた。

わが身の未成熟ぶりは承知のうえで考えることは、男性を一方的に想《おも》って追いかけるのは人生のなかで無駄な時間ではないかということ。きれいでもない女が、脈なんて万にひとつもない男性を追いかけるなんて、ただ疲れ果てて年をとるだけじゃないか。

自分のことを好きになってくれる可能性がすこしはある、あるいはすでに好きになってくれているひとを、わたしは好きになりたい。だからタカミユウトだって、脈がないとわかればあっさり熱が冷めるのだろう。その可能性のほうが高い。はじめから諦《あきら》めるなと言われるかもしれないがこと恋愛に関しては、ましてやわたしのような見た目平凡な女の場合は諦めが肝心だと思う。

相沢邸へは再訪であるのに、喜久子さんは玄関で顔を見るなり女学校時代の友人と再会したかのように「まあまあまあ」と驚いた。本当に呆《ぼ》けてしまったかと疑ったが、それが喜久子さん流の歓迎らしい。先日とは違う座《ざ》布《ぶ》団《とん》に座り、支店長のレッスンを一時間ばかり熱心に受けた。

「あら、これお支払いしなくっちゃ。おいくら？」

喜久子さんのほうから、道具代のことを言い出し、支店長は「いえいえ、けっこうです。こちらが勝手に買ってきたんですから。本当にけっこうですから」といまさら無欲の人間を装《よそお》う。「じゃあ、レッスン代に加えるわね」と喜久子さんは三万円を支店長に渡した。

「ボクが池に落としたのは鉄の斧《おの》です」と正直に言った木こりに、金の斧をプレゼントした女神様のようだ。支店長も同じことを考えたのか、見開いた目をわたしに向ける。わたしはそっと首を横にふった。欲を見せると金の斧も池に落としますよという意味だ。

「あ、いえー、これはいただけません。四葉信金は副業禁止ですから、違反になってしまいます」

固辞する支店長に喜久子さんは「じゃあ、これから買う道具代ということにしましょう。つぎのお稽古《けいこ》のとき、くす玉買ってきてちょうだいな」とベテラン奇術師然として言った。「昔使ったの。華やかだったから好きだったのよ。印子さん知ってる？」とわたしに尋ねる。

ひもを引くとふたつに割れて、「優勝おめでとう」などと書いた紙が出てくるくす玉ですかと答えるとそうではなく、折り畳んで仕込んでおき、バネの力で花びらが広がって丸い花になるマジック道具なのだそうだ。支店長は知っていたらしく、「はい、今でもありますよ。紙製やメタリックのくす玉。次回かならず買ってきますね」と嬉《うれ》しそうだ。

どんな見せ方をするのか来週のレッスンが楽しみになった。喜久子さんと一緒にわたしも支店長のレッスンを受け、時間が経《た》つのも忘れるほど集中できたからだ。本で勉強してやってみたときには、カードを指にはさみ手の甲側に隠すことなど百年経ってもできそうにないと感じたものだが、マジックはやはりギミック、道具の世界なのだと支店長は言う。道具がよくできていれば、見せ方にもいろいろ工夫ができるのだと。

今日使った道具は、鳥の羽でつくられた赤い花だった。エンピツほどの太さの茎に緑の葉もついている。茎の根元に出た針金を引くと花が二本に、四本にと増える。実に簡単なしくみなのだが、花の角度、見せるスピード、隠す手の位置でまったく違って見える。

支店長のレッスンを受ける喜久子さんの手つきを見ているうちに、わたしも上手《うま》くなったように錯覚した。実際にやらせてもらうと支店長が筋がいいと褒めてくれる。わたしを褒めると喜久子さんが気をわるくしそうだが、そこは心得ている支店長だ。

「いやー、天鈴姐《ねえ》さん、さすが元プロですねー。勘を忘れていませんねー。やっぱり指先の美しさが違いますねー。印子君よりずっときれいな指ですよー」

そう喜久子さんに賛辞をくり返すもので、わたしのほうが気をわるくした。

「それで、印子さんは来週も来てくださるの？　私としては来てもらえると嬉しいわ。学ぶときには学友が必要なのよ。ライバルがいないと上達しないもの」

「はい、じゃあ参ります。わたしも楽しみです」

わたしの返事を聞いて喜久子さんは「じゃあ、支店長さん。私と同じ道具を印子さんにも買ってきて。お代はお支払いしますからね」と顔をほころばせる。支店長も頰を紅潮させて微笑《ほほえ》んでいた。

天鈴姐さんは八十二歳というのに歩き姿が美しかった。タクシーの後部座席に座っていても背すじをぴんとのばし、背もたれに背中をつけることをしない。

「どうでしょうね、マジックバーは。天鈴姐さんのお気に召すか。若者の文化祭ノリのマジックかもしれませんよ」

支店長が助手席からふり返っては、しきりに予防線を張る。

支店長とわたしだけで行くはずだったマジックバーに、天鈴姐さんもついてきた。何気なくわたしが「渋谷にあるマジックバーに行くんです」と話したことに天鈴姐さんは瞬時に反応し、「私も行きたい行きたい」と駄々っ子のように言い張ったのだ。店にはふたりと予約してあったのだが、支店長が三人に変更してくれた。渋谷のバーに八十代の老女が訪れて驚かれやしないかと、支店長とわたしは心配している。じろじろと注目されて天鈴姐さんの気に障《さわ》るのではないだろうか。

代金は三人分出すからと天鈴姐さんが言うのを「これ以上お金を使っていただくわけにはいかないので」と支店長は苦渋の顔をつくり、今回は支店長が二人分奢《おご》るという条件で渋谷に向かっている。マジックの道具代が入り、気が大きくなっているのだろう。

「わたしも支店長も、実は初めてなんです。だから天鈴姐さんが楽しめるかどうか、わからなくて」

今日相沢邸に伺ったときから、支店長は喜久子さんのことを天鈴姐さんと呼んでいるので、わたしもそれに倣《なら》うことにした。最初こそやめてちょうだいと笑っていたが、それきり拒否しないので喜久子さんもまんざらではないようだ。

「いいのよ。どんなところだって。渋谷には若いころ主人とよく行ったの。なつかしいわ」

天鈴姐さんは出かけるまえに着替え、クリーム色のワンピースに紺の総レースを重ねたウールのコートを羽織り、イギリスの王室の方のようにお皿を伏せた形のグレーの帽子を載せている。資産家の奥さまの品のよさもあるが、それよりもかつては舞台人であった女性ならではの華麗さだ。

通り沿いでは飲食店に灯りがともり、入ろうとする客がちらほらと見える。そういえば飲み会は信金の近所の居酒屋で年に数回あるだけで、渋谷のバーになど足を向けたこともない。

マジックバーは一日ツーステージで、我々は一回目の夜八時からの回を目指してタクシーに乗っている。夕飯どきだが、わたしと支店長は天鈴姐さんが出かける支度をするのを待ちながら、おやつに出されたどら焼きとしょうゆ煎餅《せんべい》をお茶と共にむしゃむしゃと全部いただいてしまった。お腹《なか》をさすって支店長がげっぷをしたくらいだ。

「天鈴姐さん、お腹はどうですか？　バーにはお酒のつまみくらいしかないんで、終わってから寿司《すし》でも食べに行きましょうか。それとも、ちょっと時間が早いので、先になにか軽食でも」

「いいえ、けっこう。食事はもうあまり入らないの。家に帰って晩酌とお茶漬けで十分なのよ」

わたしが「お手伝いさんでも雇っているんですか」と訊《き》くと、「いいえ、自分のことは全部自分でやっているわ。娘と息子に迷惑かけたくないから。お金目あてに何かやってもらうのも情けないからねえ」と、まだ親子間のわだかまりがありそうな口ぶりだ。

カンカンの中のお金を息子さんに奪われた天鈴姐さんは「もう自分が死んでからのこと考えてお金を遺《のこ》すのなんてやめるわ」と話していた。そんなこともあり、昔を思い出してもう一度マジックを習いたくなったようだ。レッスン料と道具代はさほどかからないにしろ、財産を四葉信用金庫にまとめる件もある。天鈴姐さんの娘さんと、まだお会いしていない息子さんから恨まれかねないことを、わたしたちはしているような気がする。

支店長は正面を向いたまま、話し続けている。

「僕の母親は昔から貧乏性で外食はしないんですけどね、寿司だけには目がなくて、今でも寿司屋に行こうって言うと、すごく喜んで……」

また母親が詐欺《さぎ》に遭ったことを思い出したとみえて、言葉をつまらせた。

「支店長、行ってくださいよ、お母さんとお寿司」

マジック道具代も入ったことだし、と言おうとしたがやめておいた。

このあいだ支店長がびりびりに破いてしまった一万円札は、昼休みと休憩時間をつかって三日で貼《は》り合わせた。以前お客様の破れたお札を修復したときよりも今回は破片が多いことを覚悟して、黒い布地を敷いた上にジグソーパズルをはめ込むように合わせていった。二枚重ねたまま破いたので、同じ柄の破片が二枚ずつあり上下に分けられたのでそこは助かった。燃えた札束よりは簡単だろうと自分を励ましながら、わりと苦労せずにできあがった。

三分の二の面積があればきれいなお札と交換してもらえるのだが、パズルを途中でやめるわけにはいかず全部完成させた。セロファンテープを細く切って丁寧に貼り付けてクリアファイルに挟んだ。これを日本橋の日本銀行に持って行き、二週間くらいかけて鑑定してもらう。鑑定がすめば支店長の口座に同額が振り込まれる。めでたしめでたしだ。

修復作業をしながら気がついたことがある。新人研修でコインを使ったマジックを披露して出世が遅れたと支店長が話していた。今回も詐欺に遭った母親のことで興奮し、お札を破いてしまった。支店長はいくらマジックが得意といっても、お金を使うようなマジックはしない方がいい。それ以外にいくらでもタネの種類はあるのだから。

ちょうど車中の会話が途切れていた。

「支店長、お札やコインを使ったマジックは封印したらどうでしょう」

「え、なに？　いきなり」

「だって、信金の職員が、お金を隠したり破いたりってマジックはやっぱりまずいですよ。そんなのやらなくたって、ほかにいくらでも、お花とかくす玉とかあるじゃないですか」

「え？　い、印子君……いんこ……くん」

「はい？」

後部座席からは横顔しか見えないが、支店長は耳を真っ赤に染め俯《うつむ》いてしまった。

「うう」と嗚咽《おえつ》のような声をもらしている。わたしはなにか酷《ひど》いことを言ってしまったのだろうか。天鈴姐さんと顔を見合わせた。

「あの、支店長？」

「印子君、キミはまだ、わかっていない」

どうしたのだ。芝居がかった大げさな言い方をする支店長だ。

「はい？」

「お札と硬貨はマジックで言えばカードとコインのようなものだ。マジシャンにとって、コインとカードは基本中の基本なんだ。日本人にとっての米、というか小学生にとってのの九九、というかポチにとってのお手、いや違うな。とにかく基本ができないのにそのほかのことをやるというのは、僕のマジック愛好家精神が許さない」

よくわからないが、そういえばマジックの本を読むとほとんどの本にコインとカードは出てきた。ほかに簡単なものがあるのに必ず紹介されているということは、やはり基本が大切ということか。

「すみません。素人《しろうと》考えで、よけいなことを言ってしまいました」

「いや、君がわるいんじゃない。僕もかなり悩んだんだ。金融の仕事をしている者がコインを隠し、お札を破くなんてことをしていいものかと。しかしいくらやめようとしても、毎日お金に触れる仕事をしていると思い出すんだ。指がその感覚を覚えてしまっているんだ。忘れられないんだー」

そう言って新喜劇のベテラン役者のように大げさに顔を覆《おお》った。

「はあ、そんなもんですかねー」

「君もたぶん、コインとカードのマジックはすぐに身につくはずだ。毎日お札を数えているだろ。硬貨を触っているだろ。さっきも言ったが、お札と硬貨はカードとコインと同じようなものだ。だからカードとコインはすでに君とお友達になっているんだ」

「はあ、お友達……」

家でカードを指に挟む練習をしたときは、ちっともお友達にはなれなかったが。

「パームはいちばん難しい。あ、カードやコインを指にはさんで隠すことをパームというんだが、それは長年つき合って親友になってから初めてできる技だ。でも初対面でもお友達になれる技もある」

そう言って支店長は膝《ひざ》の鞄《かばん》に手を差し込み、四角い箱を取り出しわたしに手渡す。

マジック入門の本に写真が載っていたので、トランプカードの箱だとすぐにわかった。外国のチョコレートにも見えるかわいらしい箱だ。それを受け取りフタを開け、カードの束を手にすると触感はひんやりとしている。

「どうだ」

どうだと言われても、ひんやりする以外に愛《いと》おしいとも懐《なつ》かしいとも思えない。ただのトランプだ。

「手触りがいいだろう。すべすべだろう。紙の表面を特殊加工してある」

指先で触れてみると、確かに表面に薄くロウを塗ったような手触りですするとすべる。白地に赤く細かい柄が入っていて、よく見ると羽の生えた天使が上下対称に描かれている。その天使が何かにまたがっている。これは自転車にまたがっているのを正面から見た絵だろうか。不思議な構図だ。自転車のタイヤが天使の体くらい大きいから、転ぶと足がつかなくてケガをしそうだ。天使は子どものようなのに、裸の胸がふくらんでいる。しかも足にはすね毛のようなものが見える。

「これは世界中でマジックに使われているカードなんだ。僕はいくつも持っているから、これを印子君の友達にしてもらってかまわない」

「え、ありがとうございます」

世界中のマジック愛好家がこの変な天使の絵を見ているのか。支店長はわたしの手からカードの束の上半分を奪い形を整えると、「こうするんだ」と左手に載せたカードの下部を親指で押さえ、上部の角に右の親指を押しつけて扇形に広げた。等間隔にきれいな半円を描いている。

「うわっ、すごい、きれいです」

「これをファンという。扇という意味だ。要《かなめ》の部分を押さえる指の力が肝心だ。きつすぎず、ゆるすぎず。やってみて」

半束のカードを左手に載せ、支店長の指を真似《まね》てカードの下部を要にして、右親指を押しつけて扇をひらくように動かした。力が入りすぎたのか等間隔ではなくばらばらに広がる。力を抜くとこんどは要を押さえる指がすぐにずれてしまう。なんどもパラパラとカードが膝の上に落ちた。何十回もやり続けると、なんとかカードの柄が等間隔に並ぶようになった。

「ほーら、ほらほらほらほら。上手にできるでしょ。普通これができるまでに一カ月はかかる。いつもお札を数えている君だから、要を押さえる指の力加減がわかっているんだ。それに指の筋力も知らず知らずのうちについているはずだ。それだよ印子君。それがすでにカードとお友達ってことだ」

そう言われてみると何となくカードが手になじむ感じはする。わたしは手が大きくて新人研修のころからお札を数えるのが上手いと言われていた。きっとそれもあるのだろう。

「よかった。印子君にもお友達ができて」

「はあ……」

「コインもすでにお友達だからね」

「……」

まるで嬉しくはない励ましだった。やはり支店長の目から見てもわたしは、同僚たちのなかでは浮いている存在なのだろう。友達がいないのは今に始まったことではない。高校でキヨミに出会うまで、出会ってからも、ほかに友達と呼べる人間などいない。元々すぐに打ち解けようとしないのは、友達をさほど必要と思っていないからだ。ましてやカードとコインはお友達だと言われても、そもそもお友達とはなんぞやという話になる。

「天鈴姐さんには、こんど小さいサイズのカードを用意します。手の大きさに合わせれば、できないこともないはずです」

「いえいえ、私はもう筋力がないですから。お花のマジックでせいいっぱい」

「そうですか?」

「ええ、この年になって、支店長さんと印子さん、ふたりもお友達ができましたから、それでじゅうぶん」

「いやあ、そんなふうに言っていただくと、嬉しいです。な、印子君」

「はあ……」

だからわたしはお友達をさほど必要としていないのだ。今日だけでいっぺんにお友達が増えたようで、気が重いではないか。

そんな会話をタクシーの運転手はどう聞いたのか、真顔のまま言葉を発した。

「お取り込み中すいませんが、渋谷のどちらに参りましょう」

懐かしそうに窓外をうかがった天鈴姐さんが、女学校の友達に向けるような眼差《まなざ》しでわたしを見た。そして言った。

「西村でパフェを食べましょうよ。ね、印子ちゃん」

いつの間にか、後部座席で天鈴姐さんと手をつないでいた。

「シマノ」の店内は女性客でいっぱいだった。

フロアの左側にカウンターがあるのはよくあるバーの形だが一番奥にステージがあり、カウンター以外のフロア全体が客席になっていた。丸いガラスのテーブルが十卓ばかり置かれ、三十脚ほどの木製の椅子はすべてステージを向いている。カウンター内のフロア左側の壁に二メートルくらいもある大きな水槽がはめこまれていて、海水魚が泳いでいる。

それも落ち着いてから店内を見まわして確認できたことだ。わたしたちは西村でパフェを食べていたせいで、ステージショーの開演時間ぎりぎりになってしまい、やっと店にたどり着いたときには、もう客席の照明が落ちスモークが焚《た》かれていた。

大きな音楽が鳴るなか三人で腰をかがめながらフロアを縦断し、スタッフに案内された席まで進んだ。予約が早かった我々の席はステージ真ん前に用意されていた。

楽しみにしていたマジックショーなのにこんなに慌《あわ》ただしい始まりになった。「だからお友達なんか必要ないのに、手をつないでフルーツパーラーに行ったばっかりに」と内心腹立たしかった。それでも高齢の天鈴姐さんの歩くスピードに合わせ周りを気づかい、顔色などをうかがうという礼儀は社会人として身についてしまっている。

丸テーブルの片側に寄せてある椅子を、ゆったり座れるように位置をずらして腰かけた。天鈴姐さんがちゃんと座ったか、バッグは膝に置いたか、飲み物はいつ頼もうかとそんなことばかり考えていたので、照明がついて顔を上げたときに、客席の視線すべてが自分に向いていることに声をあげそうなくらい驚いた。

せっかくステージに向けて並べてあった椅子を、わたしはわざわざステージに背を向ける位置にずらして座っていたのだ。すぐに立ちあがろうとしたが、それではよけい目立ってしまう。頭を下げて背中を丸め、できるだけ小さくなることを試みた。

「いらっしゃいませ。あなた、ちょっとお手伝いしてもらえる？」

その声がしたときに、またいっせいに客席の視線がわたしに向いた。

「印子君、きみだって」

支店長がそう言うので首を持ち上げて振り向くと、そこにタキシード姿のタカミユウトがいた。

一瞬にして脳内の感覚がバーチャル世界に切り替わる。しかし目の前の彼は、わたしが勝手に上書きして神格化されたイメージよりも更に神々《こうごう》しく光り輝いている。これは本当に三次元空間で起こっていることだろうか。

「だいじょうぶ、すぐにすむから、こっちにおいで」

その言葉に客席でくすくすと笑い声があがる。わけもわからぬまま立ち上がりステージへの階段を上がると、タカミユウトのほうを向いたまま直立していた。

前髪がひと束額に下がっている。その乱れた毛先を見てタカミユウトが生き物であることを確かめる。それから眉《まゆ》の毛根、瞳《ひとみ》の水分、唇の血色を目で追いわたしと同じ人間なのだと脳に言い聞かせた。

「このシルクハットの中身を確認して。なにか隠してある？」

人間味のある口調でタカミユウトがそう言う。わたしは黒い帽子を受け取り、内側の縫い目にまで手をあてて確かめた。

「なんにも隠してないです」

「じゃあ、このシルクを丸めて、ハットに投げ込んで」

三軒茶屋の路上でも見たオレンジ色のシルクだ。受け取って丸めると帽子のなかに放り込んだ。タカミユウトはその先を引き上げわたしに持たせると、「どうぞ、引っぱって」とにっこりする。言われるまま引っぱると、オレンジシルクに結ばれたハンカチが、その先に結ばれた柄物のスカーフが、その先にもストールがというように、つながってハットの中から出てくる。

「はい、これは誰のハンカチだっけ？　お返しします」

その言葉で初めて意味がわかったというように、「いやー」という悲鳴が客席からいくつもあがった。「わたしの」と手を上げる女性に、タカミユウトはほどいたスカーフやハンカチを返していった。本人の知らない間に、ハンカチやスカーフ、ストールが持ち物から抜き取られていたようだ。

これはあらかじめサクラのお客に頼んだヤラセではないかと勘繰《かんぐ》ったが、受け取る本人たちの驚き方からするとどうも本当らしい。「ごめんね、泥棒して」とひとりずつ手を握って囁《ささや》いているタカミユウトは、絵になりすぎるほどスマートだった。

シルクハットのなかのものがすべて持ち主に返されると「ありがとう、お席に戻って」とわたしを促す。そしてタカミユウトも同時にステージ下に降り、椅子をステージ向きに置きなおすとわたしをそこに座らせた。

わたしがおかしな位置に椅子を移動してしまったことに気づいて、さりげなく元に戻してくれたのだ。その動きが自然で美しく、キザすぎてもいなかった。そして座ったわたしを後ろから抱くようにして、二の腕と肩のあいだというくらいの微妙な部分に両手でふれた。ふれたというよりも、かるく揉《も》んだ。

そのときにわたしの脳天から、脊髄《せきずい》の方向に電流のような痺《しび》れが走った。なんだろうか、この痺れは。そのあとのステージがはじまってからも、しばらくわからないままだった。全身がフワフワフワとして床からすこし浮き上がっているような奇妙な感じだった。

ステージでのマジックショーは、大道芸フェスティバルで見たものとはまったく別の大がかりなものばかりで、客席の歓声も大きい。それを見つめてはいるがわたしはさっきのタカミユウトの手の圧が気になり、自分がどこにいるのかもわからないほどぼんやりとしたまま時間がすぎていった。

気がつくと、タカミユウトに揉まれた二の腕と肩のあいだの部分が発酵したパン生地みたいにだんだんふくらんで大きくなっていた。そしてしだいに、そのふくらんだ部分のなかに自分がいるような感覚になった。

大きくふくらんだ両肩の隙間《すきま》から、やっと首を出して呼吸していた。窒息しそうなほど苦しいのに、このまま死んでもいいような気がしていた。

4　マジカル　*magical*

毎週金曜日、四葉信用金庫の勤務が終わると、そのまま自転車で渋谷まで行く。二十分は漕《こ》ぐのだけれど、信金から三分ほどで淡島《あわしま》通りに出てしまえばあとは一直線だ。苦手な駅の人混みも避けられ運動にもなる。それにマジックバー「シマノ」の出勤時間の六時にちょうど到着できる。

飲食店が数軒入っているビルの一階に店はある。ビル裏のスペースに自転車を停め、裏口の扉を引くと狭い物置になっている。小さなケージの中でハヤシさんがばたばたと羽を振り、白い綿毛が舞い上がった。

マジックショーの人気者で、本番のステージでは止まり木にじっとしている頭のいいオウムだ。店長の家で飼われているのを昼間スタッフがここに運ぶ。黄色い冠のような羽が頭についているキバタンという種類と聞いた。謂《いわ》れは知らないがハヤシさんと呼ばれている。

勝手口から「ございまーす」と厨房《ちゅうぼう》に入り、フロアを覗《のぞ》いた。もしかしてと期待していた姿があって胸がぎゅっと締めつけられた。照明のついていないフロアのカウンターに、青くゆらゆら揺れる水槽の光を浴びてユウトが座っている。

「おはようございます。ハヤシさんのごはん、すみました？」

「ああ、やった」

「あ、じゃあわたし、掃除しますね」

ユウトはいつにも増して不機嫌な横顔をしている。あいさつをしないのはいつものことだが、今日は水槽を見つめたままこちらを見向きもしない。

でもこのわずかな時間ユウトの横顔を見つめられると気づいてから、むしろ彼が不機嫌な日を心待ちにしている。脳内で幾度も再生してきた美しい横顔を、ほんの数秒でよく観察して記憶に上書きをする。

あごからエラの先までとそこから耳までを結ぶ線の角度が好きだ。空想の分度器を当てると百三十五度だった。あごのラインがシャープすぎずごつすぎず、それでいて丈夫そうで、意志の強さがよくわかる。耳は大きめで耳たぶが薄い。その薄情そうな耳の形も好きだ。

鼻すじはもっと好きだ。小さな顔に高すぎるほどの角度で三角に尖《とが》った鼻。白い陶器のような鼻先と可愛《かわい》らしい小鼻もすごく好きだ。それに口角がやや下がった大きめの口を、結んだまま横に引いたときの薄い唇も好きだ。わずかに受け口になっている下唇が特に好きだ。でも結局、目がいちばん好きだ。濃いまつ毛に隠れるようにして寂しげな黒い瞳が、水分がこぼれそうなほど潤《うる》んでいる。下まぶたに薄く影があるのもすごくい。でも最終的にいちばん好きなのが、口の周りの青いひげ剃《そ》りあとだ。とにかくすべてが愛《いと》おしく、愛おしく、愛おしい。しっかり見つめて、脳内に焼きつけた。

掃除機を床で転がし、昨夜のステージの名残《なごり》、金銀の紙ふぶきを吸い込む。普段はこんなにゴミは落ちていないが、昨日は誕生日のお客様がいてステージでお祝いをしたと見える。事前に誕生日だと告げて予約をしてくれたお客様は、ステージに招いて一緒に簡単なマジックをしてもらう。最後にお客様に持ってもらった大皿につり鐘型の蓋《ふた》をかぶせて持ち上げるとバースデーケーキが現れ、それをプレゼントする。夫婦や恋人同士で毎年訪れるカップルもいるそうだ。

掃除をしながらユウトの後ろ姿を観察するために、さっきからずっとカウンター下を掃除機で吸い続けている。痩《や》せた背中の肩甲骨《けんこうこつ》がブルーのシャツに浮き出て見える。こうしてジーンズにシャツ姿だと猫背が目立つ。胸板も心配になるくらい薄い。ステージで見るタキシード姿は猫背も薄い胸板も色気になって引き立っているけれど、栄養は足りているのだろうか。

普段着の感じからも身の周りの世話をするような人影は窺《うかが》えない。くるぶしまでの白ソックスにグレーのスニーカーは、潔癖症ではないのがわかるくらいの黒ずみ方だ。ふくらはぎの筋肉の盛り上がりが硬くぼっこりふくらんだ形で、きっと走る運動をしていたか、今もランニングしているかだろう。

「昨日水替えしたとき、こいつ元気なかった？」

「え？　あ、わたし週末しか来ないからわからないです」

振り向きもせず言うのでぴくっと肩が弾んだ。こいつ、とは水槽でいちばん目立つフグのことを言っているらしい。

「元気ないですか？」

「うん」

フグ以外の熱帯魚たちは小さい種類ばかりで、集団になって泳ぐ。海水魚は色鮮やかなものが多くきれいだが、幅が二メートル近くある水槽なので水替えが難しい。月に一回業者が来て水替えをしてくれる。わたしはまだ立ち会ったことはないが、スタッフのマモルがそう言っていた。

「眠そうだな」

「え、やっぱりそうですか？　ゆうべ夜更《ふ》かしして」

ユウトのほうから話しかけられるのは初めてだ。わたしの顔が眠そうだと言ったのかと思いそう応《こた》えてしまったが、視線の向きからするとフグのことだったようだ。でもユウトは相変わらずうわの空なので、取り繕うこともしなかった。

週末の手伝いを始めて一ヵ月近く経《た》つのに、ユウトはきっとわたしの顔を覚えてはいないだろう。名前だけは、誰かが呼ぶのを聞くと面白がって「インコちゃーん」とたまに呼んでくれる。ただ呼ぶだけだ。

水槽の魚を目で追いながらも別のことを考えているのは、ユウトのカラダを取りまく空気の硬さでわかる。腰掛けているスツールの横に下ろしている手の先にはコインが挟まれていて、そのコインが指のあいだを行ったり来たり、手のひらの中に消えたり現れたりする。

フグが水の中でひれを揺らし続けているように、ユウトは指先を動かし続けていなければきっと窒息死してしまう。マジックの水の中でしか、呼吸ができない生き物なのだ。おまけにフグみたいに可愛い顔をして毒をもっている。トゲトゲの針で近寄りすぎる女を傷つける。そんなイメージがユウトにはある。

ロッカーから掃除道具の箱を取り出し、客用の椅子《いす》のクッションにコロコロをかけた。食べ物のシミのある箇所に洗剤をつけて擦《こす》り、テーブルを消毒液のついたペーパータオルで拭《ふ》いた。

そのころやっとユウトは腰を上げ、ステージ裏でマジックの準備に入る。今日は八時からのステージにユウトの名があった。アシスタントには若手のマモルがつく予定だ。わたしが目標としている、ユウトのアシスタントになれる日はいつやってくるのか。遠い夢のような気もするし、いつか叶《かな》いそうな気もする。

初めてこの店に来たときにくらべると、わたしは自分でも気味がわるいほど寂しがりやになった。朝起きたときからもう寂しい。信金の勤務中のふとした瞬間にも、帰り道で自転車を漕ぎながらも。テレビが面白かったとき、美味《おい》しいものを食べたとき、感動する話を聞いたとき、誰かに話したいのに話せないことが寂しくて仕方がない。そしてユウトのことを思い出す。こんなに女々しく激変してしまった自分が不思議で、自然界の摂理からするとなにか災いが起こる前ぶれかと思うほどだった。

眠れない夜、いたたまれなくなり枕《まくら》に顔を押しつけて喉《のど》から「ごー」と音を絞り出す。「がー」も「くー」もやってみたが、わたしの寂しさには「ごー」がいちばん合うようだ。ユウトに会いたい。その長いまつ毛で覆《おお》われた黒目の中に入りたい。わたしが見ているのと同じくらい熱い視線で見てもらいたい。

でもわたしはきれいではなく、丸顔で目鼻が小さい。全体的に平たい作りなのに面積が広い。目鼻が小さいぶん、余白が目立つ。見るひとが見るとエイのお腹《なか》を連想するらしい。そう言われたことがある。この顔を見られるのはすごく恥ずかしい。会いたいのに恥ずかしい。見つめあいたいのに見られたくない。自分ではどうにも処理しきれない苦しさだった。

すべてあの日がはじまりだった。支店長と天鈴姐《ねえ》さんとで「シマノ」を初めて訪れたとき。ユウトにステージの手伝いを頼まれ、肩と二の腕のあいだを揉《も》まれたわたしは発酵したパン生地のようにふくらんでしまった。

　ショーが終わり天鈴姐さんと支店長のタクシーを見送ったあとふらふらと夢うつつで家にたどり着き、落ち着いてから考えたのだ。これが雷に打たれたように恋に落ちるということではないかと。

　それからというもの、毎日とはいかないまでも週に三回はここに通い、マジックバーの常連になった。ユウトとはスターとファンの関係でしかなかったが、ただ近くにいたかった。

　好きになってもらえる見込みのない男性を一方的に追いかけるのは、人生において無駄でしかないと考えていたわたしが、万にひとつの可能性もないような男性を目で追うだけで満足していたのだ。この無駄な時間こそが女を成熟させるのではないかとさえ感じながら。

　店で従業員を募集していると知ってからは、信金を辞めてでもここで働きたかった。支店長や天鈴姐さんに諭《さと》されて退職することは諦《あきら》めたが、無報酬でという条件で週末だけ手伝うことになった。信金では副業が認められていないからだ。

　応募用紙には、マジックの勉強をしてアシスタントになるためと理由をつくって書いた。それがだんだん本心に変わってきた。今は本気でユウトのアシスタントを目指している。たとえ恋人にはなれないとしても、すこしでも必要とされる女でいたい。

「シマノ」のオーナーは島野さんといって、自分の名字をそのまま店の名にしたそうだ。店名を考えるのが面倒になるほど、いくつも飲食店を持っている。オーナーが「シマノ」を訪れることはめったになく、実質的には店長の水森《みずもり》さんにすべてまかされている。料理の内容、スタッフのこと、マジックショーの内容までも水森さんが仕切っている。

ユウトよりずっと先輩のマジシャンでもあり、自らショーにも出演する。華麗なカードマジックが得意で、水森ケンタ目当ての古くからのお客様もいる。

でもなんと言ってもこの店では、ユウトが看板スターだ。三十人も入るといっぱいの客席のほとんどはユウト目当ての若い女性。その半分は毎週通ってきてもう何年にもなるという、二十代から三十代。中には五、六十代くらいの女性もいる。のこりの半分は路上パフォーマンスを見て訪ねてくる女性だ。この新規客が最近とくに増えていて、予約がとり難《にく》くなったと以前からのファンの苦情を聞かされることもある。

店長の水森さんは、テレビのバラエティー番組やワイドショーに出演して人気を保っているのだが、ユウトはテレビにはいっさい出演しない。出演依頼があっても店長が断ってしまうらしい。「水森さんがユウトさんにマスコミの仕事をさせないんだ。ユウトは店のステージがありますから代わりに私が行きますって、電話で話してるの聞いたことある」と、アシスタントをしているマモルが教えてくれた。ユウトの才能に嫉妬《しっと》しているのかもしれない。

しかし、それがむしろユウトの人気を呼んでいるのだと思う。マスコミに出ないぶん、大道芸フェスティバルのような路上パフォーマンスで目にしたユウトが新鮮で、魔法にかかったように好きになってしまうのだ。まずマジックのあざやかさに心を奪われ、それから見た目の美しさと、全身から発せられる妖《あや》しいオーラに惹《ひ》かれる。

期待せずに出会う新鮮さと、カラダの周りに漂うセクシーさは映像では絶対に伝わらないものだから、ユウトにはこのまま変わらずライブだけで見られるマジシャンでいてほしい。店長の意地悪にも屈せず、逆にそれを利用してしまうくらい寛容で悠然とした男でいてほしい。

「おはよー。まだひとり？」

アシスタントのマモルだ。六時出勤のはずがいつも三十分は遅刻してくる。といっても午後の早い時間に当日出演するメンバーはここでリハーサルをしているので、その後いったん家に帰るかどこかで食事をするかしているのだろう。

「ユウトさんは、もう入ってますよ」

「あ、そう。ユウトさーん、めし食べなかったんですかー」

「あー、腹減らない」

狭いステージの幕の後ろからユウトの声がする。なにか、ふたりのやりとりがいつもより硬いようだ。

「今日、新しいネタとかやるんですか?」

マモルに小声で訊《き》いてみた。

「うん、ちょっとね。でも昼の練習で上手《うま》くいかなかったから、やるかどうか」

さっきからユウトの機嫌がわるい理由がわかった。

ユウトの魅力はどんなに人気があってもそれに驕《おご》ることなく、女性に対してではなくマジックの技術に対して貪欲《どんよく》なところだ。恋愛に時間を奪われるよりも、マジックのことを考えていたいと思っているようだ。もちろん店にお客を呼ばなければステージに立つこともできなくなるから、お客集めは怠っていない。

割引券を配って、親しいファンにはメールを送り、帰りにはひとりずつ抱擁して手を握り「また来て」と耳もとで囁《ささや》く。最初はかなりのプレイボーイに見えた。わたしもここに通いはじめたころは、大勢の中のひとりであってもユウトに抱擁されるだけで舞い上がった。すぐにでもまた来ようと思ったし、そのために定期預金も解約した。

でもそのファンサービスも、自然ではあるが演技なのだとわかってきた。ユウトにとっては大切なお客様であり、それ以下に扱うことはないがそれ以上の関係になることも決してないのだ。

そんな演技をするのもユウトはマジックを続けるための修行とでも思っているようで、

ファンを外見で判断したり、年齢にこだわったりすることがない。そもそもそんなところは見えていないのだろう。でもそれが却《かえ》ってすべての女性を平等に扱うように受けとられ、好感がもたれる理由になっている。

ユウトのことを詳しく知るにつれ、ユウト以外のマジシャンが小さく見えてきてしまう。筆頭がヨネ太郎だ。相変わらずキヨミからの電話ではヨネ太郎の自慢話がつづく。昨日の木曜日も真夜中に二時間近くベッドの中で話した。

ユウトを好きになったことをキヨミに打ち明けてから、わたしたちの会話は彼氏自慢一色になった。これまでできなかったぶん、わたしは溜《た》まったものを吐き出すようにのろけ話をする。ユウトとの関係はなんの発展もしていないのに、まるで恋人同士のつもりで自慢するのが楽しかった。

「そういえば、キヨミに訊きたいことあるんだけど」

「なんだ？」

「キヨミの彼も仕事のことになると夢中になるでしょ？　ほったらかしにされて、寂しくならない？」

これは嫌味だ。ユウトを見ているうちにヨネ太郎のひどさに気づいてしまった。マジックの技を磨くことよりもコネという人脈でなんとかしようと、そればかり考えているようなのだ。キヨミともお金目あてでつき合っているのではと怪しんでしまう。

「え、ほったらかしってことはないよ。どこの公演に行ってもステージに上がる前に電話がくる。私の声聞いて、緊張和らげるんだって。一日に何回も電話くるよ。仕事中の時は困っちゃう」

どんな顔で「困っちゃう」などとふざけた台詞《せりふ》を言っているのか。

「ユウトはステージの前はピリピリして、女の声も聞きたくないっていうか、誰も近寄れない。彼女いないと思うけど、マジックのためなら女も捨てるって感じでさ」

「なに演歌の歌詞みたいなこと言ってんだ。印子が知らないだけで、ちゃんと支えてくれる女がいるんじゃないの？　だって印子、ユウトさんとつき合ってもいないんだろ？」

「でもずっと見てるから、彼女がいるかいないかくらいわかるけどな」

「あんたって、まだまだお子ちゃまだね」

「ヨネ太郎だって、幼稚じゃない？　すごくキヨミに甘えてる。それで、まだアシスタントばっかりやってんでしょ。ホントにマジックが好きなの？　ちゃんと技術磨いてる？」

思わずそんなことを吐いてしまった。もちろんキヨミは憤《いきどお》って、「ふん、オトコも知らないくせに、ばーか」と言ってぷっつり電話を切った。切れる間際《まぎわ》に「そっちだって、キヨミの金目当てなんじゃないの！」と叫んでおいた。

お互いにのろけ話をしたあとは、こうして口喧嘩《げんか》をして終わる。最近はいつもこうだ。それでも電話をする相手はひとりしかいないことはわかっている。すごく寂しい夜、ユウトを想《おも》って眠れない夜、誰でもいいから言葉を交わしたくなりキヨミにメールしてしまう。「起きてたら電話ちょうだい」と。

恋をしたときには女友だちも必要だった。友達などさほど必要ないとずっと思っていたのに、誰かを好きになると「好き」の気持ちを共有してくれる同性の友達がとっても必要だ。

新しいネタに挑戦するかもしれない今夜のステージ前は、なんだか店内に緊張感がある。八時からのステージを観《み》るために七時の開店と同時に女性客がどっと入ってきた。飲み放題のドリンクセットを注文する客が多く、わたしの仕事はフロアと厨房をお盆を持って行き来することが中心だ。

ショーが始まってからもしばらくは飲み物と料理を運ぶことになる。ユウトの新しいネタはどうしても見たいので、お運びをしながらもステージにはたまに視線を向けていた。今のところは見たことのある演技がつづいている。

「チーズの盛り合わせください」「はい」「アボカドサラダお願い」「はい」

注文をとりながら横目でステージを見るとユウトはタバコを咥《くわ》えていて、それに火をつけた。ふだんタバコを吸わないユウトが煙を吐くところを初めて見た。そのタバコを舌の上に立て、口を閉じてもういちど開けるとタバコがなくなっている。それなのに口を尖らせ吹くと白い煙が出てきた。これは初めてのネタだ。客席からも「わあー」という声があがる。

「印子ちゃん、これ五番に」

「はい、あ、チーズ盛りとアボカドお願いします」

厨房とやりとりしているときに「きゃー」と短い悲鳴があがった。見るとステージのユウトの舌の上に針のようなものが数本立っている。目を凝らしてもそれは縫い針のようだった。舌の上に薄い土台を置き、そこに刺しているようだ。

そういえばマモルが冷蔵庫からスライスハムをワンパック持って行ったので、ハムが土台かもしれない。その針をタバコと同じように口の中にいったん入れ、また口を開けるとなくなっている。そのとき一瞬、ユウトが顔をしかめたのが気になった。もういちど口を閉じ、唇を突き出し吹くとピンク色の桜の花びらのような紙ふぶきが飛び出した。腹筋を使って勢いよく吹いているようだ。かなりの量の花びらがフロアに舞い降りあたりがピンク色に染まった。こんなにたくさんの紙ふぶきをどうやって口に入れたのだろう。

「印子ちゃん、チーズ盛りとアボカド」

「はい」

新しいネタはこのタバコと針だったようだ。最後はボックスの中のアシスタントと一瞬で入れ替わるいつものマジックを披露し、客席も拍手喝采《かっさい》で盛り上がって終えた。

出入り口に立ち、お客様をひとりずつ抱擁して見送ったところまではいつも通りだった。最後のひとりを見送ったあとマモルがユウトに駆け寄り、なにか神妙な表情で話している。「行ったほうがいいです」「いや、だいじょうぶ」と、何事かが起こったらしい。

「何本飲んだ？」

店長がユウトに問う。

「わからない」

「けっこう長い針だったな」

もしかすると、さっき口に含んだ縫い針を飲み込んでしまったのかもしれない。三人はステージ上に行き、床を舐《な》めるように見まわしている。

「針ですか？」

マモルに訊くと「うん。全部で六本使ったんだ。三本は上手く回収した。一本はユウトさんのノドに刺さって自分で抜いた」と言う。ユウトのノドのあたりを見て背すじがぞっとした。

「あとの二本が行方不明なんですか？」

「うん。なかったら、飲み込んだってことになる」

言いながらマモルは床に膝《ひざ》をついて、ピンクの紙ふぶきが落ちているカーペットの上を手でまさぐっている。

「あの、うちの祖母が和裁をやってて、よく掃除機の先に磁石を貼《は》りつけて、なくなった針を探してました」

とっさに思い出したことを口にすると、マモルは「磁石ならマジックで使うのがある」とステージ裏に取りに行った。わたしは掃除機を取り出しセロファンテープで棒状の磁石を貼りつけ、予備でバッグに入れていたストッキングをかぶせてスイッチを入れ、床にすべらせた。

さほど広くはないステージなのですぐに全体をかけ終わり、おそるおそるヘッドをひっくり返した。銀色に光る一本の線が見える。

「あ」と言ったまま声にならず、それをマモルのほうに向けて見てもらった。

「あった。ありましたよユウトさん。一本だけど」

ユウトはやはり違和感があるのか胃のあたりをさするようにして椅子に腰かけている。

「じゃあ、飲み込んだのは一本だけだ」

店長が病院でレントゲンを撮るようにユウトを説得している。なぜかユウトは「だいじょうぶです」と俯《うつむ》いたままだ。

針を飲み込んだワンちゃんを、動物病院で緊急手術するというテレビ番組を観たことがある。人間だって同じだろう。

「あのユウトさん、レントゲンだけでも撮ったほうがいいです。針は怖いですから」

偉そうにそんな言葉をかけてしまったがユウトには無視された。

「いったいこんなマジックどこで知ったんだ？」

店長があきれたように呟《つぶや》く。

「昔の奇術の本に載ってました。やり方は自分で考えましたけど」

そのやりとりを聞いてはっと思いあたった。ほとんどの日常を受動的な思考で生きているわたしでも、ユウトのことになると何か役にたてないかと脳みそがフル回転している。厨房わきの更衣室にもどり携帯を手にした。昔の奇術の本で知ったと言うのなら、あのお友達に訊くしかない。

やはり天鈴姐さんは、タバコや針を舌に載せるマジックを知っていた。同じ舞台に立つ奇術師がやっていたという。

「そのころも、針、飲んじゃうことがあったわ」

「ホントですか？　やっぱり救急車で運ばれて緊急手術ですか？」

「そりゃあね、お医者様はすぐに手術って言うんでしょうけど、その方はお金がなかったものだから、病院から逃げたの。でも二日後くらいに便に針がまじってたって。あら、ご飯食べてるときにこんな話ごめんなさい」

「いえ、ご飯食べてるのは天鈴姐さんですから。本当に針が出てくるんですか？」

「ええ、その方、三回くらい飲み込んじゃったんだけど、みんな便にまじって出てきたって言ってたわよ。あ、そうそう今日の夕飯はね、いかと里芋の」

「わかりました。じゃあ、姐さんまた」

持つべきものは年の違うお友達だ。速攻でユウトに知らせに行った。

「いま、昔の奇術師に訊いてみました。そしたら二日後くらいに便にまじって出てくるそうです」

「え、なに言ってるの？」

「あの、話せば長くなるんですけど、お友達、あ、八十代の女性なんですけど。昔、松洋斎天鈴っていう奇術師で、当時の同僚がなんどか針を飲み込んでしまって。でも病院で手術したりせずに、二日も待てば、便といっしょに出てきたそうです」

「いまなんて言った？」

丸くなった目でユウトはわたしを見る。

「え、話せば長く」

「そこからじゃなくて」

「便といっしょ」

「じゃなくて、奇術師の天鈴？」

「あ、はい」

「えーっ、マジで？　知ってるよ。伝説の奇術師だもん。まだ生きてるんだ」

「あ、お友達なんです。この店にも来たことありますよ」

「えっ、ホント？　あ、わかった。あの品のいいおばあちゃんだ。へー、天鈴さんが。すごいな。今はどんなマジックやってるの？」

「えっと、お花とくす玉専門で」

「そんなもんじゃないでしょ、アメリカ公演までやって本場のプロマジシャンにも引けを取らなかったって本に書いてあったよ」

あんまりユウトが天鈴姐さんに会いたがるので、今度引き合わせる約束だけした。お腹の針は出てくるにしてもレントゲンだけは撮っておいたほうがと店長に促され、わたしが以前食中毒でかかったことのある大学病院の救急外来を紹介し、付き添いとして一緒に行った。

確かに一本の針が確認され、すでに腸の中に入ってしまっているらしい。なにか症状が出たらすぐにまた来院することにして、いったんユウトのマンションの部屋に帰った。

部屋まで送ったわたしは「ユウトさんが寝てるあいだに針が腸に刺さると、痛くなって救急車も呼べないかもしれないですから」とひと晩泊まりこんだ。家には同僚が急病で帰れないと電話して。

奥手のわたしがユウトとのなにかを企《たくら》めるわけもなく、ただひたすらユウトのカラダのことが心配でならない。冷静に考えると、よくもこんな大胆な行動がとれたものだ。わたしにできることは料理くらいかと思いユウトに訊くと、今日は朝から食事を摂《と》っていないという。空腹であれば針も泳いでしまうような気がして、コンビニで手に入る食材でオムライスやフルーツのヨーグルトサラダを作りスープを添えて食べさせた。

明くる土曜日の午後、ユウトの中の針が手術せずとも無事に体外に排出されたときにも、わたしはユウトの部屋にいた。「よかったー」と涙があふれて泣きながら帰り支度をするわたしに、ユウトはじゃあ明日もおいでよと言う。

「え、なんですか？」

「だから、明日もおいでよ」

「明日も、来ていいですか？」

「うん、おいで」

涙でぐずぐずになった顔で部屋のドアを出た。しめしめなどとはみじんも思っていない。計算ができるほどの恋愛経験などないのだから。ただ、わたしが店にいるときにユウトの針事件があり、たまたまわたしが病院まで付き添い、心配のあまりユウトの部屋に居座った。想いが伝わるきっかけが重なってこうなった。

もっとさかのぼれば大道芸をしているユウトをたまたま見つけ、初めて「シマノ」に行ったときに遅刻をしてしまい、ステージで手伝いを頼まれたあげく二の腕と肩のあいだを揉まれたのも、最初から決まっていたわたしの運命だったのではないだろうか。

ユウトに「明日もおいでよ」と言われるために、わたしは生まれてきたのかもしれない。そう思えるほど、人生最大のファンタスティックな出来事だった。

5　フェイク　*fake*

「ユウトさん、いくら昔の奇術師がやっていたからって、ステージでタバコの煙を吐くっていうのはちょっと時代が違うような気がします。あと針を使うのも、危険なわりにあまり面白くないです」

　わたしの作った煮込みうどんを食べながら、ユウトはチラリとこちらを見た。面倒くさいやつだという目をするだけで、反論はしない。ユウトのマンションにはベッド以外の家具がなく、床に置いたトレーがテーブル代わりだ。

　食事中のユウトの背中は、猫背ぐあいが増す。ステージでの気品ある姿とは別人に見えるほど、食べている姿は品がない。子どものように口のまわりに食べカスをつけ、すこし下唇を突き出して口の中にたくさん溜《た》めて噛《か》むくせがある。でもそれを見るのも好きだ。無防備なユウトは可愛《かわい》らしい。わたししか知らないユウトの弱点を見つけるのが、ものすごく嬉《うれ》しい。

「ユウトさん。タバコや針よりも、もっと女の子が見て楽しめるような、夢があるネタがいいです。たとえば卵を飲み込んだらヒヨコが出てくるとか」

「俺はお笑い芸人か」

「針じゃなくて、梅干しを飲み込んだら、花ふぶきになって出てくるとか」

フンと鼻で笑い、ユウトは丼《どんぶり》のツユをひとくち飲んだ。野菜が摂《と》れるようにネギとホウレン草とニンジンを入れたのに、丼の中にその姿が残っている。

「ユウトさん、野菜はやっぱり食べたほうがいいです。風邪予防にもなるし」

返事もせずにユウトは、トレーごと持って立ち上がりキッチンに運んでしまった。

「あ、ちょっと、まだリンゴむいてるのに」

ナイフとリンゴを手にしたまま追いかけた。「一切れだけでも食べて」とむいたリンゴをユウトの口に持って行くと、顔をしかめながらわたしの手からそれを齧《かじ》る。「もうひとくち」と残りの半かけを口に押し込むと、「もうー」と言いながらほおばって噛み砕いた。

その右頰がぽっこりふくらみ、リンゴのかけらが上下している部分が愛《いと》おしく、愛おしくて、愛おしすぎて、思わずその肌に触れようとした。ナイフを握っているのを忘れていて、「うわっ、危ないだろ」と手を払われた。

「あ、ごめんなさい。ほっぺがかわいくて」

「うるせ」

鋭い眼光の大きな目を細めてわたしを睨《にら》む。はにかんだ笑顔をつくってその視線を浴びた。ユウトの睨んだ目が好きだ。その瞳《ひとみ》に映っているのはわたしだけだと思えば、ユウトをひとりじめしている気分になれる。

なにかと身の回りのことに世話を焼き母親のような役目をしているのがわたしで、反抗するように口応《くちごた》えしたり睨んだりしながらも、全面的にわたしに甘える役目がユウトだ。こんな関係になるなんてつき合うまえは想像もしなかった。

「ユウトさん、それは新しい道具？」

「まだ、試作品」

四角い金色の額縁を取り出して、手を通したり首にひっかけたりしている。ユウトがマジックの練習に集中しだすと、同じ部屋にいながらもまったく近寄れない。だから練習が始まる気配を察すると、キッチンの片づけをしてそっと部屋を出て家に帰る。

自転車を駐輪場から出しリュックを背負い、ヘルメットをかぶって走らせた。深夜の一時過ぎだが土曜の夜なのでまだ人通りはある。

ユウトのマンションは、わたしの家と渋谷のちょうど真ん中くらいに位置する。「シマノ」のオーナー所有で、十二畳のワンルームだ。従業員寮とまではいかないが、割安で借りられるという。

ここに出入りするようになってから、「シマノ」の手伝いは店が忙しい金曜日だけにした。信金が休みになる土日の夜は、できるだけ仕事から帰ったユウトを出迎えたいからだ。彼からもらった合い鍵《かぎ》で部屋にあがり掃除や洗濯をして料理を作り、玄関灯をつけて待っている。

「おかえり」をどんな声で、どんな顔で告げようかと考えることがこんなに幸せを感じることだとは、いままで妄想すらしていなかった。ユウトがどんなに不機嫌でも、どんなにわたしに甘えてきても、ユウトのそばにいられる満足感だけですべて許せた。もっと不機嫌になれ。もっと甘えてこい。そう心の中で囁《ささや》いて。

キヨミとの週末の長電話は、ユウトの部屋に来ているという理由でこのところごぶさた気味だ。本当はキヨミが恋愛経験者として先輩風をふかせるようになり、そのアドバイスが痛いところを突くもので、わたしのほうが距離を置くようになったのだ。

「印子はさ、ユウトさんの彼女なんかじゃないんだよ。ただの家政婦としか思われてないよ。だってカラダ交わしてないんでしょ」

そんな言葉がチクリと胸に刺さった。ユウトの部屋に出入りするようになってどのくらい経《た》つのだろう。

針事件があったのが秋の終りで、あれから新年になり今は二月。ユウトの部屋に泊まったことは数回あるがわたしは疲れてユウトのベッドで寝てしまい、朝になるとユウトは寝袋に入り床で寝ていた。でも一線を越えていないだけでほかのことはいろいろある。

一緒に部屋にいるとわたしはユウトのカラダに触れたくなり、頬や腕やふくらはぎに手をのばしてべたべたと触る。ユウトは嫌がりもせず、自由にさせてくれる。一度だけビールで酔ったユウトが、キッチンに立っているわたしの肩を後ろから抱いてきたことがある。

そんなスキンシップだけではキヨミにバカにされそうなので、「唇にちゅっとくらいはしている」とつい嘘《うそ》をついた。するとキヨミは、「ひえー、印子あんた、どんな顔で唇にちゅっとか言ってんのー、ひっひっひっひっ」と、妖怪《ようかい》なんとかばばあのような引きつり笑いをしばらくしていた。本当に腹が立った。

ふたりでいれば楽しいのだからカラダの関係になるのはもっと先でいいのだと、自分を納得させていた。だけどこれはやはり、おかしくないかとも考える。つながりが薄いということだ。

キヨミの言うように身の回りの世話をする、都合のよい女として見られているのかもしれない。今月で家政婦をやめさせていただきますと言えば「ああお疲れ様でした」と、たったそれだけで終わりそうな気もする。

自転車を漕《こ》いでいると背中のリュックの重みを感じ、今日の昼間はマジックのレッスンだったのを思い出した。新しいお花のマジック道具と練習用のＤＶＤ、天鈴姐《ねえ》さんにもらった羊羹《ようかん》が入っている。

恥ずかしいのでユウトには言っていないが、天鈴姐さん宅でのレッスンには毎週通っている。相変わらず先生の支店長、生徒の天鈴姐さんとわたしの三人だ。コインやカードを手の中に隠すパームはふたりともまだ特訓中で、羽のお花やくす玉、シルクを使ったものが得意ネタになった。

使っていない和室を改装してステージを作ったのは支店長の提案で、天鈴姐さんが業者に手配してくれた。使いきれないほどの道具代を受け取ることが心苦しくなったとかで、支店長はそれまで天鈴姐さんから渡された道具代をすべて改装費に使ってしまった。たぶんそれだけでは足りず、天鈴姐さんが負担してくれたのは想像がつく。広くはないが板張りで、黒い幕も備えたちゃんとしたものだ。

おかげでそこを使った三人だけの発表会を毎回開くことができる。音楽を鳴らして衣装をつけるとその気になれるもので、わたしも赤いビロード生地のジャケットに蝶《ちょう》ネクタイをしていっぱしのマジシャン気分だ。

ほんの五分ほどの持ち時間なのに、完璧《かんぺき》を期すためにと支店長はそれをビデオ撮影する。自分の姿を観《み》るのは拷問《ごうもん》だとわたしははじめ拒否したのだが、天鈴姐さんは映像でチェックしてから演技がいっそうきれいになった。恐る恐るわたしも観せてもらうと、確かにアラがたくさんあった。

まず顔だ。天鈴姐さんは手元よりも表情にひとの視線を惹《ひ》きつけている。誰も騙《だま》しそうにない観音様のような柔らかな微笑《ほほえ》みにうっとりしているうちに手元のカードが消え、お花が現れる。「騙してごめんなさいね」というような笑みを見ていると、騙されたことさえ心地よい。

それに比べるとわたしの顔のなんと意地悪そうなことか。「もうすぐよ。もうすぐ騙すわよ。あなたは騙されるのよ。いい気味ね。イッヒッヒ」と、友達のいない女が唯一《ゆいいつ》目立てる瞬間を狙《ねら》っているとしか思えない、なにかを企《たくら》んでいるような笑い顔だ。自分でなければ座布団《ざぶとん》を投げつけたいくらいだ。マジックにはその人の人生が表れるというが、それは本当なのだろう。わたしは友達が少なく世間知らずで、わがままそうな演技をしていた。

キヨミに会いに、いつものカフェに向かった。

三軒茶屋まで久しぶりに世田谷線に乗ると、線路わきにスイセンの花が咲いていた。二月の終わりだけれど春の匂《にお》いを感じる。

日曜の今日、目覚めるとキヨミからメールが入っており、「だめだ、どうしても今日、会ってくれ」とただならぬ雰囲気の内容だった。住宅展示場の仕事も休んだらしい。そう言えばひと月ほど前の電話ではヨネ太郎のことを話題にせず、わたしが一方的にユウトのことばかり話していた。

はたしてキヨミは寒晒《かんざら》しの大根みたいに水分が抜けてしまっていた。漬け物にするのなら漬けどきなのだろうが、まだ三十歳の女にしてはあまりにも哀れな姿だ。

「キヨミ、温泉にでも浸《つ》かったら」

「うん」

「サウナはだめだよ。よけい水分が抜けるから」

「うん」

聞いているのかぼんやりと視線を泳がせて、瞳の色さえもあせて見えた。さすがにセーターは草木染めではなさそうだがベージュ色で、同じくベージュ色のだぼだぼパンツを穿《は》いている。相撲取りの着ぐるみに見えなくもない。

「印子の言うとおりだった。悔しいけど」

「え、わたし、なんて言ったっけ？」

「ヨネ太郎、私のカラダ目当てじゃないかって」

「え、カ、カラダ？」

「飽きたら、ぽいって捨てられた」

そんなことを言った記憶はない。言うわけがない。そもそもキヨミのことを、女のカラダを持った者として見たのは……今が初めてだ。カラダ目当てではなく、「金目当て」と言ったはずだが何を聞き間違えているのか。

「お金はとられなかった？」

「お金？　ああ、お金も使ったけど、そんなことはいいさ。こっちも楽しかったから」

「え、いくら貢《みつ》いだ？」

「わからん。でもいいさ。お金なんかまた貯《た》まる」

「いや、でもキヨミ……」

確かに同じ捨てられるにしても、お金目当ての男よりカラダ目当ての男のほうがまだ救われるというものだ。女としての価値がすこしはあったということだから。

地方公演に出かけたヨネ太郎が帰る日になってもキヨミのアパートに現れず、電話も通じず、心配したキヨミはあちこち探し回ったという。数日探し、出演している寄席《よせ》でやっとつかまえ、「女ができたのか」と問い詰めるとそうではないときっぱり否定したそうだ。

「じゃあ、なんで避けるんだって言ったら」

「なんて？」

「私にマジックの技術を磨けって言われたから、女断ちして腕を磨いてるって」

いつも強がっていたキヨミも、わたしにヨネ太郎のマジシャン魂を怪しまれて、悔しくてそんなことを言ったのだろう。それならばとしばらく会わなかったそうだ。

それでもどうしても心配になり、こっそりヨネ太郎のアパートを覗《のぞ》いてみると、キッチンで若くてきれいな女がヨネ太郎の好物の麻婆豆腐《マーボーどうふ》を作っていた。

「私が作る麻婆豆腐の素《もと》を使ったやつじゃなくて、なんか中華の色んな匂いがした」

「ああ、トウバンジャンとか、テンメンジャンとかね」

「なんで知ってんの？」

「わたしの得意料理だから。あとトウチと、生姜《しょうが》とニンニクと」

「もういいよ。傷に塩ぬりこむな」

鼻唄《はなうた》まじりに料理をしている若くてきれいな女を、キッチンの窓の隙間《すきま》から覗いていたという。

「妹なんじゃないの？」

「妹がお揃《そろ》いのマグカップや夫婦茶碗《めおとぢゃわん》買うか？」

「そうか。で、ヨネ太郎を問い詰めた？」

「うん、アパートのそばで帰ってくるまで待って、問い詰めた」

ヨネ太郎は悪びれもせず、「あいつ、芸のことなんにも言わないから楽なんだ」と応えたという。キヨミが芸のことに口出しをして、よっぽどうっとうしくしたということか。だとしたら、わたしが発破をかけてしまったのかもしれない。電話で話すたびにユウトのマジックに対する情熱を自慢していたのだから。

しかし、女断ちしているはずのヨネ太郎にすでに美人の彼女がいるということは、すべてはヤツの方便でもともと技術を磨く気などなかったということだ。遅かれ早かれ、キヨミは捨てられたのではないだろうか。

「あれかな、キヨミ。ひとつ学んだ、だろ。なんだ、ナンマンダってことで」

「ひとつナンマンダ、ナンマンダーって。お経か」

「こんどはさ、キヨミのカラダ目当てじゃない、いい男に出会えるよ」

「うん。簡単にカラダゆるしたら、だめだな」

「そうだね。カラダゆるしたらね」

キヨミが簡単にカラダをゆるす場面を想像したくもないのだが、ここはあえて男を惹きつけるカラダを持った女として扱うことが友情であろう。

「で、お金はいくら使った？」

「金も使ったな。焼き肉の食べ放題に行ったし、ラーメン屋にも行ったし、あと、草木染めの材料探しに、千葉や埼玉まで行ったこともあるし」

「そうなんだ……」

ならばそれほどの出費ではない。金額的には痛みが少なそうだ。話しながらキヨミはヤツとの貧乏旅行を思い出したのか、「たのしかったな」としくしく泣き出した。キヨミの泣き顔は、高校の遠足で鹿《しか》に追いかけられたとき以来だ。笑いを堪《こら》えてそっとティッシュを差し出した。洟《はな》をかみながらキヨミはぼそりと言う。

「貸した金は返すって言ってるし」

「え？　貸した金？」

「うん、ちゃんと返すって」

「いくら、ね、いくら！」

やはり金の切れ目が縁の切れ目だった。キヨミは建設会社に就職して以来、服も化粧品も買わずにこつこつ貯めていた二百万円をヤツに貸してしまっていた。借用書もなにもなしに。

「なにやってるの、キヨミ」

「金はいいんだよ。金なんか……」

そう言ってキヨミは背中を丸め、唇を噛んでは泣いていた。負け越しで引退が決まった相撲取りみたいだった。

ユウトの携帯が鳴って、出るとガラのわるい男が怒鳴るのだという。「どちらにおかけですか？」とユウトが訊《き》くとすぐに切れる。番号表示は非通知になっていて、もう四回もかかってきた。

「間違い電話なの？」

「うん、心あたりがないから」

「電源切っておけば？」

「うん、そうする」

天鈴姐さんがお出かけ着のブルーのワンピース姿で立ち、シャンパンの栓にナプキンを被《かぶ》せると、「ポン」と慣れた手つきで開けた。

「さあ、遠慮なく召し上がってね」

「ありがとうございます。いただきます」

天鈴邸のマジック用ステージがある和室に招いてもらっている。出入りの魚屋さんが届けてくれたという和洋折衷の料理は品良く盛りつけられて、シャンパンにも合いとても美味《おい》しい。

以前からユウトが熱望していた天鈴姐さんとの対面が、今日初めて実現した。「彼が会いたがっている」と話すと天鈴姐さんは、「まあ、インコちゃんのカレシに会えるなんて、マジ嬉しい」と若者ことばを使って喜びを表してくれた。カレシなどと言っているが、天鈴姐さんも訪れた「シマノ」のマジシャンであることは、わたしが事細かに話しているのでよく知っている。

せっかくだからキヨミも誘ったらと天鈴姐さんが言うので、失恋してからまだ十日で痛手が癒《い》えないキヨミも呼んでいる。実はキヨミとヨネ太郎のことも、レッスンのときに天鈴姐さんに話していた。そしてもうひとり、なぜか当然のように神谷支店長も現れた。火曜日の夜に男女五人のちょっとしたホームパーティーだ。

　私生活ではかなり人見知りのユウトは、わたしの知人ばかりの集まりに初めは入り込めない様子だったが、昔のマジシャンについて訊きたいことがあったとみえて、全員が席についてからは天鈴姐さんを質問攻めにしている。ユウトを挟んで両脇《りょうわき》にわたしと天鈴姐さんが、座卓の向こう側にキヨミと支店長が座った。

「え、同じ一座にいらっしゃったんですか？」

「ええ、あの方とはアメリカ巡業に一緒に行ったんですよ。私たちはそのあと、ヨーロッパを回る予定だったんですけど、あの方はアメリカのマジックの技術をもっと勉強したいって、奥さんとふたりで残ったの」

「知ってます。ニューヨークのAクラスの劇場に出演して、かなり人気があったそうですよね。時計のマジックで」

「そうね。懐中時計を三十個くらい、どんどん出すの。それで最後には大きな、中華鍋《なべ》くらいの時計を出すの」

「二個も出すんですよね」

「そう、よく知っているわね」

「あこがれのマジシャンなんです」

あんまり興奮してユウトが喋《しゃべ》るので、わたしはその横顔の目尻《めじり》あたりをうっとりとしながら見つめていた。ユウトの目の横はなめらかで、ビロード生地を折り畳んだように下まぶたに上まぶたが重なって自然な線でつながっている。これほど美しい目尻がこの世にあったのかと、この芸術品のような目尻をのこしてくれたユウトのご先祖様に感謝を申し上げたいくらいだ。

左の頬に刺すような視線を感じて首をふると、キヨミが獅子頭《ししがしら》のような顔で睨んでいる。

「うわっ、びっくりした」

ふくらんだ鼻の穴から、吹き出した蒸気が見えそうだった。

「印子さー!」

「は、はい、なんでしょう」

「ここで、印子もマジックの練習してるんでしょ?」

「う、うん」

「見たいなー。せっかくステージがあるんだしさ」

そう言いながら獅子の歯を見せてほくそ笑んだ。ヨネ太郎と別れてから失恋の傷が化膿《かのう》してしまい、いまキヨミは誰を見ても恨めしくて意地悪をしたくなる時期らしい。触れずにそっとしておけばよかったのかもしれない。この場に誘ってしまったことを後悔した。

「え、いいよ、今日は。だってまだ下手っぴいだしさ」

「知ってるよ、そんなの。だから彼氏さんに見てもらって、アドバイスでもしてもらえばー」

してもらえばーと発しながらアゴを上げて白眼をむいた。悪夢に出てきそうな、幼子ならばトラウマになりそうな不気味な顔だ。いくら練習していると言っても、支店長と天鈴姐さんとの二人の前でしかやったことはない。好きなひとの、しかもプロのマジシャンの前で演技することなど、恥ずかしくてできるわけがない。

「じゃあ、せっかくだから、やってみようかな」

なぜか支店長が、やる気満々の表情で立ち上がる。呼んでもいないのにどうして来たのかと思っていたが、ひとが集まると知ってマジック実演のきっかけを狙っていたようだ。きっと新しい道具でも仕入れたのだろう。しかしここは渡りに舟ということにして、支店長に場つなぎをしてもらいたい。

「じゃあ今日は、印子君にアシスタントをお願いしようかな?」

「ええ?　わたしがですか?」

それを聞いて、ユウトが「アハハ、いいねー」と手を叩《たた》く。実はここに来る途中、わたしもここでマジックを教わっていることを打ち明けたばかりだ。ユウトは「へえー」とそっけなかったが、これからマジックを披露するとなるとわたしの今まで見せていなかった一面を見せることになる。「もしもかっこ悪いことになったら……」そう考えるだけで恥ずかしくて、耳が熱くなるのがわかる。

「印子、なに赤くなってんだよー」

また意地悪なキヨミの言いぐさだ。ひとがいなければ、その分厚いほっぺたをつまんでごめんと言うまで引っ張っていただろう。支店長はわたしの乙女心にもキヨミの嫉妬《しっと》心《しん》にもまるで気づかず、おかまいなしにステージ袖《そで》の幕の裏に入ると、わたしを手招きして手順を説明する。そして、そこのハンガーに掛けてある衣装のジャケットを着込んだ。わたしもしぶしぶ自分のジャケットを羽織り、最近練習しているマジックの道具を仕込む。

ＢＧＭには支店長のテーマ音楽である「監獄ロック」をかける。ステージといってもほんの畳二枚くらいのスペースなのに、支店長は登場のインパクトにこだわっていて、音楽に合わせて踊りながら出て行くのだ。支店長のお母さんが得意だったというツイストという踊りで、すこし腰を落として背中を丸め、両手の拳《こぶし》を前にかまえて下半身を左右にひねる。わたしにはどうしても、どじょうすくいに見えてしまう。

「じゃあ、僕先に行くから、印子君、後ろから踊ってついてきて」

「嫌です。あんな踊り、恥ずかしいです」

「だって、ほんの二、三歩だよ。舞台ってね、やるほうが恥ずかしがっていると、観るほうはもっと恥ずかしいからね」

支店長は、ステージ袖からツイストをしながら一歩二歩と出て行った。気を遣った三人の観客が拍手をする。仕方がないのでわたしも腰を落として、拳を前に出して下半身をひねりながら後に続いた。三人がわたしにも拍手してくれるが、それがむしろ恥ずかしさを増幅させる。

この変な踊りもほんの二、三歩だと思っていたら、支店長がなかなか前に進まない。進んだと思えばバックしてくる。三歩進んで二歩下がるならまだしも、三歩進んで三歩下がる。わたしも支店長の後ろにぴったりとくっついてツイストをしているが、前が進まないので三歩進んでは三歩下がるしかない。なにをやっているのだ、この男は。

支店長は陶酔するようにノリノリになってどじょうをすくっている。観客が三人しかいないのに、爆笑が聞こえる。ますます支店長は調子に乗って前に進まない。親子のようなふたりが連なって、この変な踊りをしばらく続けていた。

やっと中央に着いたときには疲れきっていて、もうマジックなどやる気力もない。しかし支店長は、最近仕入れたネタをどうしてもやりたいと見える。なおも張り切って「では、アシスタントの印子君でーす」と紹介する。もうみんな知っているのにと思いながら、作り笑顔でお辞儀をした。ユウトの手前、すこしは舞台慣れしているように見せたい。

「今日は回転舞台を、お見せします」

　ほんのすこし打ち合わせしただけでよくわからないが、わたしが後ろ向き、支店長が正面向きで背中を合わせて立ち、ちょこちょこと歩きながら向きを入れ替わる。それを回転舞台と言ったようだ。舞台が回転するのではなく、人間が歩いて回るというだけなのだが。

「じゃあ、印子君、前に来たらお花やってね。そのあいだ後ろで仕込むから」

　前を向いていた支店長が背中を押しつけながら右回りにちょこちょこ歩くので、わたしがだんだん正面向きになってきた。ユウトの吹き出しそうな顔が見えて、やたらと恥ずかしい。正面でいったん止まり、赤と緑の羽でできた花を一本出し、それを二つに分けて二本にした。

　するとまた背中を押しつけられ、ちょこちょこと回ってわたしが後ろ向きになった。支店長は正面で「わたくしの今着ているシャツは白いシャツでーす」と言って、すぐにまた回転する。わたしは正面を向き、二本だったお花を三本、四本と増やした。

　また回転して、支店長が正面で「はい、白いシャツが赤いTシャツに早変わり！」と言い、またすぐ回転する。わたしはまた正面になったが、このマジックはお花を四本にしたところで終わりなのでつぎのネタがない。しょうがないので四本のお花をひとつに持って「はい！」と言ってみたが、もはやマジックではない。

また回転して支店長が「こんどは青いTシャツに早変わり」と言ってすぐに回る。さっき玄関ドアから現れたときにやけに着ぶくれしていると思ったら、このネタをやるために家から着込んで来たらしい。

回転してまたわたしが正面になってしまったが、もう出すものはなにもない。とっさにユウトがやっている口から紙ふぶきを出すマジックを思い出し、口からお花を出すようなしぐさをしてみた。しかしお花の茎の先を咥《くわ》えることしかできなかった。キヨミが「食べるの?」とぼそりと言った。

つぎに支店長が正面まで行き「はい、また白シャツに早変わり!」と叫ぶように言って、このマジックは終わったらしい。わたしは後ろ向きだったので、決まり顔も決めのポーズもできなかった。

そしてまた支店長はツイストをしながらステージ袖に捌《は》けて行き、わたしもしぶしぶ後ろに並んでツイストをしながら捌けて行った。支店長が袖に入ってから、わたしだけステージに残っていて変な踊りをしている時間が、消えてしまいたいほど恥ずかしかった。

ジャケットを脱いで座卓に戻ると三人の観客は拍手をしてくれたが、ユウトとキヨミは目を赤くしていて笑いを堪えているのがわかる。支店長が「あれは自分で作ったネタなんですよ」などと得意げに説明しているのを聞きながら、わたしはがっくり力が抜けてただ畳の目をじっと見つめていた。

「いやー、なかなか面白かったたな、印子のマジック」

「うん、俺から見ても斬新《ざんしん》なマジックだった」

キヨミとユウトは見え透いたなぐさめを言い、天鈴姐さんは「いいコンビね。いつか大きな舞台であの踊りができるといいわね」と恐ろしい発言をした。

玄関のチャイムが鳴り、魚屋が新しい料理を届けてくれた。わたしはしばらく無言のままシャンパンを飲んで、料理を食べていた。

「あれ？　おかしいな」

電話を手にユウトが困っている。

「どうしたの？」

「しばらく電源切ってたんだけど、なんだか、使えなくなってる」

「え？　どういうこと？」

「どこにもかかんない」

「おかしいね」

そのやりとりをしている間、ほかのみんなは魚屋から届いたお寿司《すし》を食べていた。すると支店長が、ぴょこりと首を伸ばして目をキョロキョロしだした。もうこれ以上なにもしないでじっとしていてほしい。

「え、いま、なんて言った?」

「なんでもないです、支店長」

「いや、さっきは、ユウト君の携帯に、ヤクザみたいなヤツからなんどもかかってきたって言っていたよね?」

「あ、はい。間違い電話なので、電源切ってました」

「それで、ふたたび電源入れたら、使用できなくなっていた?」

「はい」

「ああああああ」

いきなり叫び声をあげると立ち上がり、「たいへんだ、振り込め詐欺《さぎ》、詐欺だ」と言う。

「ちょっと待って整理するから。えっと、ユウト君の携帯が止められたということは、えっと、ユウト君の実家の親が、いま、まさに詐欺に遭っている」

「えええ?」

その場のみんながのけぞった。

「過去の振り込め詐欺の事案例で、読んだことがある。ヤクザみたいなやつから間違い電話がかかってきて、うるさいからと電源を切っておく。詐欺グループはすぐに電話会社に連絡して紛失したと言って、その携帯を使えない状態にしてしまう。番号と名前と生年月日を言えばそれができるんだ。で、そのあいだに親族からお金をだまし取る。息子さんは警察に捕まりました、携帯も没収されていますと言って。親族が本人の携帯に電話しても通じないから、ああ本当に捕まったんだと信用してしまう」

「警察に捕まってるのに、どうしてお金が必要になるんですか？」

「それが、よく作られた台本なんだよ。息子さんは事故を起こして、相手の方が入院しましたって。それも妊婦が流産しそうだとか、子どもに後遺症がのこるかもしれないだとか、大変だと思うようなことを言うらしいんだ。示談金を支払えば事件にはなりませんと、警察、弁護士、被害者って何人も電話の相手が代わって、迫真の演技をするんだ。とにかく、ユウト君の実家に電話して、お金をとられないようにしないと」

　わたしの携帯を使い、ユウトは秩父《ちちぶ》の実家のお母さんに電話した。

「あ、オレオレ。え？　オレだって、オレオレ」

「だめだよ、ユウト君。オレオレって言っても、詐欺にしか聞こえない」

「あ、そうか。オレは、あなたの息子の、ユウトです。えっと唐揚げが好きです。小学生のころ痩《や》せてたから、あだ名は鶏《とり》ガラ」

　ひとしきり話して、ユウトの母親は息子だと理解したらしい。

「え？　事故なんか起こしてないよ。子どもがケガした？　示談金もなにも、全部うそだって。オレ警察署にいないって。それが詐欺の手口なんだって」

母親の混乱ぶりが傍で聞いていても伝わってくる。

「オレの名前言ったの？　渋谷の道玄坂でバイク事故起こしたって？　個人情報かなり調べてあるな、そいつら」

ユウトの母親は、かれこれ一時間くらい詐欺グループとやりとりをしていたらしい。すぐに五十万円用意することにして、いったん電話を切り、振込先の指示を待っているところだったそうだ。あぶないところだった。そこから支店長が電話を代わり、対処法を教える。

「お母様、私は四葉信用金庫の支店長をしております神谷と申します。その電話番号というのは、詐欺グループのですから教えてください。私から警察に電話して知らせます。この電話はそのまま切らないでください。つぎに詐欺グループから電話が来たら、もうばれてるわよと言っていいです」

支店長は自分の携帯電話を出し、ユウトから実家の住所や電話番号を聞いて警察に連絡している。こと振り込め詐欺については普段から訓練しているとあって、こんな支店長でもてきぱきとした行動だ。

「あ、もしもしユウト君のお母さん。私、先ほどの四葉信金の神谷です。警察が詐欺グループの電話番号にかけてくれますから、ひとまずこれで、奴《やつ》らはあきらめると思います。でも、またどんな手口で狙ってくるかわかりませんから。もしかしたら、警察官の格好で訪ねてくるかもしれません。おとり捜査に協力してほしいと、キャッシュカードを貸してくれだの、暗証番号を教えてくれだのと言うかもしれません。本物の警察官は、絶対にそんなことはしませんから渡さないでください。あるいはしばらく経ってから、詐欺グループに渡った名簿から、あなたの情報を削除しますから、お金を振り込んでくださいと電話がくる可能性もあります。とにかくお金とカードのやりとりは、すべて詐欺だと思ってください。これからの詐欺の予防としては、かけてきた相手の電話番号がわかるようにナンバーディスプレイにして、知らない電話番号には出ないことです。それで、息子さんとは、秘密の暗号でも決めておいて、昔のあだ名のとんこつでもいいです」

「支店長、鶏ガラです」

「あ、鶏ガララーメンでもいいですから、息子さんだとわかるように。お母さん、お気をつけください。くれぐれも、気をつけて……せっかく貯めたお金なんですから……」

電話をしながら支店長は言葉を詰まらせた。また、詐欺に遭った母親のことを思い出したと見える。手口の数々を聞けば聞くほど卑劣な集団だ。それほど巧妙な手口を考える能力があれば、劇作家として名を遺《のこ》せるのではないか。儲《もう》かりはしないだろうが。

電話会社に連絡してユウトの携帯が使えるようになり、みんなで寿司をつまみながら支店長のお母さんの話や、ユウトのお母さんの心のケアが必要だという話をして時間が過ぎた。支店長はしきりにぼやく。

「どうしてあんな集団が生まれてしまったのか。組織を作って、お年寄りからお金をだまし取るなんて。捕まったヤツに訊いても罪悪感はなにもないって言うらしいんだ。お金っていうものは汗水流して涙も流して、初めて手にできるものなんだよ。そういうことがわからないっていうのが悲しいね」

「あ、そう言えば、キヨミも詐欺に遭ったようなもんなんです。ね、キヨミ」

わたしのひとことで、水を打ったようにその場が静まった。まずいと思ったが時すでに遅く、キヨミは思い出したように怖い目で睨む。寝た子を起こしてしまったか。

「詐欺なんかじゃない。ヨネ太郎だって、芸に悩んでいてしょうがなかったんだ」

キヨミの貸したお金は、未《いま》だ返ってくる見込みはない。ここに居るメンバーはそのことについても知っている。わたしが話したのだが。

支店長がまた首を突っ込んでくる。

「芸に行き詰まって、仕事がなくて、生活に困ってのこと？」

「仕事は寄席《よせ》の出演があったから生活できるぶんは稼いでた。ただ、大きなステージでは師匠のアシスタントばっかりで、自分の本当にやりたい仕事ができなかったんだと思う」

「だってキヨミ、本当にやりたい仕事があるなら新しいマジックの研究をするとか、練習するはずじゃない。ヨネ太郎は何もしないで、飲んだくれてたんでしょ」

現実から目を背けようとするキヨミの態度に腹が立って、ついキツイ言い方になった。

ユウトまでも話に加わってきた。

「そのヨネさんとやらは、キヨミちゃんが貸したお金を、飲み代に使っちゃったの？」

ユウトがキヨミのことをちゃんづけで呼ぶのが、ちょっと癪《しゃく》にさわる。

「どうなの、キヨミ！」

「いいや、違う」

「こっそり、マジックの道具を買ってたとか？」

「違う」

「じゃあ、何に使ってたっていうの、キヨミ！」

わたしの怒鳴り声に、キヨミは俯《うつむ》いたまま、もうどうにでもなれと声を振り絞る。

「芸人仲間とバクチに使ったんだよ。競艇と競輪に。二百万使っちゃったんだよー」

誰ひとり言葉にならず、ため息のような呼吸音が聞こえてきた。天鈴姐さんが、がっくり肩を落として「こりゃだめだ」というように目をつぶった。

支店長が怯《おび》えながらも「それは、やっぱり、どうにかして返してもらったほうがいいんじゃないかな。あげたわけじゃないんでしょう？　貸してって言われて貸したんでしょう？」とキヨミに訊《たず》ねるが、本人は俯いたままだ。

「そうだよキヨミ。弁護士に相談してさ」

「いやだ、いやだよ、そんなこと絶対いやだ。印子にはわかんないさ、本気で男を好きになったことなんかないんだから」

「え？」

なんなのだ。急に話題をわたしに振ってきた。ここに彼氏がいるというのに。

「あんたたちに、わかりっこないさ。おままごとみたいなつき合いしかしてないくせに」

「なによ、わたしたちだってそれなりに、ちゃんとおつき合いしてるわよ」

悔しくてもっと言い返したいのだが、ユウトの手前恥ずかしい。どうして議論をわたしたちの交際のことにすり替えるのだ。まったくキヨミの言動は、めちゃくちゃ頭にくる。

「私とヨネ太郎は、濃いつき合いだったんだよ。一生添い遂げるつもりだったんだから」

「わたしだって、そう思ってるよ。ユウトさんと一生一緒にいるつもりだもん」

わたしは、なにを口走ってしまったのだ……。

視界の片すみに、座卓のまわりで動かなくなっている三人の気配がある。ゆっくり視線をずらすと、ユウトは寝たふりをしているのか俯いたまま。支店長はおじいさんのような遠い目をして鴨居《かもい》を見ている。天鈴姐さんはなぜかキラキラした瞳でわたしを見つめ、目が合うとゆっくり微笑んだ。

6 ステージ *stage*

集結場所は横浜にある「わいわい座」。客席数三百で五階建てビルの中にある有名な演芸場だ。土曜午後二時からの『よこはま宇宙お笑い会』は、人気の大御所落語家と若手漫才師が出演するとあって満席だった。ここに、キヨミの全財産を奪い取った、元彼のヨネ太郎がめずらしく単独で出演するのだ。

支店長と天鈴姐さんは、支店長の車でこちらに向かっていて、開演直前に入る段取りだ。わたしは開場の一時間前からビル前の歩道に並び、六人分ばらばらの席を確保した。支店長と天鈴姐《ねえ》さん、ユウトとマモル、そしてキヨミとわたしの総勢六人。

座席取りの目印には「チームTEN」のチームカラーであるオレンジ色のシルクを丸めて椅子《いす》に置いたり、背もたれに掛けたり、新聞に何気なく挟んで椅子に置いたりした。客席の前方、中央、後方とバラけるように、加えてすぐに出やすい通路側にするように気をつけた。

しばらくして、来場客に混じって入って来たユウトはクリエイター風の黒ずくめ衣装だ。すこし後から来たマモルは演芸好きの青年風でネルシャツにセーター、コットンパンツという格好。ふたりとも扉口で最後列に座っているわたしに目配せし、他人のふりで中央の左右に離れて座った。

キヨミの敵《かたき》をとるために結成されたチームTENは、天鈴姐さんの家に集まり計画を練ってきた。いよいよ今日という決行のときを迎え、全員が緊張していることだろう。しかしわたしはまず、ユウトの姿に目を奪われ、早くも酸欠になりそうだ。鼻の穴を意識的にひろげて深呼吸をした。

クリエイター風というだけでなんのクリエイターなのかは決めていないのだが、イメージでわたしが服を買った。黒の光沢のあるぴたっとしたジャケットと、黒のぴたっとしたパンツ。ブーツはいつもユウトが履いているものだ。中に着たグレーのVネックのシャツがきれいな首を長く見せ、首から上の肌を白くなめらかに映している。

いつものように固めていない洗いっぱなしの前髪が眉《まゆ》にかかるほど長く無造作で、その髪型と黒ジャケットとの組み合わせが悶《もだ》えたいほど色っぽい。あのひとがわたしだけのものだと脳に囁《ささや》けば、すぐにでも気絶できる。でも気絶している場合ではない。大切な局面なのだ。

今回のことは、わたしの中ではユウトとヨネ太郎のマジシャンとしての対決だと思っている。ユウトが勝つことはわかっているが、同じようにステージに立つマジシャンとして、ヨネ太郎にユウトのプロ根性を見せつけギャフンと言わせたいのだ。

二十九歳のユウトだが芸歴はすでに十五年にもなる。マジックは小学生のときに始めたらしいので、二十年くらいマジックと共に生きている。実家のある秩父から池袋のデパートにあるマジック用品売り場に毎週通ったという。そこには技術の優れたディーラーがいて、アマチュアマジシャンの溜《た》まり場になっていた。中学生になるとその仲間たちとお客の前で発表会をするようになり、国内のコンテストに出場して腕を磨いたのだそうだ。

こつこつと技術を身につけ練習を積んできたユウトであるから、ヨネ太郎のマジシャンとしての生き方に疑問を感じたのだろう。キヨミの一件を聞いてもらい、ふたりで寄《よ》席《せ》に行ってヨネ太郎のマジックをこっそり見たときのことだ。

「昔、じいちゃんに連れられて行った寄席で見たのは、もうちょっとまともなマジックだったんだけどな。ちゃんとしたひともいるんだろうけどさ。でもヨネ太郎？　あいつはマジシャンというより、漫談家だよね。喋《しゃべ》ってる時間のほうが長くてネタなんか二つ三つ。ひどいもんだね」

他人を批評することがないユウトの口ぶりがめずらしくきつかった。キヨミがいつかヨネ太郎のことを庇《かば》って話していたことを思い出した。

「寄席に出るマジシャンは色物っていって、あくまでも落語家さんたちの引き立て役なんだ。落語ばっかり聞いてるよりも、漫才や曲芸やマジックがはさまると、お客さんも楽しめるでしょ。そのために色物があるんだ。だからマジシャンが落語家さんよりも目立っちゃいけないの。持ち時間だって、落語と落語のあいだをつなぐだけだから、その日によって違うんだ。高座に前もってタネを仕込むこともできないから、持ち運びできるものじゃないとだめだし、一日に何カ所も出演することもあるんだ。トラックに積むような道具は持ち歩けないさ。ユウトさんみたいな、マジックショーだけやってる自己中なマジシャンとは違うんだよ」

三軒茶屋でユウトの大道芸を初めて見たときには、マジックバーでやっているマジシャンは芸が小さいと言っていたものだが、直《す》ぐにヨネ太郎の芸の小ささに気づいてしまったようだ。それも生きていくためには仕方がない、与えられた仕事だからと言い訳していた。

「それにしたって、マジックやっているからには、自分が主役になれるステージがやりたくなるはずなんだけど」

そうユウトは不思議がる。誰かの引き立て役だけで生活はできるにしても、マジックの世界では新しいタネはどんどん増えているのだからそれを使ってみたいだろうし、海外に道具を買いに行きたくもなるだろう。それに、大きなコンテストに出場して腕を競ってもみたいはずだ。マジックをやっていればそう思うのが当然なのだとユウトは言う。

「年齢的にもう落ち着いてるならしょうがないけど、まだ若いやつが寄席芸人ぶって腕を磨かないで、落語家さんにゴマすって仕事もらうことばっかり考えてさ、あげくに女に貢《みつ》がせて二百万もギャンブルに使うって、なに考えてるんだろう」

言い方は静かだったが、許せないものがあるのは伝わってきた。

キヨミの仇討《あだうち》のためチームTENを結成してからもユウトは熱かった。「シマノ」でのステージがない日の夜には天鈴邸での作戦会議に参加し、熱心にアイディアを出してくれて。後輩のマモルも誘うと計画はどんどん大がかりになっていく。わたしはマジックのことを話すユウトの横顔が、しだいに興奮して赤らんでいくのをすぐ側《そば》でじっと見られるのが嬉《うれ》しかった。

ユウトのアシスタントになる目標は、いつの間にかどこかに消えた。ユウトのマジックにかける情熱には、どうしても入り込めないところがある。わたしは素人《しろうと》のお客の立場からあれこれアドバイスをして勝手な意見も言うが、本当はじゃれあってふざけているようなもの。ユウトは何も聞いていない。

誰かの意見でマジックの技を変えることなど、ユウトは絶対にしないのだ。失敗してもすべて自分で責任がとれるよう、マジックの内容はすべて自分で決めて誰の指示も受けない。それだけに上手《うま》くいかなかったときの批判の矛先は自分だけに向かい、心身のダメージは大きい。まさに命がけの仕事をしている。

「わいわい座」の客席は開演を迎えた。前座の落語家が下手《しもて》から登場すると同時に、扉口から支店長と天鈴姐さんが入ってきた。目配せで前方の席を指した。前から二列目通路側に、並びで二席取ってある。背もたれにオレンジ色のシルクが掛かっているのですぐにわかるはずだ。

手をつないで階段を降りていくふたりは、誰の目からもたぶん親子に見える。横浜に向かう途中に昼食をとる話をしていたので、仲良く蕎麦《そば》屋にでも寄ってきたのだろう。今日の天鈴姐さんは、薄紫のニットと紺色のスラックスでいつもより庶民的ないでたちだ。支店長の格好はいつも通りだろうから見るまでもない。

十五分ほどで前座の落語が終わり、派手な桃色の着物の女性落語家が登場した。このあと紙切りと漫才があり休憩。後半は若手の落語があり、つぎがいよいよヨネ太郎だ。前方の天鈴姐さんと支店長ペアを確認し、中央左右に分かれたユウトとマモルを確認し、後方にもうひとつ空席があるのを見て大変なことに気づいた。肝心のキヨミがまだ到着していないのだ。

いったん席を立ちロビーに出るとあたりを見まわした。キヨミの姿はない。すぐに携帯で電話をかけた。留守電になってしまい本人が出そうにない。キヨミがいなければこの計画はなんの意味もなくなってしまう。

表のほうから響く声が聞こえる。その声に覚えがあったが思い出せず、後ろ姿を見つつ近づいた。「わいわい座」の入り口にある切符売り場で、受付の女性に摑《つか》みかかりそうな前のめりの姿勢で、なにやら喚《わめ》いている女性がいる。

「だから、いるかどうか確認するだけなんだから、チケット持ってないけどいいでしょって言ってるの。もうわかんないひとね。誰か、わかるひと呼んで」

横顔が見えてはっとした。ワインレッドのメガネフレームに、同じ色の口紅。あれは四葉信用金庫に相談に現れた、天鈴姐さんの娘さんだ。今日も高級そうな茶色のスーツを着ている。「わいわい座」の職員らしき男性が応対にやってきた。

「母がね、認知症なの。最近怪しい連中と出かけてるって近所のひとが教えてくれて、心配だからGPSの発信機を財布につけたの。そしたら今日も誰かと出かけて、ここにいるのがわかったの。だから探しに来たのよ。詐欺《さぎ》グループに拉致《らち》されてるかもしれないでしょ」

「そういうことでしたら、まず警察に連絡させていただきたいのですが。ほかのお客様の安全のこともありますので」

「そんな大げさにしないでよ。母だけ連れ戻せばいいんだから」

「はあ、しかし、連れて来た人間も特定しないといけないので。もし事件だとすると、犯人も一緒にいるということになりますし」

「やめてよ。プライバシーってのがあるでしょ」

どうやら、面倒なことになりそうだ。面倒すぎて脳が休眠状態になり、ひとまず背を向けて会場に引き返した。扉をひらくとすでに紙切りの男性芸人が座布団《ざぶとん》の上で体を揺らしながら紙を切っている。身をかがめて最後列の席に戻った。

息を吐き動悸《どうき》を整えてから、頭の中に面倒になりそうなことを並べてみた。

天鈴姐さんと最近出かける怪しい連中というのは、支店長とわたしに他ならない。近所のひとに見られていたのか。詐欺グループの一味ではないかと警察に通報されたとしよう。支店長がまず捕まり事情聴取される。天鈴姐さんは認知症ということにされ、何を言っても信じてもらえない。

財産の預貯金の件がまずある。天鈴姐さんから頼まれ、資産管理しやすいようひとつにまとめ、四葉信用金庫の口座に移してしまった。天鈴姐さんが認知症にされたとすると、家族の許可なく勝手にしたことになる。それだけで終わらず、その後も毎週、個人的に家に出入りし、支店長は天鈴姐さんからけっこう高額なマジック道具代をいったんは受け取っている。ステージの改装代に使ったとはいえ……。

これはまずいのではないだろうか……。少ない脳みそが沸騰しそうなほど、わたしは今考えている。これは、犯罪ということになるのか。信金も解雇になるのか。通報されたと知った支店長が気を動転させて、わいわい座の観客を人質に立てこもるなどという暴挙に出たとしよう。わたしはいったいどうしたらいいのだ。

警察と機動隊の車両がこの建物をとりかこみ、盾をかまえた機動隊員が数百人規模で待機している映像までも浮かんでしまうのだ。ヘリが飛び交い、拡声器を肩から下げた警官が叫んでいる。

「四葉信用金庫、神谷支店長と部下の印子、おとなしく、人質を解放して、出てこーい」

そして支店長のお母さんが登場し、拡声器で叫ぶ。

「ヨシオー、お母さんだよー」

支店長の下の名前を忘れたがそんな感じだろう。

「ヨシオー、おとなしく出てきてー。ごめんよ、お母さんが振り込め詐欺にひっかかったから、お金に困ってこんなことしたんだろー」

泣き崩れるお母さん。それを壁に隠れながら見ている支店長。わたしが「支店長、気を確かに持ってください」と声をかけると、歯をくいしばり拳《こぶし》で壁を叩《たた》く。

「ちょっと、なに！」

前の座席の背もたれを、拳で叩いてしまった。あわてて「すいません」とあやまった。ちょうどいっせいに拍手が起こる。その音ではっと我に返ることができた。紙切り芸人が座布団から立ち上がり、下手に捌《は》けていく。思い切って席を立ち、前方の支店長の席まで通路階段を駆け降りた。

「支店長、大変です。あ、いや、大変でもないですけど、いったんロビーに出ましょう」

「え、どうしたの？」

「あの、天鈴姐さんの娘さんが、探しに来たんです。GPSを財布に仕込んだらしくて、ここがわかったみたいです。拉致されたって言ってました。通報するとか、しないとか」

「えええ？」

隣りで聞いていた天鈴姐さんが「しょうがないわね」とゆっくり立ち上がる。まるで動じることはなく落ち着いているのを見て諫《いさ》められた気がした。そうだ、慌《あわ》てずに天鈴姐さんの判断を仰げばいいのだ。娘さんのことは母親がよくわかっているのだから。

ロビーには、まだ娘さんと男性職員が立っていた。

「あ、お母さん。ちょっと、無事だったの？　もう心配したのよ」

娘さんが天鈴姐さんに駆け寄って肩を抱く。そのとき、何を思ったか天鈴姐さんは、子どものような表情で喋りだす。

「このひとに無理やり連れて来られた」

「え？」

支店長が天鈴姐さんにゆび差され、メガネの奥で小さい目を見開いた。娘さんと職員の男性が同時に支店長に視線を向けた。

わたしはそれらの視線の延長線上にいたのだが瞬時に逸《そ》れた。女子トイレの入り口を見つけ左に折れたのだ。我ながら機敏な動作だった。

「お母さん、やっぱり詐欺に遭ってるの？」

「うん」

「えええ？」

支店長が頭の先から声をあげる。これは、天鈴姐さんに何か意図があってのことと見える。たぶん、ここは大事になる前にとにかく自分と支店長だけで娘さんをつれて演芸場の外に出ようと思ったのだろう。職員の男性はおろおろとするばかりだ。

「やはり、警察に通報したほうが」

「いえ、結構です。こちらから警察に行きますから」

娘さんはいちど支店長に会っているはずだが、気づかないようすだ。出口に向から途中、天鈴姐さんは隠れているわたしにウインクをする。本当に警察署に向かうのかどうかはわからないが、三人は表に出ていった。職員の男性もやれやれという顔をして奥へ消えた。わたしは静かに女子トイレから出ると、ゆっくり歩いて客席に戻った。つぎのことを考えなくてはならない。

ステージでは人気者の漫才が始まったところだ。まだキヨミはやって来ない。ユウトとマモルの頭は見える。計画は実行できるだろうか。

会場内にリズミカルな笑いの渦が巻き上がっている。テレビでよく観《み》る人気漫才師がよどみのない早口で喋り、テレビにあまり出ない相方がたまにボケる。そのくり返しがつづく。持ち時間はあと十分くらいだろうかと思った矢先に「いいかげんにしなさい」とボケ役の台詞《せりふ》で唐突に漫才が終わった。観客はいっせいに拍手をする。ほんの七、八分のステージだった。演芸会に偵察に行くようになって感じた七不思議のひとつだ。テレビによく出る芸人さんは持ち時間が短くても拍手が大きい。

その拍手のなか客席の最前列に座っていた七、八人の若い女性が立ち上がり、ステージ前に駆け寄った。あれは席取りのために開場一時間前から並んだ列にいた女性たちだ。人気漫才師の追っかけだったのか。テレビによく出ている背の高いほうだけがステージ中央まで戻ってきて、プレゼントや小さな花束を受け取っている。女性たちがまるで家族のように似た丸い体型で、全員がバッグやポーチを斜めがけにしているのが、面白いような不思議な光景だった。

「シマノ」でのユウトを思い出す。マスコミでは無名かもしれないが、ユウトにも熱烈な追っかけがいる。大勢いるファンの中でも週に二回、三回と「シマノ」に通ってくる女性は三十人くらいだろうか。年齢も職業もさまざまのようだが、なぜかきれいなひとが多い。恋愛経験が豊富そうな成熟した女性たちだ。

帰り際《ぎわ》に出入り口でひとりずつ抱擁して、耳元で「ありがとう。また来て」と囁くユウトの声を、味わうように目をつぶって聞く。そしてカラダを離してからもう一度ユウトと目を合わせ、唇を結んだまま柔らかく微笑《ほほえ》む。すべての女性がそうというわけではないが、そんな大人の女性ファンをよく見かける。

そのたびにユウトはどんな気持ちなのだろうと胸の中がざわざわとする。わたしにはない母性愛のこもった余裕の笑みを見せつけられると、本当はユウトのカラダに触れないでほしいと思う。

マモルに聞いたところによると、以前、夫のいる女性がユウトと結婚できると思い込み、離婚してしまったことがあるそうだ。実際はユウトと交際していたわけでも二人きりで会ったわけでもなく、ただステージと客席で向かい合うだけの関係だったのに、彼女のほうは自分だけがユウトに見つめられていると信じ込んでしまったのだという。ユウトに関するそんなことを知ってしまうと、わたしはすごく複雑な思いになる。

実際のユウトの生活は、普通の男性と変わりなかった。わたしが知っている父親や従兄《いとこ》や親戚《しんせき》の男性と比べてのことだが、普通だと感じた。食べ方は不器用だし、いびきもかくしおならもする。わたしはそんなユウトの本来の姿を知ったから、側にいても引け目を感じることはなくなってきた。

でも、熱烈なファンがわたしの存在を知ったら、いったいどんなことになってしまうのだろう。そう考えると恐ろしくて、最近は「シマノ」に手伝いに行くことさえためらわれる。行ったときには、ユウトと会話はもちろん目を合わせもしない。スタッフにも明かしておらず、わたしたちのことを知っているのはマモルだけだ。

　ステージでは緞帳《どんちょう》が下り休憩時間に入った。休憩のあいだ演芸場前の通りに立ち、キヨミの姿を探した。電話はずっとつながらない。

　桜が開花して今日は花見日和《びより》とテレビで言っていた。でも気温は春に届かず、コートがないと肌寒くて腕を組んで肩をすくめた。ビルの前に立ててある「わいわい座」と書かれた緑色の幟旗《のぼりばた》が、風になびいてばたばたと音をたてる。

　両親にはユウトのことを報告してある。三十路《みそじ》の娘にやっとそんな男性ができたのかとかなり喜んで、ユウトの部屋に出入りすることも泊まることも咎《とが》められはしない。そのまま順調に交際し、ゆくゆくは結婚できると楽観的すぎる考えでいるようだ。

　ユウトとの結婚があるとすると、五パーセントくらいの確率だと思う。いまのところそれくらいだ。結婚などしてしまうとファンは一気に減る。ファンがいなければステージを続けることさえできない。ユウトにとってはマジックを続ける場所があることがいちばん大切で、恋人のためにマジックを捨てることなど有り得ないのだ。

　本音を言えば女性ファンなどひとりもいなくなればいい。ユウトがみんなの前で「このひとが僕の選んだ女性です」と宣言して、わたしを見せびらかしてくれればいい。そうなればどんなに幸せだろう。

でもさらに本音を言えば、見せびらかされたといって、女性ファンにうらやましいと思ってもらえる自信はこれっぽっちもない。「こんな女がいいなんて、ユウトにはがっかり」とユウトの評価を下げてしまう自信のほうがある。

これからわたしが劇的に変身してきれいな女になることは難しいので、できればユウトが劇的に老《ふ》けたり、禿《は》げたり、太ったりして女性たちを引かせてはくれないか。そんなおかしなことを願ったりする。

建物横に楽屋からの通路があるらしく、騒がしい声が聞こえてきた。出てきたのは今さっきステージを降りたばかりの人気漫才師とそのファンの女性たちだ。気がつけば前の通りに黒い窓ガラスのワゴン車が停まり、ドアを開けて待っている。

「ごめんね。また、ゆっくりね」

「お仕事がんばってください」

「うん、ありがとね」

「こんどの渋谷のライブも行きます」

「うん、じゃあね」

騒がしい集団が蜂《はち》の群のように移動して、漫才師がワゴン車に乗り込み発車するまで、ものの十秒ほどだった。車を見送ったあとの蜂の群は針をぬかれたように放心して、そのまま息絶えるのかと見ていると、すぐにぴょんぴょん飛び跳ねた。

「握手したー」

「もう、ずるいー。わたしも手、のばしたのにー」

「目は合ったよ。ああ、君だーって顔してた」

「じゃあ、覚えられてるんだ。いいなー」

またきゃっきゃっと騒ぎながら、ロビーの中に入っていった。そんな彼女たちを見苦しいとも理解できないとも思わない。反対に懐《なつ》かしいような気がする。わたしがユウトを追いかけて毎週「シマノ」に通っていたころは、本当に毎日が活気に満ちていた。ユウトに会えるという希望だけで毎朝職場に向かい、夕方まで面倒な仕事に耐えた。

ユウトに会えたときには、わたしだけすこし長く見つめられた、あのひとよりも強く抱擁してもらえたと一喜一憂して、その日は満たされて眠りに就いた。失うことなど考えなくてもよいただ一方的な、勝手にふくらますことのできる幸福感だった。

今は失う不安でいっぱいだ。こんなにたくさんの幸せが手にはいったのに、ずっと持ち続けることはできないのかもしれない。いつかは誰かに盗《と》られるのなら、自分だけのものにしなければよかった。ほんのすこしの幸せで満足しておけばよかった。

すべてを失ったキヨミは、今年は桜を見られただろうか。

7 イリュージョン *illusion*

恋はオンナをきれいにするが、失恋はもっとオンナをきれいにする。そんな言葉をどこかで聞いたような気がするが、キヨミもやはりオンナであった。

「印子、遅くなった……」

気を揉《も》みながら「わいわい座」前の歩道わきに立っているときに、目の前にそいつが現れた。声はキヨミなのだが、そこにいるのは世間一般でいう普通の女性だ。

「キヨミなの？　どうしたの、それ」

「髪型？　なんか美容室行ったらこうなった」

栗色《くりいろ》に染めてストパーをかけたのだろう。さらさらになった肩までの髪をパールの飾りがついたバレッタで後ろにまとめ、矢印の寝ぐせがつきやすい前髪は一本一本がまっすぐ下を向き、眉毛《まゆげ》の上で切り揃《そろ》えられている。

「まだ間に合う？」

「いま、休憩時間。ヨネ太郎は次の次」

顔には化粧もほどこしてあるようだ。

「お化粧品、買ったの？」

「うん、デパートで。お金なかったから、カード払いで。眉毛を剃《そ》ってもらって描き方教えてもらった。目のまわりもね、まつ毛の隙間《すきま》を埋めるようにラインを引くと、ぱっちり見えるんだ」

そう言って白目を剝《む》きながらまつ毛の際《きわ》を見せる。キヨミの口から化粧法を聞く日が来ようとは、冗談にも思っていなかった。でも確かに、あざといほどさりげなく目が大きく見えるようラインが引かれている。唇にもしっかりグロスが塗られているが薄い色だ。自然っぽさを演出するメイクを美容部員に教え込まれたのだろう。そして洋服も。

「服もカード払い？」

「うん。一回払い」

「じゃあ、来月の引き落とし、高額だね」

「いいさ。ほかに使うことないんだし」

草木染めの薄ぼけた色を見慣れたせいか、なんだろう。紺色のロングのワンピースがキヨミよりも目立っていて、裸族の娘が初めて服を着たような、それが現代の人間の姿だったのかと気づかされるような不思議な感覚だ。

笑ってもいいような状況なのだが、なぜだか目の奥が熱くなり涙が込みあげそうになる。別れた男に会うために、頑張ってきれいになろうとしたのだ。久しぶりに会った彼が自分を見て、こんなにきれいだったのかと気づいてくれればそれでいいと、そんな健《けな》気《げ》なことを考えたのだろう。

「どうした？」

「キヨミ、きれいだ。すごい、きれいだ」

「なんか、花嫁の父みたいだ、印子」

去年からここ数カ月のあいだに、赤子のようだったキヨミが女性として成長する様を一番近くで見ていたのだから、本当に花嫁の父の心情だ。今回は残念な結果ではあったが、これからきっといい恋愛ができることだろう。不憫《ふびん》な娘をもった父親としてはそう信じたい。父親ではないが。

「どなた様も会場内へ……」

休憩時間終了のアナウンスが聞こえてきた。キヨミにチケットを渡しロビーに入ると、ユウトとマモルが離れた場所のベンチに座っている。それぞれに目配せをして、キヨミが来たことを確認した。天鈴姐《ねえ》さんと支店長抜きでの実行を、各自がシミュレーションしていることだろう。きっとだいじょうぶだ。ユウトもマモルも余裕の笑みを浮かべながら客席に戻っていった。

「キヨミ、あれ？　キヨミ？」

振り向くと、たったいまロビーに入ったはずのキヨミの姿がない。ロビーの奥まで見渡すと売店の向こう、廊下隅のベンチに背中を丸めて座っている。

「キヨミ、やっぱり辛《つら》い？」

隣りに座ると、風邪で熱があるのかというほどの体温が伝わってくる。「だってさ、印子」と床を向いたままぼそぼそとキヨミは話しはじめた。

「私はヨネ太郎がマジックやってるとこ観《み》て好きになったんだ」

「うん」

「合コンで出会ったわけでも、幼なじみだったわけでもない」

「うん」

「本屋でおんなじ本に、同時に手を伸ばして知り合ったわけでもない」

「うん、ドラマでは、そんなのよくあるね」

「マジシャンのヨネ太郎が好きだったんだ」

「うん」

洟《はな》をすするキヨミの目から、涙がぽたぽたと床に落ちる。

「だからさ、あいつからマジックを奪いたくないんだ。ステージで大失敗して、師匠に破門って言われて、マジックの世界から追放にでもなったら私は嫌だ。仕返しなんかホントはしたくない。あいつにはマジックで売れてほしい。そしたら、私は踏み台になっても諦《あきら》めがつく。ゆうべ眠れなくて、布団《ふとん》の中でそう考えたんだ」

「うん。そうか」

わたしたちの計画していることは、簡単に言えばヨネ太郎をステージで失敗させて観客の前で大恥をかかせ、二度とステージに上がれないくらいのダメージを与えようというものだ。それくらいのことでヨネ太郎が心を入れ替えるとも思えないが、キヨミの気を晴らして立ち直るきっかけにしてもらいたいというのがメンバーの総意だ。

ヨネ太郎のマジックを観察したところ、毎回、観客の中からひとりをステージに呼び、一緒にマジックをやるコーナーがあることがわかった。そのときにチームTENのメンバーを選んでもらい、ステージに上がる。その隙にメンバーのうちひとりがこっそりステージの後ろ幕の裏まで行き、ほかのメンバーも順次加わり、まったく違うマジックをしてしまうという計画だ。そのために、この会場の下見にも来た。

ステージに呼ぶひとりを募る段で支店長と天鈴姐さんが手を上げ、その中からどちらかを指してもらうという前提ではあるのだが、後ろにこっそり回る役目はユウトに決めてある。

もしもそこで失敗した場合にも、次の手も考えてある。それにユウトは言う。マジックの腕は、失敗したときにどう対処するかでわかるのだと。ヨネ太郎に心身の鍛錬ができていれば、たとえ我々が束になって失敗させようとしてもそれを阻止するくらいのことはできるだろう。

だから今回は、技を崩そうとする我々と、それをさせまいとする相手とのバトルでもある。ヨネ太郎を懲《こ》らしめるだけが目的ではなく、相手がどう出てくるか寧《むし》ろそっちのほうが楽しみなのだとユウトは熱く語っていた。

それなのにキヨミは、ヤツの負けを最初から認めているのか、計画じたいを反故《ほご》にしたいようだ。

「でもキヨミ、ヨネ太郎って、貸したお金、一銭も返さないんでしょ。キヨミのこと、ガマ口としか見てなかったんだって」

キヨミはしばし沈黙した。まずいことを言ってしまっただろうか。

「ガマ?」

「ガマじゃなく、ガマ口」

「なんだ?　それ」

「だから、財布」

「なんだ、財布か。なんでガマガエルとして見られるんだろうって思った」

ガマ口として見られようが、ガマガエルとして見られようが、同じようなものだと言いそうになったがやめておいた。キヨミは何がなんでもお金をだまし取られたとは認めたくはないのだ。

「泣いてもアイライン落ちないね」

「うん。ウォータープルーフってやつ」

「キヨミ泳げないのに？」

「泳げないけどな……」

「泣くために買ったようなもんだね」

「うん……」

話せば話すほどキヨミが傷つくことを言ってしまう。わたしもすこし焦《あせ》っているのだ。もうじきヨネ太郎の出番だ。客席ではユウトとマモルが臨戦態勢に入っていることだろう。キヨミがここに残るとしても、わたしだけでも計画通り作戦を実行しよう。

そのとき、廊下の突き当たりにある鉄のドアが開いて騒がしい声がしてきた。関係者出入り口と書いてあるドアの向こうからぞろぞろと数人の女性が出てくる。人気漫才師の追っかけをしている、丸い体型の女性たちの一群だ。

「マネージャーさんにもっとしっかりしてほしいだけです。わたしたちは」

「はい、申し訳ございません。これから気をつけるようにいたします」

「公式に発表してくれるんですよね」

漫才師のマネージャーらしき黒いスーツの女性は、四十歳くらいだろうか。女優なみの美形の顔をゆがませて彼女たちに謝っている。

「あの、交際相手がいたとしても、結婚というわけではありませんので、発表することはないと思います」
「わたしたちは、トシやんに彼女がいたからってファンはやめませんけど、いるんだっ
たら、きちっと事務所で公式に発表してほしいだけです。それはいつも応援しているフ
ァンに対しての礼儀ですよね。ちがいますか？」
「はい。確かにマメちゃんが結婚したときには事務所から発表しましたが、トシやんの
場合、まだ結婚というわけではないので」
「マメちゃんの結婚は関係ないです。マメちゃんはどうでもいいですけど、ね？」
「うん、そうそう」
　そういえばテレビでよく観《み》る大きいほうはトシやんといった。もうひとりがマメちゃ
んか。マメちゃんの結婚には、この女性たちはなんの興味もないらしい。
「どんな彼女なのかだけ教えてもらっていいですか？　それくらい知る権利はあると思
います。ずっとトシやんのこと見守ってきたんですから」
「あのー、ツイッターでデートしていたと書かれたというだけで、わからないんです。
でもおつき合いしている女性がいても、それは大人同士でしたら、事務所としても反対
することはしないつもりですので」
「えー、だって、トシやんはこれからの芸人なんですから、そのへんきちっとしたほう

がいいです。じゃないと、わたしたちだって、なんのためにファンやってるのか、わからなくなりますから、ね？」

「うん、ね？」

家族のように似た体型の女性たちは口調もよく似ていて、ひとりが喋《しゃべ》るとみんなに「ね？」と同意を求め、みんなが頷《うなず》いて賛同する。

「わかりました。本人からよく聞いておきます。みなさん、また応援にいらしてください。よろしくお願いします」

ベンチにいるわたしたちの前を、ぞろぞろと一群は通り過ぎていった。マネージャーらしき女性が出口で深々と頭を下げて彼女らを見送る。

「かわいそうにな」

キヨミが自分のことはさておき、そう呟《つぶや》く。

「うん。大変だね、人気者のマネージャーさんて」

「あのひと、ホントはトシやんの彼女なんだって」

「え、マネージャーさんが？」

「うん、ヨネ太郎がそう言ってた。売れないころからトシやんを支えてきたのに、売れたら日陰の身になっちゃって、結婚もできそうにないって」

「そうなの？」

　芸能人の私生活になどさほど興味もなかったが、ユウトとつき合い始めてからはわたしも人気者の彼女の立場になってしまったような気がして、世間の目がすこしは気になる。すこしどころか、かなりびくびくとして暮らしている。ネット上でばらされれば、あっという間にユウトのファンに知れるだろう。そのときが怖い。

「わたしさ、キヨミ」

「なに？」

「他人事《ひとごと》とは思えないな、ユウトも一応はファンが多いから」

「そうか？　印子はあのマネージャーとはだいぶん違うだろ」

　キヨミの言いたいことはわかる。トシやんは彼女がきれいでファンがあれだ。それにくらべてユウトは、ファンがきれいで彼女がこれだ。

「キヨミはよかったね。ヨネ太郎にはファンがいなくて」

「まあな……」

　ふたりでじっと廊下の白い壁を見つめた。

　客席への扉がひらき、ロビーに空気の流れができる。出てきた男性がトイレに向から。どうやら落語が終わったらしい。休憩なしで、ステージの転換がすめばすぐにヨネ太郎の出番だ。キヨミが意を決したように立ち上がった。

「あいつのこと信じてやる人間だって、いないとかわいそうだよな。私だけでも信じる。

あいつはちゃんとステージやりきるさ」

わたしも後に続いて客席の自分の席についた。キヨミはわたしの右斜め前のほうの席で、目印のオレンジ色のシルクを見つけそこに座った。

ステージでは転換がすみマジック用のBGMがかかると、緞帳《どんちょう》が上がった。

中央に黒い布を掛けた小さなテーブルがある。あとはスタンドマイクだけだ。照明が点《つ》きヨネ太郎が下手から登場した。いつもの白いスラックスとシャツに青色のタキシード、赤い蝶《ちょう》ネクタイだ。左手に提げた四角い鞄《かばん》を、テーブルの上に広げて置いた。

右手にステッキを持っていて、くるくる回して床を叩《たた》き、硬いことを見せると手でこすり白いロープに早変わりさせる。それを空中でくるくる回しているうちに、白いシルクに変化した。シルクをふわりと浮かせ丸めると中から色とりどりの花が現れる。子供だましのようなマジックをやり、頭を下げるとすぐに漫談をはじめた。

「こういうマジック簡単にできそうに見えるでしょ。簡単なんですよ」

寄席《よせ》で見たときと同じネタだ。これから五分くらいは漫談がつづく。さきほどの人気漫才師のステージよりもかなり笑いが少なく寒々しい感じがする。

「それではマジックをお見せしましょうね。ほら、マジック」

胸ポケットから、黒マジックペンを取り出してみせる。

「あれ？ このマジックじゃなかったですねー。手品でしたよねー」

こんどはポケットから、銀色の大きなネジを取り出す。

「あ、これは、ネジな。手品じゃなかったですー。失礼しましたー」

クスクスと小さな笑いは聞こえるが失笑に近い。どんどん痛々しさが増していく。寄席でなんどもヨネ太郎のマジックを観ているが、ここまでウケないことはなかった。今日の演芸会は、人気漫才師とトリをとる大御所落語家を目当てに来ているお客ばかりらしい。この空気で持ち時間を最後まで務めるのは苦しいだろう。

「はい、それではお客様にご協力いただいて、マジック教室をしてみたいと思います。マジックをやってみたいわーという方に、ステージに上がっていただいて、私といっしょにマジックに挑戦していただきます。難しいことはないですよ。どなたか、やってくださる方、お手を挙げてみていただけますか？」

いよいよだ。前方を見てはっとした。知らないうちに支店長と天鈴姐さんが戻ってきている。警察署には行かなくてすんだのだろうか。その二人が手を挙げた。

「あー、ありがとうございます。じゃあ、男性の、そう、あなたです。おそれいりますが、こちらに上がってきてください」

支店長が指名されて席を立った。でもすぐにステージに上がらず、ヨネ太郎に下から話しかけている。緊張しいの支店長が、ちゃんと台詞《せりふ》を話せるだろうか。

「え？　あ、お母さん？　あ、記念にやらせてあげたい？　あ、マジックお好きなんですか？　あー、じゃあ、お母様にお願いします」

天鈴姐さんが立ち上がり、支店長に手をとられながらステージに上がった。なんとか支店長は親孝行の息子の演技ができたようで、ホッとした表情で席に戻った。これは計画通りだ。

「お名前を教えていただいて、よろしいですか？」

「相沢喜久子、十八歳です」

「えー、お若いですねー。還暦そこそこにしか見えませんよー」

客席に苦笑が起きる。せっかく天鈴姐さんがボケているのに、そこで話を広げて笑いをとる技術がヨネ太郎にはなさそうだ。

「相沢さん、今日は息子さんと？」

「はい。鉄工所に勤めております」

「ああ、それはそれは」

そこは「堅いお仕事ですね」だろうと、客席全員が口には出さず突っ込みを入れていた。

「では、椅子《いす》をお願いします」

ステージ袖《そで》から前座で落語をした若者が、パイプ椅子を二脚持ってきた。

「じゃあ、相沢さん、お座り下さい」

ふたり、横並びで椅子に腰かけた。天鈴姐さんは嬉《うれ》しそうににこにこしている。

「緊張しなくても、簡単なマジックですからね」

緊張しているのはお前だろうと、また客席全員が無言で突っ込んだ。ヨネ太郎が、テーブルの上の四角い鞄から赤いロープを取り出す。二本あるうちの一本を天鈴姐さんに渡した。

「わたしと同じように、首に回してみてください。ただ回すだけですよ。こんなふうに」

赤いロープを自分の首に二重に巻きつけてみせた。天鈴姐さんも同じように首に巻こうとする。うまく巻いているのに「あ、ひっかかりましたねー」とヨネ太郎が手を貸すふりをしながら、首の後ろで細工した。ロープを引くとするりと抜けるという、誰の目からもタネがわかる、簡単なマジックだ。わたしでも子どものころやったことがある。

「さあ、このロープの先を引っぱってみましょう。どうなりますか？」

「首がしまってコロッといきます」

「それは困ります。じゃあ、魔法をかけますね。ワンツースリーと魔法をかけたら、引いてくださいね。はい、ワンツースリー」

するりと抜けるものと、観客は気楽に見ている。天鈴姐さんのワザは鮮やかだった。ヨネ太郎がロープのねじれを直すふりをして後ろで細工した部分を、気づかれぬよう素早く元に戻していた。細工をほどいて、ただ首に二重に巻いた状態にしたのだ。そしてワンツースリーの合図で、ロープの先を左右に思いっきり引いた。

「ううう っ」

天鈴姐さんは自分で自分の首を絞めつつ、白目を剝きうめき声をあげた。もちろん演技なので、しばらくその顔が客席に見えるよう正面を向いている。天鈴姐さんの迫真の演技に客席から「きゃー」と悲鳴があがる。ヨネ太郎が立ち上がり、天鈴姐さんの両手をゆるめようとした。

ところがロープをにぎった手をゆるめることなく、天鈴姐さんは全身を痙攣《けいれん》させ血のりカプセルを嚙《か》んだ。ネットで購入した舞台演劇用のみどり色の血のりが入っているカプセルだ。痙攣している天鈴姐さんの口のわきから、みどり色の液体が流れる。

素早く支店長がステージに駆け上がる。「お母さん、大丈夫ですかー」と後ろから肩を抱くようにしつつ、決して天鈴姐さんとかぶらぬように、客席から天鈴姐さんの顔が見える位置に立つ。ステージ袖では演芸場のスタッフがあたふたとしながら覗いている。

つぎは客席にたまたまいた医者の出番だ。

「あの、僕、医大生です」

そう大きな声で客席にアピールしてから、マモルがステージまで通路階段を駆け降りる。演芸好きの青年風、ネルシャツにセーター、コットンパンツ姿がいまは医大生にしか見えない。

「だいじょうぶです。救急車を呼ぶまでもないです」そうステージ袖のスタッフたちにむけて言い、天鈴姐さんの手首を取り脈を測っている。この隙にユウトはステージの後ろ幕の陰まで行ったはずだ。ここからは、マモルの見せ場だ。

「なにか飲み物を。あ、あなたのさっきのマジックペンを貸してください」

ただ茫然《ぼうぜん》と立ち尽くしているヨネ太郎が、はっとして衣装の左身ごろをひらき内ポケットからマジックペンを取り出そうとする。そこにマモルが素早く左手を伸ばし、ヨネ太郎より先にマジックペンを抜き出すと、その手にはペットボトルが摑《つか》まれていた。麦茶が入ったペットボトルだ。キャップを回すとプチッと新しく開けた音が聞こえる。

「えー」という声が客席からあがった。

「さあ、飲みものです」

客席に向かってペットボトルを掲げるように見せてから後ろを向き、天鈴姐さんにそれを飲ませるしぐさをする。客席がざわざわとしてきた。「なにが起こったのか？　これは現実なのか？　芝居として見るべきなのか？」という戸惑いのざわめきだ。けっして全員が上手《うま》いというわけではないチームＴＥＮの演技なのでそれは仕方がない。

支店長とマモルとで天鈴姐さんを横にして寝かせた。パイプ椅子を向かい合わせに置き、右側に頭を、左側に足を載せて、腰のあたりを支店長が下から支えている状態だ。

「なにか、掛けるものを。あ、さっきの白いスカーフを貸してください」

またマモルがヨネ太郎に道具を取らせる。四角い鞄から、ヨネ太郎が白のシルクを取り出しマモルに渡すと、それをマモルが客席を向いて広げる。広げたときにはそれはシルクではなく、シーツほどの大きな布になっていた。「きゃ」という女性の驚く声がする。

「さあ、これを掛けますね」

椅子に横たわっている天鈴姐さんの全身が隠れ、床に裾《すそ》がつくように布を掛けた。

「だいじょうぶですか。え、どうしました？　足がふわふわする？」

マモルのひとり芝居がつづいている。

「ヨネ太郎さん、このお母さん、足がふわふわするって言っています。椅子を引いてみてもらえますか？」

「え？」

天鈴姐さんの足を載せてあるパイプ椅子に、ヨネ太郎が近づく。腰を支えていた支店長は、そのときにはすでに天鈴姐さんの頭側にマモルと並んで立っていた。常に客席からの見え方を考え立ち位置をリハーサルしていたので、その通りの動きができている。

しかしそのスムーズな動きが、逆に芝居臭を醸《かも》し出《だ》してしまったようだ。観客の中からクスクスと笑い声が聞こえ始めた。

布を掛けられた天鈴姐さんは、じっと動かなかった。足の下から椅子を抜かれても、金属のように硬直してまっすぐ浮いている。

しばしの静寂の後、客席から薄く拍手が上がった。ヨネ太郎も事態を把握しようと脳をフル回転させているのが、目の動きからわかる。そして今この時間は、自分のステージの時間だということを思い出したのだろう。背筋を伸ばして胸を張ると、足の浮いた天鈴姐さんを左手で指し、両手をいったん胸の前で交差させてからふたたび両手をひらくポーズを決め、満面の笑みで「はいっ」と言ったのだ。

客席から拍手があがっている。なぜか止まっていたBGMが大きく流れはじめた。

この先の動きもリハーサルずみなのだが、マモルと支店長がヨネ太郎の反応に押されて、躊躇《ちゅうちょ》しているようだ。ふたりの動きが止まっているその隙に、ヨネ太郎は天鈴姐さんの頭側に回り、頭を載せている椅子をそっと引いた。このマジックのタネを知っているということか。

天鈴姐さんは全身に布を掛けられたまま、空中に浮いている。そしてヨネ太郎は、得意気に両手を胸の前で交差させてから、もういちど広げ、「はいっ」と言った。さっきよりも張りのある声だった。また客席から拍手が起こる。

これでは、せっかくの仇討《あだうち》作戦が、途中からヨネ太郎に手柄を横取りされた形だ。

「すいません。ちょっとおたずねします」

気をもんでいる場面に、救世主のごとく現れたのがユウトだった。後ろ幕の下をすり抜けてステージ中央まで颯爽《さっそう》と出てきた。クリエイター風の黒の衣装で歩くユウトは、宝塚の男役トップスターのようなオーラをまとい、平面を歩いてさえも大階段を駆け降りているかのごとく見えた。背中には透明の大きな羽が輝いている。周りの男たちが急に霞《かす》んで、馬の足か、セットの松の木にしか見えない。

「僕の飼っている鳥がここに逃げ込んでしまったようです。誰か見かけませんでしたか？」

その台詞を聞いて、わたしは自分の役割を思い出した。ユウトのかっこよさに見とれている場合ではなかった。

「はい、見かけました。逃げた鳥というのは、この鳥ですか？」

最後列で立ち上がり、練習した通りに大きく口を開けて、はっきりと台詞を言った。そして持ちこんだ鳥カゴからオカメインコのカメ吉を素早く取り出し、両手のひらにそっと載せたまま通路階段を降りた。カメ吉が暴れないか心配したが、さすがに毎日自宅で訓練しただけある。手のひらの上でお腹《なか》を下ろしてじっとしてくれている。

母が可愛《かわい》がっている十数羽のインコの中から、いちばん芸達者そうなカメ吉を選んで内緒で訓練をしていた。今では餌《えさ》を食べる前にペコペコ頭を下げる芸と、名前を呼ぶと「ぴ」と返事をする芸ができる。

「このオカメインコですか？」

ステージの上まで行き、客席を向いてそう台詞を言った。ユウトはカメ吉を両手で受け取ると、じっと眺めてから口をひらいた。

「僕の鳥はこの鳥ではないです。でも、僕の鳥が魔法をかけられて、この鳥になってしまったそうです」

「オカメインコが、そう言っていますか？」

「はい、魔法を解いて、と言っています」

「そうですか、じゃあ、お願いします」

練習をしたのに、棒読みの台詞になってしまい、ユウトが含み笑いをしている。そしてワンツーと声をかけると、カメ吉をオレンジ色のシルクで覆《おお》った。つぎの瞬間シルクの下から、大きな白い鳥が出てきた。黄色い羽の王冠を頭に載せた、キバタンのハヤシさんだ。

「僕の鳥、見つかりました。ありがとう」

そうユウトが客席に向かって話しかけると、大きな拍手が上がった。ハヤシさんはユウトの肩に止まり王冠の羽をとじた。空気はチームＴＥＮのほうに流れてきている。いっきにユウトが注目を浴びて主役になってしまった。このままユウトのマジックショーにしてしまえばいいのに。

ステージ中央で「ううう－」とうめき声がして、また観客の視線が横たわる天鈴姐さんに移る。忘れていたが、まだ白い布を頭まで掛けて宙に浮いたままだったのだ。

「あ、お母さん、気がついたみたいですよ」

ユウトの声に、全員が天鈴姐さんの周りに集まった。マモルがパイプ椅子を腰の下に入れる。そしてユウトが布をかぶったままの天鈴姐さんの体を起こし、肩を抱いて優しく椅子に座らせた。ゆらゆらとしながら、天鈴姐さんのカラダが椅子の上に落ち着く。

「ご無事で良かったですね、お母さん」

そう言葉を発しながら、ユウトが白い布をさっと持ち上げた。そこに座っていたのは天鈴姐さんではなく、キヨミだった。キヨミは化粧をしてワンピースを着た、きれいな女性になってそこに座っていた。

客席から笑い声と、拍手がいっせいに起こる。ヨネ太郎はキヨミのすぐ左横に立ったまま、呆《ほう》けたように口を丸く開けていた。そしてすぐにキヨミだと気づき、はっと目を見開いた。

ヨネ太郎の視線を受けとめもせず、キヨミは正面を向いたまま泣きだした。顔をゆがめて唇をへの字に結んで、両目からダラダラと涙を流している。しかし、ウォータープルーフのアイラインのおかげで化粧は剝《は》げずにすんでいる。

ユウトが演技の流れを止めまいと、つぎの動きをはじめる。肩に止まっていたハヤシさんを左腕に移し、右手で正面を指差す合図をして飛び立たせた。「シマノ」のショーでいつもしている演技だ。芸達者なハヤシさんは観客の頭の上を飛び、フロア内を一周してユウトの腕に戻ってくる。

今日もハヤシさんは勢いよく飛んだ。「シマノ」よりも数倍広い会場に戸惑ったのか途中なんどか失速したが、後ろの壁まで飛ぶとUターンして戻ってきた。ユウトは右腕を胸の前に構えてハヤシさんを待っている。

そのときに何を思ったのか、ヨネ太郎も同じように左腕を胸の前に構えた。自分の腕にハヤシさんを止まらせようという魂胆か。また手柄を横取りしようとしている。

ハヤシさんは優雅に羽を広げ、ステージ際まで戻ってきた。我々の手前でスピードを落とし、羽をばたばたとさせる。止まるべき場所はどこなのか、ふたつの腕を目で追っているような動きだ。ユウトとヨネ太郎は、さらに身を乗り出してハヤシさんを誘う。

飛びながら首をかしげるハヤシさんの顔が、困った表情に見えた。空中で胴体を起こしブレーキをかけると、足を伸ばして、ちょうど二本の腕のまん中に座っていた、キヨミの頭の上に止まった。そして正面に向き直り、静かに羽をカラダに納め重心を下げた。キヨミの頭の上で。

いっそう顔をゆがめてキヨミは「ううう—」と声をあげて泣きだす。会場内がしんと静まりかえっている。すでにＢＧＭも流れていない。ステージ上の全員が、準備していたマジックの演技はすべて終えたことを悟った。これで最後だ。

ヨネ太郎が呼吸を整える気配がする。そして胸をはり、両手を広げてそれを胸の前で交差した。このまま最後のポーズを決めてしまえば、こいつがチームＴＥＮの座長ということになってしまう。メンバー全員が瞬時に同じことを考えた。きっと考えたのだと思う。

頭にハヤシさんを載せて泣きじゃくるキヨミを中心に、脇《わき》に立っているユウトとマモル、支店長とわたし、そしてヨネ太郎、全員が両手を胸の前で交差する同じポーズをとった。そしてその両手を大きくひらき、満面の笑みをつくりながら大声を発した。合唱のようなハモリの効いた声だ。

「はははははは、いいいいいいっ！」

はからずも、千手観音《せんじゅかんのん》のようにキヨミの背後からみんなの手がのびている。客席が今日いちばんの拍手と歓声で沸いた。これでチームＴＥＮの出番は終了した。

スポットライトが落とされ、緞帳がゆっくり下りてきた。キヨミの仇討はできたのだろうか。肝心のキヨミは、安堵《あんど》した顔のハヤシさんを頭に載せたまま泣きつづけていた。

8　バニッシュ　*vanish*

シマノがある一階のフロアで、ユウトが女性ファンたちに取り囲まれている。金曜日の夜八時からのステージが終わり、店の出入り口で来場者を見送ったばかりだ。

以前からの女性ファン数人が、たぶん申し合わせたのだろう、帰らずに残っていたようだ。

「もうずいぶん前から、私たちのあいだでは心配する声があったの」

「そうそうそう、ユウト、ごめん、怒らないで」

「私たちの好きだったユウトのマジックがね、ちょっと、こう、芸が荒れてるっていうか、なにか他のことで気が散って、集中できていないように見えるの」

店の扉前にいるわたしからはユウトの後ろ姿しか見えないが、彼は微動だにせず立っている。困っているのだろうか。ここ数週間はチームTENの練習があって、確かにシマノのステージに集中できていなかったかもしれない。

「そんな顔しないでユウト。苛《いじ》めてるんじゃないから。私生活でなにかあったのかと思っただけなんだ」

「そうそう。心配でしょうがなくて。また痩《や》せたみたいだし。疲れた顔してるし」

以前からのファンが痩せて疲れた顔に見えると言うのだから、やはりそうなのだろうか。身の回りのことは、わたしなりに精いっぱいやっているつもりなのだが。気がつかなかった自分が情けなく、それ以上にファンの彼女たちに負けたようで悔しい。

黙って聞いていたユウトが口を開いた。

「みんな、心配かけてごめんね。ちょっと秩父の母親が骨折して、僕も見舞いで忙しくて。でも、もう良くなったから」

「えー、そうだったの？」

確かに秩父のお母さんは詐欺《さぎ》に遭いそうになって、気持ちの上では骨を折ったかもしれないが。

「これからはマジックにもっともっと集中するから、また会いに来て。でも、こんなに心配してくれて嬉《うれ》しいよ。ありがとう」

さっきの見送りでひとりずつ抱擁したというのに、ユウトはまた全員と握手をした。それも、ひとりとの握手が長い。手を握りあったまま見つめ合い、言葉を交わしている。わたしの胸のなかの小さい悪魔が、どうしても堪《こら》えきれず呟《つぶや》く。わたしのユウトに触れるな。肌の温《ぬく》もりを分かち合うな。うっとりした目をするな。

「ねえユウト、ご飯はちゃんと食べてる？」

「うん、これでもね、自炊してるんだ。野菜も食べてるよ」

「作ってくれるひとはいないの？」

「うん、いないね」

「ユウト、彼女は作らないの？」

メガネの女性が言った質問にその場の空気がぴんと張りつめ、全員が食いつくように耳をそばだてている。実はそれが核心だったのではないか。ユウトが恋に悩んでいるかどうか。知りたいことは、それだったのではないだろうか。

そのときユウトが振り向き、こちらにつかつかと歩いてきた。そしていきなりわたしの手首をつかみ、「このひとが僕の彼女です」と宣言して……くれることを想像した。しかし当然現実にはならない。

「うん、作らないよ。だって、こんなに彼女がいるから、必要ないさ」

「またー、上手《うま》いこと言うんだから、ユウトって」

「でも、彼女が出来たときには教えてね。私たち応援するから。隠したりしないで」

「そうそうそう。隠されたほうが、わかったときのショックが大きいからね」

ファンのお姉さまがたの目が笑っていないような気がする。これは本心を言っていないという目だ。もし「彼女が出来ました」とユウトがみんなの前で明言したら、次の日もこのひとたちはお客として来るのだろうか。

「みんな、ありがとう。みんなの気持ちがこうして聞けて良かったよ。遅くまで残ってくれてありがとう。僕、もっとしっかりしな……」

え、まさか。自分の目と耳を疑った。ユウトが鼻の下に手をやり言葉を詰まらせている。そんなひとだっただろうか。

「あー、ごめん、ユウト。またウルウルさせちゃった」

またということは、以前からよくウルウルしていたのか。

「じゃあ、来週ね。絶対来るから」

「ユウト、ご飯いっぱい食べてね」

女性たちは身を寄せ合うようにして、何度も振り向き手をふりながらフロアから出て行く。ユウトも彼女たちが見えなくなるまで、見えなくなってからも、しばらくそこに立って手をふっていた。

見えなくなったはずのひとりが戻ってきて、反対方向を指さしながら恥ずかしそうに通り過ぎる。帰る方向が逆だったらしい。そんなことまでユウトは計算済みなのか、投げキッスで見送った。あざといほどの天使ぶりだ。

完全にみんなが行ってしまったことを確認して、肩で大きく息を吐き出しゆっくり振り向いた。そのときわたしと目が合い、ユウトは一瞬立ち止まる。

「あ、あの、お疲れさまでした」

「うん」

　それだけのやりとりですぐに目を逸《そ》らし、ユウトは店に戻った。すごく生気のない目をしていた。疲れているのだろう。

「印子ちゃん、まだ食器洗い終わってないー」

「あ、すいませーん」

　店長にも、私たちの関係は話していない。スタッフで知っているのはアシスタントのマモルだけ。店にいるときにはユウトとできるだけ離れていて、会話もしない。あんまりよそよそしいのもおかしいので、あいさつだけは自然に交わすようにしている。

　あんなにファンが多いのだから、公認の仲になりたいなどと欲を持ってはいけないことはわかっている。でもユウトの部屋の合い鍵《かぎ》を持っているのは、わたしだけなのだ。ユウトの部屋を掃除できるのも、ユウトのご飯を作ってあげられるのも、ユウトの服を洗濯できるのもわたしだけ。そう自分に言い聞かせる。

　そんな話をしたときに、キヨミに言われたことがある。「それって、家政婦でもやることじゃね？　それでユウトさんにお給料もらうようになったら確定だね」

　あんまり頭にきたので「じゃあ、チュウはどうなの？　家政婦さんとチュウしたりする？」とわたしが言うと、「うちのひいじいちゃんは、死ぬまぎわ、女とみると誰とでもチュウしてたね」とふざけたことを言う。実は「チュウした」というのは、はったりでついた嘘《うそ》なのだが、それさえもバカにされた。

本当にユウトにとってわたしは、家政婦でしかないような気がする。このまま何年つき合っても、わたしはファンや職場のみんなの前で、ユウトの彼女とは認められないのかもしれない。不倫をしているわけではないのに、ずっと日陰の身のままなのだろうか。

シマノからの帰り道、ユウトの部屋の近くで自転車を停めて電話をした。わたしよりも先に帰ったのでもう着いているだろう。帰りはいつも深夜で、寝るのは三時ころになる生活だ。

「ちょっと寄っていい？」

「今日、新しいネタの練習する」

「あ、そうだよね」

「明日来てよ。なんか美味《うま》いもの食べたい」

「うん。わかった」

ここ何週間か、金曜はなにかと用事があるようで部屋へは行っていない。その代わり、土日は夕方から合い鍵で部屋に入りゆっくり家事をする。

シマノの手伝いは金曜日だけにしたので、ユウトのステージを観《み》るのも週にいちどだ。相変わらず王子様のように輝いている姿を見てしまうと、そのままひとりで家に帰るのがすごく寂しくなる。握手だけでもいいから、ユウトのカラダに触れたくてたまらない。振り切るように自転車を走らせ家に帰ると、深夜一時を回っていて両親はとっくに就寝中だ。冷蔵庫の残りものを食べ風呂《ふろ》に入り、ベッドに潜《もぐ》ってもなかなか眠れず、スマホに保存してある画像を眺めた。この画像を見るのはいけない覗《のぞ》きをしているようで、かなり後ろめたい。

ユウトの部屋にいるときに、こっそり撮ったユウトの寝顔。土曜の夜に疲れて帰ってきたユウトは、服のままベッドに倒れ込んだかと思うとすぐに寝息をたてた。眺めているうちにどうしても残しておきたくなり、スマホのカメラを向けてしまった。

横向きに寝ているユウトの、薄く尖《とが》った左の耳たぶ。長いまつげが伏せている幅の広いまぶた。ほっそりと整った小鼻の脇《わき》にある小さなホクロ。その下のわずかに開いた薄い唇。いつもは硬い頬の筋肉が脱力して、あごのラインがゆるくなっているのが、無性に愛《いと》おしかった。いけないとわかっていながら、何枚も撮った。ひげ剃《そ》りあとや血管がわかるほどアップのものもある。

洗濯かごに入っている、ステージでの汗が染《し》み込んだアンダーシャツも好きだ。洗濯機に入れる前にそっと臭《にお》いを嗅《か》ぐ。父親とは違う汗の臭いはまったくくさくない。ユウトは汗の臭いまでセクシーだと思う。今度こっそりユウトの体臭が染みついたものを持って帰ろうかと考えた。そうしたら会えないこんな夜に、すこしはそれで癒《い》やされる。

そんな変態じみたことを妄想している自分が、恋愛経験のない三十女であることを冷静に考えてみるとかなり怖いものがあった。


「僕の経験で言うとね」

支店長がわたしに恋愛のアドバイスをしようとしている。

今日は土曜恒例の、マジックレッスンの日だ。天鈴邸の和室でレッスンを終えての休憩中、わたしは愚痴のようにユウトのことを話した。わたしとユウトの関係を知っているのはチームTENのメンバーしかおらず、そんな話をできるのもこの場だけなのだ。

「僕が結婚に踏みきったきっかけは、妻が車の事故に遭ったこととかな」

「え、そうなんですか？」

支店長の恋愛経験を聞いてなんになるのかと思ったが、わたしの知っている数少ない男性の話は貴重かもしれない。

「学生時代からつき合って、七、八年も経《た》って倦怠《けんたい》期だったんだよね。結婚に踏み切るきっかけもなくて。ある日妻が、友人の運転で旅行に行って事故に巻き込まれたんだ。車の衝突事故。幸い全員命は助かって、妻は足を骨折して入院したんだよね。そのときに、もしも妻がこの事故で死んでたらって想像したんだ。そしたらもう、すぐにでも結婚して、少しでも長く夫婦でいたいって思ったんだよね。いつかは死んじゃうんだからさ、一日でも長く一緒にいて思い出を作らなきゃって、焦《あせ》ったんだ。今はまた倦怠期になって会話もないけど、そんなこともあったんだよね。なつかしいな。もっと妻との思い出作らなきゃな」

話しながらだんだん記憶が甦《よみがえ》ったのか支店長は洟《はな》をすするので、そっとティッシュを差し出した。泣き虫の支店長がしんみりと涙ぐむと胸を打つものがある。マザコンかと思った支店長でも、お母さんに対する愛情と奥さんへの愛情はきっと違うものなのだろう。お母さんへのゆるぎない愛と、奥さんへのこつこつと石を積み上げたような愛。

「私が結婚しようと思ったのは、もう古い話なんだけど」

突然天鈴姐《ねえ》さんも、座卓に肘《ひじ》をついて両手の指を組み合わせながら語り始めた。支店長の恋愛話を聞いて触発されたようだ。

「私が天鈴という名で奇術を始めたのはまだ十四歳のころ。師匠の家に住み込みで弟子入りしたの。昔のことだから家が貧しくて口減らしに売られたようなものね。それで、二十歳になったら師匠の息子と結婚することになっていたの。息子の肩書きは舞台監督だけど、ほとんど仕事をしていなかったわね。十八歳のとき、外国巡業に行って船で日本に帰る途中、私は甲板で泣いていたの。声をかけてくれた男性がいてね、貿易商の見習いで二十二歳のひと。どうしたのって訊《き》くから、好きでもないひとと結婚させられるって話したの。彼は私を船の舳先《へさき》に連れて行って、ふたりでこう、海原に向かって両手を広げてね」

「すごい、天鈴姐さん。映画の『タイタニック』みたいじゃないですか」

「それは冗談だけどね」

支店長とわたし、同時に畳にずっこけた。

「もう、真面目《まじめ》に聞いてるんですからー」

「そのときに、私は天鈴っていう芸名の奇術師だってことしか伝えていなかったんだけど、それからたびたび彼が客席に現れて、私の舞台を観てくれたの。私が二十歳になるまでずっと。舞台と客席で見つめ合うだけで、愛し合っているって実感があったわ」

「ふたりで会うことはなかったんですか？」

「ええ、でも舞台で彼に会えると思うだけで嬉しくて、胸が躍って、彼に見てもらうためにきれいにしていたし、手品の腕も磨いたわ」

両手の指を組みあごを載せ、天鈴姐さんは目をうるませた。頬がほんのり染まって、いつにも増して美しく見えた。

「ああ、なるほど。それでわかりました。当時の松洋斎天鈴の人気のわけが。天鈴姐さんは舞台から彼に向けて愛情表現をしていたんでしょうけど、それが他のお客にも伝わったんでしょうね。恋する乙女の色香が」

「そうかしらね。それで、二十歳になったら、私は師匠の息子と結婚して、同時に大きな名前を襲名することが決まったの。それがすごく嫌で、舞台から彼に向かって『たすけて』って書いたカードを投げたの。客席の真ん中ぐらいにいた彼に」

　座卓の上にあったカードを一枚手にとり、ブーメランを投げる手つきで飛ばすしぐさをした。

「届いたんですか？」

「ええ、ちゃんと手で受けとってくれて、胸ポケットに仕舞うのを確かめたわ」

「それはすごい。技術がないと、届きませんよ」

「よかった、その彼に届いて。別のひとに届いたら大変でしたね」

「そうね。その日はそれで、何もなかったんだけど。いよいよお披露目興行の日、私の手品が終わって舞台でおじぎをして、袖《そで》に下がろうとしたら、突然彼が席を立ってそばに歩いて来て、手を差し伸べたの。私は舞台から飛び降りてその手を握ってね、客席の通路を通って会場の扉から外に逃げたの。そして舞台衣装のままタクシーに飛び乗ったの」

「それ、映画の『卒業』みたいじゃないですか」

「また、天鈴姐さん、それは冗談って言うんですよね」

「ふふ、これは実話よ」

「えー」

「ホントですか？」

支店長とわたし、また同時にのけぞった。

「ええ、それっきり手品は引退。彼と一緒に暮らしたわ。結婚が周りに許されるまで、何年もかかったけどね。師匠に慰謝料も払わされた。でも夫はがんばって、貿易の仕事で成功してくれたから、幸せだったわ」

「わあ、大恋愛物語ですねー」

「そうか、それで、天鈴姐さんは伝説の奇術師になったんですね」

「急にいなくなったからね。師匠の息子の婚約者が逃げたというと世間体がわるいから、事情は隠していたみたいね」

それから小一時間、天鈴姐さんと支店長はそれぞれの結婚式や子どもが生まれたときの話で盛り上がり、笑ったり涙ぐんだりしていた。わたしはその話のなかには入れず、思考は結婚出産のはるか手前で止まったままだ。この会話のはじまりは、わたしの恋愛相談だったはずなのに。

とりあえずこのふたりの恋愛経験をまとめてみると、男女の関係が深まるためにはなにかしら事件というか、困難が必要のようだ。支店長の場合は奥さんの交通事故。天鈴姐さんの場合は、ドラ息子との愛のない結婚。

単純に考えると、わたしが事故でケガをしたり、親が決めた婚約者がいると告げた場合、ユウトがどんな反応をするかということになる。その場面を想像するほどに、絶望的な心境になる。

「あ、印子君、なんで泣いているの？」

「あらあら、お腹《なか》でも痛くなった？」

「あの、わたしとユウトの関係は、絶対に結婚までは行かないような気がして」

たとえばわたしが骨折をして入院したとする。ユウトはたぶんマジックの練習時間を削ってまで見舞いには来ないだろう。せいぜいメールで「おだいじに」と送ってくるのが関の山だ。わたしのケガがひどくて死に瀕《ひん》することになれば、もしかするとステージを休んで駆けつけるかもしれない。でも、そのときにはわたしは死んでしまうのだから
ユウトと結婚はできない。

「そうだね、印子君が死ぬときにやっと愛が確認できたってね。遅いもんね。そりゃあ、泣きたくもなるね」

支店長が慰めにもならないことを言う。

「じゃあ、印子ちゃんに、親が決めた許婚《いいなずけ》がいることにしてみてはどうかしら」

それも想像してみた。だがユウトは自分が家庭向きではないことを自覚しているから、

「親が決めたひとなら間違いないし、皆に祝福される結婚ができてよかったね」とむしろ、わたしの結婚を喜んでくれそうだ。

「印子君、あれだよ、ほら、カードに『たすけて』って書いて、飛ばすんだよ」

「どこで、どうやってカードを飛ばすんですか？」

「ご飯食べてるときに飛ばして、ユウト君のお茶碗《ちゃわん》のご飯に刺さったら、お？　これはどういう意味だ？　って思うかもよ」

「つまんない冗談、言わないでください！」

殺気立ったわたしの言いかたに、支店長はしゅんとしてしまった。とにかく、どう考えてもユウトというひとは、マジックを脇に置いて恋愛に時間を費やすような男ではないのだ。恋人がいなくてもいい、結婚はしなくてもいいと思っている男を、どうやって熱くさせられるというのか。ましてや自他ともに認める十人並み以下の女子力しか持たないわたしが。

とても真面目に、涙ながらに話しているつもりなのだが、聞いているふたりはなんだか子どもの話を聞いているような目をしている。

「それは印子君、あれだね。僕は一緒に泣いてあげることくらいしかできないよね。辛《つら》いよね」

「ええ、そうね。お友達なのになにもできなくて、ごめんなさいね」

そう言いながらふたりとも、こみ上げる笑いを堪えている様子だ。

ひとの恋愛話などそんなものだ。わたしがキヨミの話を聞いているときもそうだった。

キヨミがヨネ太郎に夢中だったときも、失恋して泣いているときも、同情しつつどこか他人事《ひとごと》だった。むしろけっこう笑えた。

あんなひとのどこがいいんだろうと思った。ひとを好きになる気持ちには共感できるが、その相手の魅力というのは共感できない場合のほうが多い。ユウトの恋愛観についてて、ユウトのそばにいないひとに相談したところでわかるわけがない。だったら自分で考えるしかないということだ。


春から本社勤務になったキヨミは、日曜が休日になったのをいいことに、毎週のようにわたしを三軒茶屋に呼び出す。ヨネ太郎との別れから、かれこれ三カ月くらいだろうか。一時は化粧にも髪型にも気を使って、女性らしくなったと思っていたが、いまではすっかり元のキヨミに戻ってしまった。

元に戻ったというよりも、外見的には前よりもマイナスになった。失恋を経験したことで厭世的《えんせい》というか、ふてぶてしさが加わった。建設会社の本社に異動になったのが嬉しかったらしく、仕事で認められさえすれば外見は関係ないと言わんばかりの服装だ。

「キヨミ、住宅展示場では黒のスーツ着てたんだよね」

「うん」

「本社では何着てるの？」

「グレーの上着。ズボンは黒。ちょっとずつ形変えて、三着買った」

「へえ、会社ではまともなんだね」

「なにが？」

「仕事のときは、今みたいんじゃなくて、デキル女に変身するんだ」

「そうだな」

今日の格好がひどいので嫌味を言ったのだがまるで通じない。

「その服どこで買ったの？」

「下北沢の、若いひと向けの店」

「へえー」

確かに若くて可愛《かわい》い子なら、斬新《ざんしん》なのかもしれない。でもキヨミが着ると、おばあちゃん向けのらくちん着として一着五百円とかで売っていそうな服に見える。黄色とピンクの花柄が全体にほどこされた、青地のムームーのような服だ。

草木染めの薄ぼけた色合いを着過ぎた反動なのか、最近はこんなふうに花柄や青や緑の濃い色ばかり着る。今日の服はどうしても敷き布団《ぶとん》の柄に見えてしまう。待ち合わせ場所に立つキヨミを見たときには、てっきりキヨミは布団を買って、抱えて持っているのだと思った。

「それで、昨日のユウトさんは、どんな態度だった？」

「え？」

「だから、もう来られないって、ユウトさんに言ったとき」

「ああ、その話ね」

マジックレッスンのあと支店長と天鈴姐さんの恋愛体験を聞き、ここはひとつ芝居をうってユウトを揺さぶってみようと、わたしなりに考えてみたのだ。

天鈴邸を出てその足で夕飯の買い物をし、ユウトの部屋に向かった。

ユウトが美味《おい》しいものが食べたいと言っていたので、上等な牛肉とたっぷりの玉ねぎを使ってハヤシライスを作った。母親直伝の、隠し味に味噌《みそ》とヨーグルトを入れたものだ。スープはブロッコリーのポタージュスープにした。野菜嫌いなユウトでも煮込んだものはよく食べる。

深夜一時近くに帰ってきたユウトは、目の下にクマができるほど疲れていて「腹へったー」と言いながらベッドに突っ伏してしまった。そのまま三十分ほど寝てから起き上がり「あ、ご飯食べようかな」と言った。

「ハヤシライス。あっさり味にしたけど、夜には重かったかな」

「いや、好きだよ」

夢中でかき込んでいるユウトをそばに座って眺めながら、いまわたしの肩を抱いて目を見つめながら「好きだよ」と言ってくれたら、それだけであと三十年くらいもつのにと思った。

「ユウトさん、スープとトマトサラダも、三角食べしたほうがいいよ」

「うん、わかった」

わかったと言いながら、いつもサラダは最後まで残っている。

「ユウトさん、ベッドカバー替えたんだ」

「うん」

「枕《まくら》カバーもおそろいだね」

「うん」

「クッションもいいね」

「うん」

「自分で買ったの？」

「え？　うん」

「忙しいのに？　言ってくれたら買いに行ったのに」

「あ、母親が送ってきたんだった」

「そうなんだ。よかったね」

そのやりとりをしただけで、ユウトの気持ちを確かめようという気が失《う》せてしまった。

もう来られないなどと話したところで、ユウトの心を揺さぶれるわけがない。本当に、もうユウトの部屋に来られなくなってしまいそうだ。

「じゃあ、昨日は印子、もう来られないって、言えなかったんだ」

「うん。だって、女の影が見えた。ユウトの部屋に」

「なんでわかった？」

キヨミは経験済みなので心配になったことを打ち明けてみるが、本心では「それは思い過ごしだ」と言ってもらいたい。

「だって、ベッドカバーも枕カバーもクッションも無印のおしゃれな茶色のやつだった」

「無印？」

「うん。秩父のお母さんが、無印買うと思う？」

「そりゃ失礼だよ。秩父にだって無印あるだろ。ないかな？　ネットで買うとか」

「でも、でっかいクッションなんか、わざわざ送ってくる？　ソファーにもなるビーズクッションだよ」

「ネットで申し込めばすぐだよ」

「でもマクラが……」

「マクラ？」

「ふたつあった」

「うん……そうか。そうだな。そりゃあ、女がいるな。そうだ。間違いない」

「なによ、キヨミ。それは考え過ぎだとか言ってよ」

「なんだよ、自分から言っておいて」

結局またキヨミとの言い合いになる。その結果、金曜日の仕事帰りが怪しいということになった。以前はシマノからの帰り、わたしもユウトの部屋に行き泊まってしまうこともあったのに、最近は金曜日だけ部屋に来させないようにしているみたいだからだ。

「今度の金曜日、突然押しかけちまえ。きっと女がいるから」

「よくそんなことが言えるね、キヨミ。自分だってヨネ太郎の部屋に彼女がいたとき、傷ついたでしょ」

「まあな。そりゃあ、ショックだったな」

もしもユウトの部屋にきれいな女性がいて、わたしが揃《そろ》えたキッチン用品を使って、わたしよりもずっと本格的なハヤシライスを作っていたとしたら、わたしはマンションの廊下にへたり込んでコンクリートの床に溶けて染み込んで、地縛霊になるかもしれない。

「気味わるいな、印子。溶けんなよ、ナメクジじゃないんだから」

「わたし、ユウトにきれいな彼女がいたら、絶対耐えられない」

三軒茶屋のカフェで二時間話し、答えが出ないままキヨミと別れた。金曜日の深夜、ユウトの部屋に突撃するなら、つき合ってもいいとキヨミは言ってくれた。

ヨネ太郎とは会っていないのかと訊くと、まったく会っていないそうだ。

横浜の「わいわい座」でヨネ太郎のステージをぶち壊す作戦も、成功したのかしなかったのかあいまいなまま終わった。チームTENのメンバーとしては、成果はともかく、達成感は全員が得ていた。あのあと中華街に行って打ち上げをしたときのビールの美味しかったこと。

ステージで緞帳《どんちょう》が下りてから、わたしたちはすぐにヨネ太郎の楽屋に押しかけ、キヨミの貸したお金を返すようにせまった。毎月四万円ずつ返済すると言うので、ヨネ太郎の口座から引き落とする誓約書を書かせることにした。

ユウトはもうひとつ訊《たず》ねたいことがあったらしく、今のヨネ太郎のマジック技術で、一生マジシャンとして生きていくつもりなのかと問《と》い質《ただ》していた。ヨネ太郎はこわごわ口を開き、マジックの技を磨く気はあまり湧《わ》かず、実は廃業を考えていたのだと打ち明けた。

「でも、今日、お客さんの喝采《かっさい》を浴びてみると、技術を磨いたらこんな風に拍手喝采してもらえるんだってすごく感動して、もう少し頑張ってみようかと思って……」

そう話すヨネ太郎は目を潤《うる》ませていて、言葉に嘘はないように感じた。ユウトもそれ以上、ヨネ太郎を問い詰めることをしなかった。

打ち上げの席でキヨミは、彼女らしくもなくみんなの前であいさつをした。

「私、ヨネ太郎がお金返してくれることより、マジックにやる気を出してくれたことのほうが嬉しい。みんなが、こうして協力してくれたおかげなんだと思う。みんな、マジックが好きなひとばっかりだったから、ヨネ太郎にも伝わったんだなって。最初はなんでこんなバカっぽいことするのかと思ってたけど、やってよかった。ありがとうございます」

素直に頭を下げるキヨミに、みんなも急に真面目なことを言う雰囲気になった。

「僕はユウトさんが手伝ってほしいって言うから加わっただけで、かなりゲーム感覚でしたよ。楽しんじゃった」

「俺もマジックのアイディアを考えるのが面白かった。だから、キヨミちゃん、あんまり恩義に感じないで。こっちは遊び半分なんだから」

そう話すマモルとユウトに、キヨミはまた頭を下げた。

「そうだね。僕のようなしがない信金職員が演芸場のステージに立つのも、最初で最後だろうし。思い出作りになりました。ね、天鈴姐さん？」

「ええ、いい思い出になりました。もういちどステージに立てるなんて、思いもしなかったわ。みなさんありがとう」

支店長と天鈴姐さんも、しんみりとするようなことを話し、残りはわたしだけになった。そんなふうに、ひとりずつ「いいこと」を言うようなグループ活動が、わたしは大の苦手だ。すごく偽善的な感じがして恥ずかしい。

「これでヨネ太郎が借金返さずにまたギャンブルに嵌《はま》ってたら、キヨミの顔もまるつぶれだね。そうならなきゃいいけど」

つい意地悪な台詞《せりふ》が口をついてでてしまった。ユウトがいることも忘れて。

「おまえって、いつも言葉が辛辣《しんらつ》だな」

照れ隠しで口からでた言葉なのに、ユウトにそんなふうに言われてすごく後悔した。

実際のヨネ太郎はそれからの二カ月間、月四万円の返済は遅れていないし、寄席《よせ》でのマジックは最近にわかに熱が入ってきたとネットで評判になっている。

いま考えると、わたしのこの天邪鬼《あまのじやく》なものの言い方が、ユウトから嫌われているのではないだろうか。つい思ったことと反対のことを言っているときがある。ユウトにマジックのことで意見したり、健康についてロうるさく言ったり。本当はユウトとじゃれ合いたいだけなのに。

三軒茶屋でキヨミと別れて世田谷線でいったん家に帰り、自転車でユウトの部屋に向かった。翌日に信金の勤務がある日曜は家事だけすませ、深夜帰ってきたユウトに食事を出すとすぐに帰るようにしている。

夕飯には木綿豆腐とひじきを入れた和風ハンバーグに目玉焼きを載せたのと、サツマイモのサラダを作った。

疲れた目でユウトは帰ってきて、ベッドに突っ伏したかと思うとすぐに寝息をたてはじめた。いつものように、三十分くらいでいったん起きるだろう。帰る時間が遅くなるが、待っていようか。

ふと、ベッドの脇に投げ出すように置かれたユウトのバッグに目が留まった。いつも肩から斜めがけにしている、茶色の革製で蓋《ふた》を被《かぶ》せるタイプのバッグだ。蓋が開き、なかにスマホの頭が見える。ユウトの携帯はずっとガラケーだったのに最近スマホに変えた。緑色のカバーをつけたそのスマホが「どうぞ、ボクを手にとって、もてあそんでみて」と言っているように見えた。わたしには。

そっとバッグから引き抜き、指をスライドさせてみた。メールが二件届いている。未開封なので覗くことはできない。アルバムのアイコンに触れた。ガラケーから移したらしいたくさんの画像が並んでいる。

最初のほうにその画像はあった。きれいな女のひとだ。それを見ただけで胸をつかれたように高鳴った。ユウトと並んで立っている実像がすぐに思い浮かぶくらい、美しい顔と姿だった。ユウトとつり合いがとれるのはこんな女性なのだろうと大きく頷《うなず》けるような、ユウトの彼女として模範になるような女性。

小さくて白い、剝《む》いたゆで卵のような輪郭に、さりげないのに完璧《かんぺき》な位置についている目、鼻、眉《まゆ》、唇。うしろでまとめた柔らかそうな長い髪。誰かに似ているように思える。考えてみると、雛《ひな》人形のお雛様だ。祭りの日なのか、紺地に桃色の朝顔があしらわれた浴衣《ゆかた》を着ている。顔のアップと上半身、振り返るようにした全身の、三枚の画像があった。胸が締めつけられるように苦しい。でも画像を繰る指は止められない。

あとの画像はユウトのマジックのアイディアや試作品を記録したようなものばかりが並んでいたが、すこし先のほうにまた同じ女性の画像だ。ユウトと一緒に写っている。彼女は水色のワンピースを着て、ユウトはグレーのスーツにネクタイを締めている。なにかのパーティーのようだ。

ふたりのつないだ手がユウトの胸の前にあって、その手は指をからめた恋人つなぎだ。彼女の脇の下に、ユウトの左手が見える。ユウトが彼女の背中に腕をまわし、指の先が胸のふくらみに触れている。あたりまえのように彼女の乳房にユウトの指がめりこんでいる。そしてふたりとも、すごく楽しそうに笑っている。楽しそうに。笑っている。楽しそうに。

本当に屈託のない少年のようなユウトの笑い顔だ。わたしが好きな影のある笑い顔は、ユウトのすべてではなかった。心からの笑顔が別にあった。

鼻の奥が痛くなり、喉《のど》から嗚咽《おえつ》がもれそうになる。

もしかすると別れた彼女かもしれない。でもこれでよくわかった。ユウトの隣りで写真に納まるのは、絶対にわたしではない。教会の鐘の下に立つのも、友人のパーティーに一緒に出席するのも、ただ街中を歩くときも、ユウトの隣りにいるのはわたしではない。ユウトが本当の笑顔を見せるのもわたしではない。

ベッドの上のユウトが動く気配がして、あわててスマホをバッグに戻した。同時にユウトがゆっくり起きあがり、こちらを向いた。わずかの時間しか寝ていないのに、まぶたが腫《は》れた愛くるしい顔だ。

「メシある？」

「うん。出来てるよ」

和風ハンバーグに半熟目玉焼きをからめながら、ユウトは美味しそうに食べた。その頬や髪に手を伸ばしたいが、できなかった。いつもわたしのほうからユウトのカラダをさわるだけで、ユウトのほうからわたしに触れることはもう何カ月もない。ここに来はじめのころ、キッチンに立つわたしに抱きついてきたことが一回あっただけだ。

手を恋人つなぎしたことも、カラダを密着させて写真を撮ったことも、外で肩を並べて歩いたこともない。ユウトの友人に紹介されたことも。

ということは、そういうことだ。ほかの女性とはそういうことをしていたユウトが、わたしとはしないということは、つまりはそういうことだ。

「ユウトさん、わたし帰るね」

「あ、気をつけて」

「ごはん、美味しかった？」

「うん。ありがとう。待たせてわるかったね」

「ううん。じゃあね」

「うん」

　優しい目で見送ってくれた。

　ちいさなテーブルを買って、ひとりで運んできたのは去年のクリスマスだ。「これあったほうがいいよね」と訊くと、ユウトはそのときも「ありがとう」と言ってわたしを優しい目で見てくれた。この目で見てもらうことも、もう二度とないかもしれないと思いながら玄関のドアを閉めた。

　昼間は爽《さわ》やかな五月の陽気だったのに、深夜はコートが欲しいほど寒い。まくっていたシャツの袖をのばして自転車を走らせた。

　両親はとっくに寝ているので家は真っ暗だ。玄関を入るときまでは冷静だったが風呂に入ると嗚咽がはじまって、廊下と階段を歩くときにまた冷静になり、ベッドに入ると生まれてから一番の勢いで号泣した。キヨミに電話したいが、彼女も明日は仕事だからとっくに寝ているはず。

　初めてユウトに手をにぎられた三軒茶屋の路上からはじまり、シマノで肩と二の腕のあいだを揉《も》まれたとき、追っかけをして握手と抱擁で見送られたとき。ユウトと出会ったころのことばかり思い出す。

そしてふと考えた。ユウトの部屋に行かなくなったとしても、もう以前のようにユウトのファンという立場には戻れないのではないかと。平気な顔でシマノのお客としてステージを見て、出入り口でユウトに見送られるなんてことはできない。

だったら、なにもないほうがよかった。はじめからつき合わなければよかった。毎週ドキドキしながらシマノに通って、ユウトを遠くから見つめて、たまに目が合うだけで十分だったのに。握手と抱擁をしてもらうだけで最高に幸せだったのに。

止まらずに涙はマクラに染み込んでいく。こんなに苦しくて寂しい思いをするなら、欲張らなければよかった。もう戻れないのか。

9　バイスクルトランプ　*bicycle trump*

　月曜朝礼で支店長は、わたしの顔を見るなりぎょっとして言葉を詰まらせた。自分でも今朝、洗面所の鏡のなかに誰がいるのかしばらくわからなかった。

　まぶたが焼く前のギョウザを貼《は》りつけたようにふくらんで、ちょっと皮が裂けたくらいにしか開かない。視野も狭くなり同僚に声をかけられるたびにあごを上げて見ていたので首が凝ってしまい、朝礼時には俯《うつむ》きながら横目で支店長を見ていた。

「印子君、お岩さんかと思ったよー。怖いなーもう。土日、ゲームやり過ぎたんだって？」

　フロアを歩いているときに、支店長に小声で囁《ささや》かれた。

「そう言っておきましたけど、実はちがうんです」

　たったそれだけの自分の言葉で、また泣きそうになる。驚いた支店長は「ああ、あとでゆっくり聞くから、お金数え間違えないで。ね、がんばって」と行ってしまった。

　優しい言葉をかけられると涙がこみ上げてくる。この職場で事情を話せるのも支店長だけだと思うと、情けないがその優しさにすがりたい。

「だから、うちの母の担当者は代わったのよ。呼んでいただける？」

窓口から聞き覚えのある声が響いてきて、どきりとした。

「支店長さんと、あの、鳥みたいな名前の」

「ああ、天野印子でしょうか？」

けたたましい声の奥様は、やはり天鈴姐《ねえ》さんの娘さんだ。今日も高価そうな紫のスーツ姿で、メガネフレームと口紅はワインレッドだ。

横浜の「わいわい座」に天鈴姐さんを探してやってきたとき、会場の外に出てから三人で話し合いをしたと聞いた。支店長は四葉信用金庫の支店長であることを明かし、天鈴姐さんも実は呆《ぼ》けたふりをしていたと告白して、娘さんが一番心配している財産相続については、弁護士立ち会いのもと天鈴姐さんが遺言状を書くということで収まった。

姉弟を平等にすることが娘さんの主張で、それも遺言に書くと天鈴姐さんが約束すると、娘さんは安心したように帰っていった。それでそのあと、わいわい座の客席に戻って来られたのだと、支店長が打ち上げの席で説明してくれた。

何かまたクレームをつけにきたのだろうか。気が重いが、カウンターの椅子《いす》に座っている娘さんの前に支店長と向かった。

「いらっしゃいませ」

「先日は長時間、お疲れ様でございました」

支店長も同席して、天鈴姐さんの家で遺言状の作成をしたばかりだ。

「ええ、そのせつはお世話になりました。それでね、ちょっとおかしいのよ。母のたくさんあった口座をひとつにまとめてくれたのは、印子さんよね」

「はい、わたくしがやらせていただきました。あくまでも名義人のお母様のお手伝いですけれど」

「すこし足りないのよ。あなた、いくらかちょろまかしてない？」

「ええええ」

「ええー」

支店長とわたし、同時に声をあげてしまい、口を押さえてフロアを見まわした。幸い誰にも聞こえていなかった。

「父が亡《な》くなったときに、母が相続した金額よりかなり少ないの。相続してから十年だから、そんなに使うわけがないのよ」

「おいくら足りないですか？」

なにしろ、たくさん口座を持っていたので、ひとつくらい見落としがあったかもしれない。

「それが、二億くらい」

「ええ」

「えー」

こんどは小声で驚きつつのけぞった。

「そんなに欲張るつもりはないのよ。資産の計算をして、私は家屋敷とほかの不動産をもらって、弟は貯蓄をもらうことでちょうど平等だったから不満はないんだけど、何しろ相続税がすごい金額なの。不動産もらっても売れるまで現金はないわけだから、心配になっちゃって。それでもう一度調べてみたら、どうも足りないの」

「はあ、そうですか。わかりました。調べてみますけど、わたくしがちょろまかすことは、絶対にありませんので」

「そうですね。印子君がちょろまかすようなことは、システム上不可能です」

「そお？」

結果がわかりしだい連絡をするということで、娘さんは帰って行った。

すぐに支店長とわたしはタクシーで天鈴邸に向かった。なにしろ天鈴姐さんは、四葉信用金庫の上得意様なのだ。

初めて訪問したのも、月曜の午前中だったのを思い出す。今回は、気心が知れている仲なので昼にかかってもいいようにお弁当を持ってきた。支店長はそれを見て、「その腫《は》れた目でよくお弁当が作れたね」と驚いた。そう言われてみると、料理だけは手が覚えていて細い目でも作れたのだ。

「何に使ったのかな、天鈴姐さん」

タクシーの後部座席で、支店長がひとり言のように呟《つぶや》く。

「あれかな、マジック用のステージを作るのに使ったのかな」

「二億もかけて、畳二枚分のステージですか？　そんなわけないです」

「そうだよな」

「もしかすると、天鈴姐さんのことだから、雷おこしのカンカンにしまってあるのかもしれませんよ」

「二億っていったら、あのカンカン、何個分かな」

「意外と入りそうですよ。一個に四千万入るとして、カンカン五個」

「そうか。だったら、どこかにしまってあるのかもな」

わたしの目が腫れているわけを、支店長は訊《き》かなかった。薄々気づいていそうなのに、その話題を避けているようだ。たぶん、失恋を打ち明けられても返事に困ると思っているのだろう。

タクシーのなかから天鈴姐さんに電話をすると、これから仲間とのランチ会に出かけるところで、その会場に来てほしいと言う。行き先を変えて初台の駅近くにある、ウズベキスタン料理のレストランに向かった。

エキゾチックな装飾に青いテーブル掛けが異国風で素敵な店内だった。習い事の集まりなのか、女性ばかり五人が中央のテーブルを囲んでいて、天鈴姐さんは空いている席にひとり離れて待っていてくれた。

「娘が面倒かけて、すみませんね」

「いえ、そんなことはないです」

「あら、その声は、印子ちゃん？」

「はい、そうです。わたしです」

「まあまあ、おめめが腫れちゃったの？　わからなかったわ。虫？　クラゲ？　さそり？」

「いえ、ユウトです」

「あら、刺されたの？」

「ユウトは毒もってないです。わたしが勝手に失恋して、勝手に泣き腫らしたんです。ユウトがわるいわけじゃないんですけど」

話が別の方向に行きそうになり、「まあ、その話はあとで」と支店長が軌道修正してくれた。

「実はですね、十年前に御主人が亡くなられたときの相続額から……」

娘さんの言ったことを説明して、お金の行方を訊いた。天鈴姐さんは余裕の微笑《ほほえ》みだ。

「その二億はね、夫の隠し子にあげたの」

「えええ」

「えー」

わたしたちの驚く声もハモるようになってきた。

「夫が五十歳のときにね、お店をやっている女性とそういう仲になって男の子が生まれたの。認知していなかったのよ、その女性が遠慮して。そのせいで遺産相続でなにもあげられなくて。だから、私からあげたの。やっぱり夫の子ね。商才があって、若いのに会社を経営して大きくしているわよ」

昔のお金持ちは別宅などを持っていたとはよく聞く話だが、天鈴姐さんの御主人にはそんなイメージが湧《わ》かない。映画のような大恋愛物語を聞いたばかりなのでなおさらだ。

「さすがは天鈴姐さんですね。心が広いというか、肝が据わってらっしゃる」

支店長が褒め上げると、天鈴姐さんは「ふふ」と笑っている。この年代の女性は夫の浮気には寛大なのだろうか。わたしだったら絶対に許せない。もしもユウトと結婚できたとして、他のひとと子どもを作ったなんてことを知ったら、その日のうちにお互いにこの世からいなくなるかもしれない。

「どうしてですか？　どうしてご主人に裏切られて、そんなに平気なんですか？」

「平気じゃなかったわよ。許せなくて、しばらく泣き暮らしたわ。口もきかなかった。

五、六年かかったわね。許せるまで」
「はー、そんなにかかりましたか」

「ええ。時間がかかるわよ。男女の間は。でも、子どもはどんどん大きくなるでしょう？　その子のこと考えたらね、何の罪もないのにお父さんがいなくて、かわいそうだなって思ったの。うちの子どもたちと同じように、半分は夫の血を引いているのに貧しくて進学もできないんじゃあ、私だって夢見がわるいわ。小学校に上がるころから、ちょくちょく仕送りしてたの」

「はあー。さすがですね」

さすがではあるが、わたしにはどうしても理解できない。

「じゃあ、ご主人とは、また元のように愛し合えるようになったんですか？　その浮気相手だって、ご主人と愛し合っていたんですよね。ひとり占めできなくなっちゃったじゃないですか」

ユウトだったらと置き換えてしまって、つい口調が熱くなる。

「夫とは、前とまったく同じように戻ることはなかったわ。愛しているひとに、好きなひとがいるのは、それは辛《つら》いことよ。身を切られるような痛みね」

「やっぱりそうですよね」

「そうね。でもね、立ち直れたわ」

「なにがきっかけですか？」

「私にも好きな人ができたこと」

「へ？」

「あら」

ふたりで同時にずっこけた。最近、リアクションが漫才コンビのようになってきて悔しい。

「それは、ダブル不倫ってことですかね？」

「違うんじゃないですか、支店長。夫婦それぞれが、ですから」

「じゃあ、それぞれ不倫？　おのおの不倫？　各自不倫？」

「そんなんじゃないのよ。私はステージを観《み》るのが好きだったからね、バレエのダンサーやオペラ歌手に入れあげて、海外公演にもついて行くくらい熱心に応援したの。数年おきに好きになる相手は変わったけどね、そのつど恋する乙女の気分になれて夫の浮気のことなんか忘れられたわよ」

「そうですか。今でいうアイドルの追っかけですかね」

「そうね、追っかけね。それで、今日はウズベキスタンのフィギュアスケート選手の、ファン仲間が集まっているの」

頬をほんのり染めて天鈴姐さんは、携帯電話の待ち受け画面を見せる。氷の上で舞っている、王子様のような金髪青年の画像だった。支店長と顔を見合わせてから、中央のテーブルに集まっている女性たちに視線を向けると、皆楽しそうにその選手のものであろう画像や動画を見せ合っている。

「はー、僕にはわからない世界だな」

「わたしにはわかります。ゲームの土方歳三のファン同士で集まったことがありました。

すごく楽しいんです」

いま思えば、現実ではない恋愛でも十分楽しかった。ファン同士が争うこともなく、失う不安にかられることもなく、傷つくこともない。

あのころは、生身の人間と恋愛することが、こんなに苦しいことだとは想像すらしていなかった。苦しみを知らないままでいたほうがよかったのか、わたしにはまだ答えが出せない。

店員さんがウズベキスタンのお茶とやらを、丸い急須《きゅうす》から注いで勧めてくれた。ランチタイム前なのに、この集まりのために開店してくれたらしい。

「そういうことだから、娘にはすべて打ち明けるわ。母親の違う弟がいるけど、遺産の請求はされないからって」

天鈴姐さんの娘さんは会社員に嫁ぎ、成人した子どもがいる。金銭的になんら不自由もしていないはずなのに、財産のある親の相続で骨肉の争いになるというテレビ番組を観てから、とにかく資産のことを心配するのだという。

「娘も大人だから、父親のそんなことを知っても大丈夫でしょう」

「しかしあれですね。男の僕から見ると、ご主人がちょっとうらやましいですね。仕事で成功して、金銭的に余裕があるからできることですよね」

支店長のその言葉に、甘いほうじ茶のようなウズベキスタンのお茶を吹き出しそうになった。

「支店長、お金の問題じゃないです。モテるかどうかなんです。天鈴姐さんのご主人もユウトも、モテる男だってことです。支店長とはぜんぜん違うんですから。うらやましがらないでください」

つい声を荒らげてしまった。

「それはあれかな、印子君。ユウト君に彼女がいたのが発覚したということかな？」

支店長はわたしの目が腫れた理由にやっと触れてくれた。

「実はユウトのスマホに、彼女らしき女性の画像があったんです。どう見てもユウトが愛しているひとでした」

「あら、それで失恋したなんて言ってるの？　そのひとと結婚していたというわけじゃないんでしょう？」

「さあ。でも忘れられないひとです。きっと」

「そんなの、誰にでもいるんじゃないかな。印子君にもいるでしょ。忘れられない男」

「ユウト以外、いるわけないじゃないですか。ゲームの土方歳三さえ、もう顔も忘れましたよ」

「でも印子君、その画像を見ただけで、そんなにお岩さんにならなくても」

「そうなんですけど」

それはわかっているのだが、たった数枚の画像でいろんな感情がいっぺんに吹き出してしまったのだ。

恋愛よりマジックを取るように見えていたユウトが、ちゃんと恋愛ができる男だった。外見は気にしないと思い込んでいたユウトが、誰よりも美しい女性を愛していた。ユウトとつり合いがとれるのは、どんな女性かがわかってしまった。

「印子ちゃん、辛いわね。モテる男に惚《ほ》れちゃったものね」

また溢《あふ》れるように涙が流れてくる。天鈴姐さんと支店長が、せつない表情で覗《のぞ》き込んできて申し訳ないくらいだった。

昼になったので、一緒にランチをと誘われた。わたしは弁当持参だからと、おかずだけご馳走《ちそう》になった。鶏肉《とりにく》のソテーをトマトスープで煮込んだ、とっても美味《おい》しい料理で、支店長も女性グループに交じって嬉しそうに頰張っていた。

金曜日まで百回くらい逡巡《しゅんじゅん》した。あんまり逡巡し過ぎて、なにを逡巡していたのか、わからなくなるくらいだった。

ユウトとこのまま会わないでいるべきか、はっきり「お別れ」を告げるべきか。どうするべきかわからないまま、ただユウトの姿を見たくていつもの出勤時間にシマノまで来てしまった。

ハヤシさんにあいさつして勝手口からフロアに入ると、マモルがひとりでカウンターに座っている。

「おはよう」

「あ、印子さん。部屋、ちょっと良くなったでしょ」

「え、部屋？」

「あ、言っちゃいけなかったかな」

シマノのフロアを見回したがいつもと変わらない。マモルが知っている部屋といえば、

「ユウトさんの部屋？」

「うん、あまりにも殺風景だって僕が言ったら、なんか買ってこいって金渡《かね》されて、あのでっかいビーズクッションとベッドのもの運んだんだ」

「え、そうだったの？　だってユウト、お母さんが送ってくれたって」

「まじ？　照れ屋だからな、ユウトさん」

「照れ屋って……」

誰に対して照れるというのか。わたしに対して照れて、それで嘘《うそ》をついてしまったようには見えなかったが。

「どうしてかな。わからない、ユウトってひとが」

「え、なに？」

「なんでそんなことで、嘘つくのかな」

寝具やクッションを買うのは男として恥ずかしいのか。だから、お母さんが送ってくれたと嘘をついたのか。それともわたしが、自分のために買ってくれたと勘違いして、恋人気どりになるのがイヤなのか。たぶんそっちだ。

「最近金曜日にユウトさんの部屋に泊まって練習してるからさ、ほかに欲しいものあったら買っとくけど。ユウトさん照れて、自分では買わないから。カーペットとか、おそろいの室内履きとか」

「いま、なんて言った？」

「え、おそろいの」

「いや、金曜日？」

「ああ、練習ね。金曜に泊まって。え、それも印子さんに話してないの？」

練習をしているとは言っていたが、女性がいるのかと疑わせるような言い方だった。

マモルと一緒だと、ひと言話してくれればそれで安心できるものを。わたしが不安になることにも気づかなかったのか。気づかないふりをしていたのか。

「ねえ、マモル。ユウトさんて、わたしのことどう思ってるのかな。家政婦とでも思ってるのかな」

そう口に出したとたんに涙がこみ上げて、嗚咽《おえつ》がもれてしまった。

「え？」

驚いてマモルは、答えようがないという顔をした。それもそうだ。二十二歳のマモルにしてみればわたしはずっと年上で、分別がつきそうに見えるだろう。恋愛経験はマモルのほうがずっと豊富だと思うが。

「ごめんね。わたし、もうユウトの部屋に行くの、やめようと思ってて」

「そうなの？　ユウトさん、印子さんに甘え過ぎだったからな」

「ううん、そういうんじゃなくて。ユウトには、もっときれいで女らしい、浴衣《ゆかた》なんかが似合うようなひとがいいと思って」

「ははっ。浴衣なんか誰が着ても似合うでしょう。日本人なんだから」

「わたしが着たらね、温泉で宴会場に行く途中のオッサンみたいになるの」

「あー……」

否定せずにマモルは頷《うなず》いた。そして含み笑いをした。

「スマホの画像、見ちゃったんだけど、きれいなひととつき合ってたんだね、ユウトさん」

「さあ。僕がここに入ってからの二年間は彼女らしきひとはいなかったから、元カノは知らない。なんか、ひどい失恋したみたいで、その痛手が尾を引いてたらしい」

「まだ、そのひとのこと想《おも》ってるんでしょ？」

「そうかな。まあ、そうなんじゃないかな」

自分から話をふっておいて、否定してくれないマモルにむっとした。それを察したのか、マモルは冷ややかな目をして言う。

「だから、ユウトさんの部屋にもう行かないって言ってるわけ？　元カノに嫉妬《しっと》して、負けそうだから逃げるってこと？」

「そんなんじゃない……けど」

なんだろう。マモルに、わたしの感情をみごとに言い当てられたような気がする。正解であるがゆえに、すぐに認めるわけにはいかなくなった。

「だって、ユウトは元カノさんみたいにきれいでスタイルがよくて、優しそうで性格もよさそうな、あんな女性が好きだったわけでしょ。わたしなんか何ひとつ勝てるところがないもの。ユウトの理想に、どこも当てはまっていないもの」

「だったら、どうして印子さんだけ部屋に入れるの？　印子さんだけユウトさんのそばにいられるの？」

「それは……料理かな。あとは、家事をやるから」

「そんなこと、ユウトさん、自分でもやってたけど。いくら家事ができるからって、好きでもない女のひとを部屋に入れないと思うな」

　そうなのだろうか。家事ができる以外に、わたしがユウトに好かれる要素がすこしでもあるのだろうか。そんなこと、わたしにはわからない。なにも思いつかない。

「ユウトさんじゃなくて、印子さん自身の問題なんじゃないの？　自分に自信がないからユウトさんや元カノのせいにして、本当は逃げてるだけなんじゃない？」

「そんなんじゃない」

「そうだよ。だったら、相手に見合うような女になろうって、努力するほうがいいんじゃないの？　ブスの自分と釣り合いがとれるようなブサイクを探すよりさ、いい男と釣り合いがとれる、いい女になろうって努力するほうが、よっぽどポジティブじゃない？見かけだけじゃなくて、内面的にも磨いてさ」

「でも、いい女になるなんて、わたしなんかに無理。努力してできることとできないことがあるでしょ。取り得なんか料理くらいしかないもの」

「そうかな。印子さんは無邪気で健気《けなげ》なところが取り得じゃない。ユウトさんもそこが良かったんだと思うよ」

「そんなことでユウトにずっと愛されるとは思えないけど」

自分でもウジウジし過ぎだとは気づいていた。マモルも呆《あき》れたような目をしている。

「ネガティブなんだよな、印子さんて」

「だって、ユウトは、レベルが高過ぎる。わたしなんか……」

迷惑そうな目をして天井を向き、マモルは長いため息を吐《つ》いた。

「ん、そうだね。ユウトさんは、わたしなんかって言ってる暗い子は好きじゃないと思うから、うん、やっぱり、別れたほうがいいかもね。そうだ、別れなよ」

マモルの口調が急にちゃかすようになった。

「え？」

「そんなに自信のないひとを励ますなんて、僕だって時間の無駄。さっさと別れなよ。そのほうがユウトさんも気が楽になるよ」

頭のなかでカチンと鳴るものがあって、無性に腹がたった。マモルであればわたしの肩を持ってくれると思っていたのに、ひどい言葉で突き放された。

「あっ、そう。わかった。どうせわたしなんか、ブスで暗くて、面倒くさい女だし。ここにいたって迷惑でしょ。ユウトの家政婦もシマノのお運びも辞めるから。ユウトにそう言っといて。じゃあ、お世話になりました」

厨房を通り勝手口の戸を思いっきり開け、また思いっきり閉めた。ハヤシさんがバタバタと羽を動かしていて、別れを交わしたかったが振り切ってそこを出た。

頭がかっとして、乱暴に自転車を持ち上げると道路に出し、スタンドを踵《かかと》で蹴《け》って走り出した。まだ夕方で辺りは明るい。

ペダルを踏む足をフル回転してもこの自転車はなかなかスピードが出ない。折り畳みの二〇インチでタイヤが小さいのだ。高校生のころ買ってもらったので十五年くらい乗っている。

これでもうシマノに行くこともないかもしれない。最後にもう一度ユウトに会いたかったが叶《かな》わなかった。心の隅で、ユウトが引き止めてくれるかもしれないと期待していたことにいま気づいた。こんな風に飛び出してきてしまったことをすぐに後悔していた。


月末の忙しい時期が過ぎた、七月初めの火曜日の夜、四葉信用金庫の同僚たちで送別会をひらいてくれた。近所に古くからある飲み屋「わしら」の二階の座敷を、わたしたちだけで貸し切っている。

「支店長、朝から涙目で笑っちゃいますよね。印子さんと仲良しでしたもんね」

さっき、窓口で隣りにいた同僚にそう言われて、改めて職場との別れを想った。でも悲しくはない。それよりもこれから自分が飛び込む、未知の世界への期待と緊張で胸と頭、全身がいっぱいになっている。

「ではここで、印子先輩からひとことといただけますか？」

司会をしている後輩と入れ替わり、みんなの前に立った。支店長の涙まじりのあいさつで空気はしんみりして、話しにくくなってしまった。

「みなさん、今日はありがとうございます。八年ほど、お世話になりました。なんだか、寂しいですが、これでお別れではありませんので。わたしはこれからプロのマジシャン目指して頑張ります。みなさんがもしもお客さんとして来てくれたときに、あっと驚かせるマジックができるように、修行をするつもりですので、もう少しお待ちください。独り立ちできるようになったら、招待券をお送りいたしますので」

営業の同僚男性が「よっ」と声をあげて拍手をするので、みんながつられて力ない拍手をした。一カ月前の朝礼の終わりに、突然「辞める」と、それも「プロのマジシャンになるため」などと言い出したわたしを、同僚たちは無表情で見つめていた。無表情になってしまっただけで、内心では驚きや憐《あわ》れみや、ちょっとの心配を抱いてくれたのだろう。

「どうしてマジシャンなんかに、とみなさん思われたのでしょうが、実はマジックの魅力を教えてくれたのは、ここにいらっしゃる支店長なんです」

えーという声があがり、支店長が顔の前で「だめだめ」と手を振る。

「すばらしいマジックの腕を持っているんです。金融の職場で、コインを隠したりするマジックは不謹慎だからと隠していらっしゃるんですが、もったいないなと思います。これからは、お祭りや地区の行事に『よつばちゃんのおさいふ』に代わって、支店長のマジックを披露したら、盛り上がるのではと、あ、辞めちゃうわたしが言うのもおこがましいですが、わたしの希望です」

顔が黒ずんで子どもたちから怖がられるよつばちゃん人形には、みんなが引退を願っていたので、名案とばかり手を叩《たた》いてくれた。支店長が恥ずかしそうに頭に手をやるが、まんざらでもなさそうだ。

支店長が酔った勢いでカードマジックを披露し、わたしまでコインマジックをやらされた。九時過ぎまで宴会は続きお開きになってから、わたしは自転車を走らせた。お酒は飲めない質《たち》なので酔っているわけではない。ただ新しい自分になる宣言をして脳が興奮状態になっている。

通い慣れた淡島通りを走っている。

そのままでいいんだよと、言われ続けてきたような気がする。小さなころから家でも学校でも、職場やゲームの世界でも。誰に宛《あ》てて言われたかもわからない「そのままの君でいいんだよ」という台詞《せりふ》を上手《うま》く自分のことにあてはめて、ずっと変わろうとしなかった。気弱で引っ込み思案で、自分から何かに挑戦したことなどない。本当はコンプレックスが強いくせにわがままでプライドが高い。だから傷つくのが怖かっただけだ。

そのままのわたしでも一生を終えられるのかもしれない。でも、それで満足するわけにはいかないと初めて思った。変わりたいと強烈に願った。どうしても、人間として、女として成長したい。傷ついても汚れても泣きわめいても、なにもしないよりは遥《はる》かに成長できる。心が豊かになったら、愛するひとに認めてもらいたい。動機が不純と言われても、わたしの心を動かしたのは初めての恋愛だった。

なぜマジシャンになるのか、支店長や天鈴姐さん、キヨミにも問《と》い質《ただ》された。

「印子君は、好きなひとに近づけると思ってるかもしれないけど、男としては、自分の職場のことを知られるのは窮屈なもんだよ。僕だって、うちの女房が信金の職員だったらやりにくいもんな」

「そうねえ。男のひとは仕事のことに口出しされたくないものだからねえ。ましてや舞台人は人気商売でしょう？　同じ職種だとライバル関係になったり、嫉妬したりってことがあるわよね」

支店長と天鈴姐さんの言うことはもっともだ。

「印子さ、私は実際に経験してるけど、ヨネ太郎の仕事のことに口出しし過ぎて浮気されるはめになったんだ。男は自分の仕事のことはなんにも知らない女のほうが好きなんだぞ」

キヨミの言うこともわかる。でもユウトはマジシャンとして天才で、わたしがいくらがんばってもライバルになり得るわけがない。ただ、ユウトのすべてであるマジックをわたしも齧《かじ》ってみて、いくつかのことに気づけた。

ステージに上がる前のドキドキ。ステージからの客席の見え方。お客さんの喝采《かっさい》を浴びた喜び。ユウトが毎日のように感じていることを、ほんの少しでも知ることができてすごく嬉《うれ》しかった。ユウトの胸の鼓動が速くなったり、首から汗が吹き出したり、血が騒ぐようになる感覚を、わたしも同じように感じていたいのだ。

ユウトのマンションの駐輪場に自転車を停めた。十時前ではまだ帰っていないだろう。部屋の鍵《かぎ》を持ってはいるが、中には入らずドアが見える階段に座っていた。七階の階段から東京の夜景が見える。渋谷と新宿、その先の池袋のあたりまで。

地球上には灯りのない土地だっていくらでもあるのに、こんなに狭い土地に何百万人も人間がいて、ひとつひとつの灯りの下で生活しているというのが不思議だ。みんな、恋をしたいから集まってきたのだろうか。それなのに恋に苦しんで、泣いたりわめいたりするのだろうか。

待ちくたびれて十二時になった。シマノは店じまいしたころだ。マモルがメールを読んでくれたようで返信をくれた。

〈えー、プロのマジシャンになるってなに？　僕のライバルってこと？　無理だと思うよ印子さんには。ルックスに問題ありだもん。まあ、僕のこんな悪態で発奮してくれよな。同じ板に上がってくるの、待ってるぜ!〉

若いのにマモルは頭がよくていいやつだ。

シマノに最後に行った日、マモルにすて台詞を吐いて帰ってきてしまった。あれからすごく考えた。ウジウジと悩んでいたわたしが、つぎの行動に移せたのもマモルの言葉で目が覚めたからだ。それにわたしの無邪気で健気なところを長所と言ってくれた。それらのお礼をメールに書いた。

わたしは親しく接した男性が少ないが、そのわりに親身になってくれる男性に出会えていることは奇跡ではないだろうか。支店長だって、退職するわたしのために泣いてくれたのだ。

エレベーターが動いている。ドアが開いて足音が聞こえた。現われたのは白いTシャツに青いカーディガンを着たユウトだ。最近買ったのだろう。知らない服を目にするとやけに寂しい。

ドアに鍵を差し込んで開けようとしたときに声をかけた。

「ユウトさん」

「印子?」

久しぶりに聞く声と、驚いた顔だ。会いたかった想いがあふれて堪《こら》えきれない。

「どうした？　カギなくした？」

「ううん。返しにきた」

　手のひらにカギをのせて差し出した。

「そう」

　ユウトは平然とそれをつまみあげて黒のパンツのポケットに入れる。やっぱりそうかと全身の神経がゆるんでしまい、こぼれかけた涙もおさまった。

「わたしね、プロのマジシャンになることにした」

　精いっぱい明るく言ったつもりだった。

「そう。がんばって」

　表情を変えず、ユウトはそう言う。目はわたしをとらえたまま逸《そ》らさず、なにを考えているのか読みとれない。

「これだけは伝えなくちゃと思って。わたし、ユウトさんのことすごく好きだから。でも自分に自信がないまま一緒にいても、ずっと関係は変わらないから、いい女になれるように修行してくる」

「そんなの嘘だろ」

　冷たく睨《にら》むような目をしている。

「一緒にいたままだって、マジシャンになれるだろ。もう、俺にかかわりたくないだけだろ」

「え、そうじゃないよ」

「そうだよ。家事だけやらされて、もうイヤになったんだろ」

やはりわかっていたのか。わたしが家事だけのつき合いに悩んでいたことを。

「気づいてたのに、そのままだったの？　わたし、ずっと悩んでたのに。ユウトさんがわたしのこと、どう思ってるのかわからなくて。だって、恋人だって思えるようなことはなかったし。そうでしょ？　デートに出かけたことも、誰かに紹介されたことも、写真を撮ったこともないし。それは、ユウトさんはステージに立つひとでファンもいるから、しょうがないって思って、がまんしてたけど、やっぱり、不安になるもの。わたしはユウトさんに愛されているのか」

やはりユウトの目はこちらを向いたまま冷ややかだった。

「あ、ごめん、こんなこと言って。わたしのほうからユウトさんに近づいたんだよね。ユウトさんのそばにいさせてもらって、お世話させてもらって、それだけで十分だったのに。だんだん欲張りになっちゃって。恋人気取りの勘違い女でごめんね」

沈黙の間があいて、ユウトが口を開こうとしている。もしかすると、「本当は最初から好きじゃなかった」と言うつもりかもしれない。

その言葉だけは聞きたくない。ユウトからとどめを刺されるのは避けたい。ユウトと恋人同士になれる可能性を少しでも残しておかないと、これからわたしは頑張ることができない。

「じゃあ、ユウトさん、楽しい時間をありがとう。すごく幸せだったよ」

ユウトが話そうとするのを遮《さえぎ》るように早口でまくしたてた。

「わたし、ユウトさんは甘ったれで、私生活では何もできなくて可愛《かわい》いなって思うし、見た目がかっこいいなとも思うけど、そんなことよりも、ユウトさんのこと、人間として心のそこから尊敬してる。ユウトさんのマジシャンとしての才能も神様に見えるほど尊敬してる。ホントにホントに尊敬してる。それは一生、変わらないから。ぜったいに変わらないから」

握手くらいしても、という思いが一瞬よぎったが、かぶりを振って階段を駆け下りた。足をもつれさせながら、手すりにつかまって駆けた。七階から階段で下りたことがないのでかなり脚力を消耗して、一階についたときには膝《ひざ》ががくがくしていた。エントランスへの扉を押し開けると、ひとが立っている。青いカーディガンの男のひと。エレベーターのほうが早かったらしい。

「それじゃあ、俺が最低な男になるだろ。自分でもそんな男のままじゃイヤだよ。言い訳くらいさせろよ」

「いいの。ユウトさんはなにもわるくない。わたしが勝手に好きになって、勝手に修行に出るの。こんどはユウトさんにふさわしい女になって、また会えるって信じていたいの」

「あのさ」

「いや、言わないで。なにも言わないで。ユウトさんの本心は知らないほうがいい」

「だから」

「いやあー、やめてー、やめてよー」

悲鳴のような声が出て自分でも驚いた。ユウトの口から好きじゃなかったと聞いてしまえば生きては行けない。両耳をふさぎ、しゃがみ込んだ。

声がしている。ユウトがなにか言っている。でも聞きたくない。ユウトの声が怒声になった。いや、ユウトの声じゃない。ユウトのほかに誰かの声も聞こえる。言い争っている。

そっと顔を上げた。

「違いますって」

「警察呼ぶから」

管理人さんらしい。わたしはいつも駐車場からコソコソ入るので、管理人さんに顔を見られてはいないと思う。

「なにもしてないです。ただの痴話ゲンカ」

「知り合いなの？」

「はい。恋人です」

「そお？　見たことないよ」

「もうずっと前からうちにいました」

ユウトが、ユウトがそんなことを言っている。恋人と……。ずっと前からと……。

「いやあーーーー」

もういちど耳をふさいで立ちあがると、エントランスを駆け抜けてドアを開け、駐車場に飛び出した。自転車を出す腕に力が入り、バーベルを持ち上げるくらい高く持ち上がってしまった。地面にドスンと下ろし飛び乗った。

淡島通りに出ると一目散に漕《こ》いだ。乱暴に地面に下ろして金具が取れたのか、前輪になにか引っかかりカラカラと音をたてる。ペダルも重い。

ユウトに「好きじゃなかった」と言われるのは耐えられないが、「恋人です」という言葉も聞きたくなかった。わたしの決心が揺らぐではないか。嬉しいじゃないか。調子に乗ってしまうではないか。

わたしの脳みそは、悲しいのか嬉しいのか判断に迷ったあげく、怒りのスイッチを入れてしまったらしい。自転車の前カゴを、持ち上げた右足で思いっきり蹴った。なぜそんなことをするのかわからない。錆《さ》びていた金具がはずれ、カゴが左を向いてぶら下がった。

前輪になにか引っかかる音はますます大きくなり、ペダルもいっそう重い。いらついてお尻《しり》に力を入れ座り直すと、サドルがすとんと下がって最低位置で止まった。ペダルを踏む足がガニ股《また》になった。

恋人だと認めてもらえたのだから、別れる必要などないではないか。でも今のわたしがユウトのそばにいても、自分に自信がないまま卑屈になって、またイヤな女になる。嫉妬深くて僻《ひが》みっぽい、イヤな女に。

買ってからいちども折り畳んだことがない折り畳み自転車が、いっそう大きな音をたてている。サドルが低く漕ぎにくい。ポンコツ自転車を夜空に向かって投《な》げ棄《す》て、素足で走り出したい衝動を抑えながら漕ぎつづけた。

帰ったらスマホの、ユウトの連絡先を消そう。受け取ったメールも消そう。〈今店出ました。〉〈もうすぐ着く。〉たったそれだけの文字しか書いてくれないメールだった。それでも嬉しかった。ついているマルさえも愛《いと》おしかった。

寝顔を隠し撮りした画像も消そう。ひげ剃《そ》りあとが見えるほどアップで撮った高い鼻。頬の筋肉が緩んでわずかに開いている薄い唇。みんな削除しよう。

ユウトの首筋の汗の臭《にお》いを嗅《か》ぎたい。すごく嗅ぎたい。嗅ぎたい。嗅ぎたい……。

淡島の交差点を赤信号で停まると、どっと涙が落ちてきた。青信号になるまでに、洟《はな》といっしょにすべてティッシュで拭《ぬぐ》ってしまおう。ユウトと出会ってから泣いてばかりいた自分とも、ここでお別れしてしまおう。交差点の信号が、青に変わるまでに。

10 ルーティーン *routine*

熊本県内を五カ所巡る演芸会の最終日、天草市のホテルに泊まっていた。地元の新聞社が主催の会で、新聞広告で宣伝が行き届いていたのと広告主に招待券を配ったとかで、どの会場も大入りだった。

一座は大御所落語家、橘家志ん辰《たちばなやしんたつ》師匠と女弟子の花辰《はなたつ》さん。中堅の漫才師、ズボンタンパンさん。曲芸の毬家佐織子《まりやさおりこ》さん。そして我師匠マジック のマジー光司《こうじ》と弟子のわたしといったメンバーだ。

一部が演芸会。二部では地元で活動する女性演歌歌手の歌謡ショーが行われる。演芸会は前座扱いじゃないかと志ん辰師匠が初日の楽屋で愚痴っていたが、歌謡ショーのあまりの盛り上がりに、翌日からはなにも言わなくなった。

ホテルの部屋は出演者には一部屋ずつ。スタッフと付き人は二、三人に一部屋が割り当てられた。わたしは、ほんの少し後輩の花辰さんと同室だ。花辰さんはステージに上がらず付き人として参加しているが、わたしは付き人兼アシスタントとして師匠と一緒にステージに立つ。

「インコ姐《ねえ》さん、先に食堂に行ってます。うちの師匠、早起きで」

「わかった。うちの師匠は時間ぎりぎりだから、あとで行く」

お互いに師匠に仕える身なので、朝の出迎えから夕食後に部屋に送り届けるまで、常に先回りして師匠のお世話ができるよう準備をする。旅の仕事は気の休まる時間がない。朝食を一緒に摂《と》ることからはじまり、衣装と道具の手入れ、それらの荷物持ち、会場でのリハーサル、楽屋での飲食の手配、着替えの手伝い。終演後の車移動と夕食のお世話。とにかく、何から何まで付き人の仕事だ。

「師匠、そろそろ朝食のお時間です」

ドアを外側からノックした。九時までに食堂に行かないと、朝食は片づけられてしまう。

「おはよう」

やっと現れた師匠は、目を真っ赤に充血させている。ホテルで寝るのが苦手な体質で、毎日寝不足らしい。

「朝ごはんは食べなくてもいいんだけど、食べないとお昼までなにもないからお腹《なか》すくんだよね。ホテルのメニューはどこも一緒で飽きちゃったしさ」

六十代になった師匠でも、地方公演のたびに同じことに悩まされるらしい。それでも

「昔は旅の仕事がもっとあったけど、最近は少なくなったね。新幹線と飛行機がどこにでも通ってるから、泊まりの仕事自体減ったよね」と寂しそうにもしていた。

弟子入りしてもうすぐ一年になるが、五日間も芸人さんたちと寝食を共にする仕事は初めてだ。緊張すること以上に、知らない土地に行けることが嬉《うれ》しく、何より勉強になる。

マジー光司師匠は、ヨネ太郎に紹介してもらった。何度も寄席《よせ》やホールに通い、たくさんのマジシャンを見ているうちに、マジックの技が鮮やかなうえに喋《しゃべ》りも面白い師匠の芸に憧《あこが》れるようになった。見た目は西郷隆盛のようにいかついイメージなのに、身のこなしや喋りかたが妙に女性っぽいところにも惹《ひ》かれた。ヨネ太郎に頼み込んであいだに入ってもらい、弟子入り志願をした。

「当分は鞄持《かばんも》ちだけどそれでいい？　何人も弟子をとったけど、続かないんだよね。今の若い子はマジックを教えてもらえるの待ってるんだけど、僕はそんなに教えないから。すべて人から教わるってもんじゃないんだよ。自分で研究して自分で作って行くのが芸だからね」

そう最初に言われたことを肝に銘じて、今日まで師匠の芸を盗むつもりで観察してきた。目標はあくまでも独り立ちすることなのだと、毎日寝る前に確認している。

実家では、毎朝早起きして家族分の朝食とお弁当をつくる。信金を辞めて、生活費を入れられなくなった代わりにそうしている。マジシャンになることに両親は驚いてはいたが、ユウトに捨てられたショックのあまりの行動だと思ったようで、不思議なほど反対されなかった。

「和室だからよけいに眠れないの。掛け軸とか置物とか怖いでしょ？」

「はい。うちの部屋にも天草四郎の陶の置物がありました」

あとで部屋を直しに行かなくては。師匠は自分が泊まる部屋を、怖くないように模替えしてしまう。「夜中に目が覚めて、押し入れの戸の隙間《すきま》からお化けが見てたらどうする？　掛け軸の後ろからお化けが出てきたら、置物の天草四郎がトコトコ歩き出したらどうする？」と、押し入れの戸を外し壁に立てかけ、床の間の掛け軸や置物などはすべて下駄《げた》箱のあたりにまとめる。洋室であっても壁とベッドの隙間からお化けが出そうだと言って、ベッドを部屋の真ん中に移動してしまう。

変わった習慣のある芸人さんは多い。花辰さんは師匠が使う加湿器とマッサージ機、五穀米を炊くミニ炊飯器、使い慣れた枕《まくら》やパジャマまで持ち歩くので、海外旅行用のばかでかいスーツケースを重たそうに引いている。それに比べれば、わたしはまだ恵まれているほうだと思っている。

入門以来、一日たりとも休日がなかった。師匠の付き人として仕事先に同行し、仕事のない日も師匠の元に通い掃除や買い物、ときには食事を作ったりもする。師匠の持ち家は郊外にあり妻子もそこにいるのだが、池袋にある仕事用のマンションで主に生活している。

マジシャンになるにも、やっぱり師匠宅の家政婦からなのかとため息をつくこともあったが、この生活が永遠に続くわけではなく、修行期間の三、四年だけだと聞かされ何とか続いている。

入門して一カ月過ぎたころから、アシスタントとして寄席やホールのステージに立たせてもらい、緊張しながらも人前に出る度胸のようなものは身についたように感じる。客席を見回す余裕もでき、これまで何度か来てくれている支店長と天鈴姐さんの姿をこのあいだ初めて確認できた。子どもの学芸会をはらはらしながら見守っている父親とお祖母《ばあ》ちゃんのような顔をしていて、こちらまで緊張してしまった。

師匠から教わったことは、舞台では何があっても微笑《ほほえ》んでいるということ。これは歯を見せて笑うのではなく、口角をあげた笑みを常に湛《たた》えているということだ。意外と難しくて鏡の前で毎日練習をした。

もう一つは、小さな会場でも衣装はめいっぱい派手で明るい色にすること。師匠は黒のタキシードと決まっているので、わたしはオレンジ色のミニドレスの上に黒のボレロという、思い切って脚を出す衣装にしてみた。オレンジ色はユウトが好きな色で、わたしとのあいだを繫《つな》いでくれる色だと勝手に決めている。

芸名を決めるときに、師匠から「好きな色は？」と訊《き》かれた。これまでの弟子は「マジーみどり」「マジーブラウン」と色で揃《そろ》えた芸名にしているそうだ。わたしがオレンジと答えると「マジーオレンジ」になりそうだったが、それは以前辞めてしまった弟子の芸名で縁起がわるいということから、結局本名をカタカナにした「マジーインコ」になった。

「今夜の飛行機は何時だっけ？」

まだ公演前というのに、師匠は帰りの時間を気にしている。

「熊本空港まで移動して、八時台の羽田行きです」

「夕飯はどこで食べるのかな？」

「空港でとのことでしたが」

「天草で食べたかったたな。煮魚が美味《おい》しいの。前に来たとき食べたんだけど」

「あ、じゃあ、係のひとに聞いてみます。お昼ご飯にでも」

「うん。あ、僕が言ってるって言わないでね。みなさんがそう言ってるって」

「はい。わかりました」

食べ物に関しては、全国各地の名物に詳しい。師匠だけではなく、芸人さんは皆そうだ。旅の仕事が多く、その土地の美味しいものを長年食べてきたからだろう。師匠も食に関してはこだわりが強く好き嫌いがはっきりしている。でも気遣いからか気が弱いからか、よく自分のこだわりを誰かのせいにする。

ホテルから一座を乗せたワゴン車が会場に着き、わたしは楽屋まで師匠の付き添いをした。

「インコちゃん、荷物は楽屋に運んでおくね」

興行を仕切っているイベンターの真崎さんだ。小柄な中年男性で、常にスーツ姿なのに決してサラリーマンには見えないのは、パンチパーマという髪型のせいだろう。

「はい。すいません。わたし師匠のお昼ご飯の手配をします」

煮魚を出前してくれそうな近くの料理屋を探した。電話機のそばには、出前を頼める店のメニューが何冊も置いてある。

「どお？　インコちゃん、煮魚はあった？」

お昼ご飯はお弁当を手配してくれていたのに、真崎さんが出演者の分だけ店屋物を取ろうと言ってくれた。この四日間、昼食は冷たい弁当で、出演者の評判は良くなかった。

「はい、このお蕎麦《そば》屋さんメニューがたくさんあって、甘鯛《あまだい》の煮付け定食を届けてくれるんです。ほかの出演者のみなさんも同じでいいそうです」

「ああ、良かった」

お昼ご飯の心配がひとつすんで、つぎはステージでのリハーサルだ。師匠に代わってわたしが照明とマイクのチェック、演技中に流す音楽のボリュームの指示を出す。

地方公演は会場によって設備もスタッフの技術もまちまちだ。入念に確認したはずが、上手《うま》く行かない場合がある。スタンドマイクがやたら高かったり、師匠がお喋りをはじめてからも音楽が大音量でかかっていたり。

演技中はどんなことがあっても平然としている師匠が、ステージから降りた途端に鬼のような形相になって喋り方まで豹変《ひょうへん》する。

「あんたの失敗なんだよ。リハーサルでちゃんと指示が出せなかったあんたのミス。お客さんにわるいと思わないか！」

お金をもらって演技をするプロというものは、常に最高のものを見せなくてはいけないというのが師匠の教えだ。会場設備やスタッフの技術のせいにしてはいけないのだ。どれだけ叱《しか》られたか、もう数えることもできない。社会人として働いていた経験は、役に立つどころかむしろマイナスになる。自分の経験による判断から行動してしまい失敗する。

付き人をはじめたころ、師匠の黒靴下を衣装鞄に入れ忘れたことがある。すぐに近くのコンビニに買いに行った。失敗をごまかそうとしたつもりはなく、そのほうが師匠の気をわずらわせないですむと思った。五百円くらいのことだ。でもその考えが甘かった。

衣装に着替えた師匠は、靴下に手をふれるなり「ちがうよこれ」と言った。それでもわたしは、「そうですか？　奥様が新しいのを買ったんじゃないですか？」と応《こた》えてしまった。師匠の奥さんがたまに仕事部屋に来て、タンスに新しい着替えを入れておくからだ。

「そんなわけないだろーが、このオカメインコがー」

耳をつんざく声量で怒鳴られた。オカメインコに何の罪もないのだが、わたしを怒鳴るときの枕詞《まくらことば》のようにオカメインコが登場した。

「僕は奥さんに靴下を買わせたことなんかない。三十年、同じ店で買ってるんだ」

「すみません。鞄に入れ忘れてコンビニで買いました」

怒りで真っ赤になった師匠はいつも持っているセカンドバッグのポケットから予備の黒靴下を取り出した。それを穿《は》きステージ用の靴に足を入れてから、こんこんと諭された。

失敗したことを怒っているのではなく、それを隠そうとした根性を怒っているのだと。修行中は先輩に叱られることも仕事のひとつなのだ。新人は失敗するのは当然のことで、失敗して叱られることによって仕事を覚える。

「あんたがすぐに、靴下忘れましたって謝っていれば、僕はしょうがないなと言いながら、そこに予備のがあるからと教えられるでしょ。あんたがどっかから買ってきてごまかせば、予備があることも、靴下は同じ店で買うことも知らないままでしょ。若いうちの失敗はちょっとの恥ですむけど、十年も修行してから同じ失敗したとする。そんなことも知らないのかって、赤っ恥かくことになるんだよ。あんただって後輩が入ってきたら、今度は仕事を教える立場になるんだから」

叱られるのも修行のうち、という師匠の言葉は胸に沁《し》みた。もっともなことだと思った。だけど叱られそうになると、ついつい隠そうとしてしまう癖はなかなか消えない。自分をデキル女に見せようとするのは、やはり社会で働いた経験からプライドが高くなっているためだ。芸はなるべく若いうちに始めたほうがいいと言うのは、そういう意味もあるのだろう。

廊下のテーブルに、真崎さんが飲み物とおやつを並べ、飲食コーナーを作ってくれた。そこで真崎さんと漫才のタンパンさんが立ち話をしている。

「そうだったんですかー、すいません。部屋を替えてもらえばよかったですね」

「いや、いいの。もともと腰痛めてたから」

宿からのワゴン車にタンパンさんひとりだけ乗らなかったのは、腰痛《ようつう》で鍼灸院《しんきゅういん》に行っているからと聞いたが、部屋のなにかのせいだったのか。真崎さんがしきりに謝っている。

「まさか、シャワーがそんなだとは」

「いや、笑っちゃったよ。ね、インコちゃん」

わたしにふってくるが、部屋のシャワーに特に変わったことはなかった。確かに学校のプールにあるような、壁に固定された旧式だったが。

「シャワーがどうかしました？」

「いやね、お湯を出したら、オレに当たらないで周りに飛び散るのね。なんでかなと思ってよく見たら、シャワーの真ん中の穴が詰まってるみたいで、外側の穴からしかお湯が出てないの。カッパの頭みたいに」

カッパの頭のたとえはどうかと思うが、シャワーのお湯がタンパンさんのカラダに当たらない様子は想像がつく。小柄なタンパンさんだからなおさらだ。

「だからさ、こうしてお湯が当たるとこに、カラダを回しながら浴びたんだよ。あ、イテテ」

中腰になって上半身をぐるぐる回してみせてくれた。どこかで見覚えがあると思えば、テレビでよく観《み》る人気グループのダンスだ。それで腰を痛めてしまったらしい。

「大変でしたねー、タンパン先生」

いちおう心配するふりをしたが、笑いがこみ上げて堪《こら》えるのが辛《つら》い。

「インコちゃんもやってごらんよ」

「え、こうですか？」

腰が痛いというのに、タンパンさんと廊下の鏡の前で、中腰になって上半身をぐるぐる回すダンスを踊った。いつもこうしてばかばかしいことを真面目《まじめ》にやろうとするのも芸人さんの特性で、わたしの好きなところだ。

ズボンさんとタンパンさんは五十代でベテラン漫才師なのだが、自分たちも厳しい師匠のもとで修行したからと、わたしのことをなにかと気にかけてくれる。

師匠に弟子入りをして、生活を共にしながら芸を身につけるのを徒弟制度というそうだ。昔の芸人さんはみんなそれだった。マジックの世界は師匠につかず、まったくの独学というマジシャンも多い。ユウトのように自分で腕を磨いて披露する場があれば、それでも立派なマジシャンになれる。

わたしがマジシャンになると決めたときにも、どの道を選ぶか支店長と天鈴姐さんに相談にのってもらい、長い時間悩んだ。

「僕は印子君が、怖い師匠に怒鳴られながら修行するなんて、なんだか可哀想《かわいそう》でいやだな。地味なのに、ますます卑屈になって、舞台人としての華がなくなりそうだよ。それに年も年だし。今から修行したら、ひとり立ちするころには四十歳になってるかも。テレビに使われることもなくなりそうだよ」

「そうねえ。テレビに出たいのなら若いほうがいいわね。派手で個性的な女の子がマジックをやるのは人気が出ると思うわ。ただ一過性の人気よね。しっかりした技術がないと、物珍しい時期が過ぎたらすぐに飽きられると思うわよ。時間はかかっても、師匠からしっかりした技術と舞台の心得を学んでおけば、ずーっとマジシャンとして舞台に立っていることができるわね」

ふたりの考えを聞いて初めてその違いがわかった。天鈴姐さんが言う派手で個性的な、マスコミ受けするようなマジシャンにわたしがなれるわけがなく、なりたくもない。ただマジックの演技を披露する場所は欲しいと思う。そのために必要なのはお客様に喜んでもらえ、求められるマジシャンになることである。

そうすると、師匠について舞台人の心得から教わり、長く舞台に立てるマジシャンを目指すのがわたしに向いている。コツコツと修行を積んで行く亀《かめ》の歩みかもしれないが、性格的にも地道なほうが合っているし、人間としてじっくり成長できそうな気がする。

そう考えて弟子入り先を探したのだが、すぐにマジー光司師匠に出会えたのは幸運だった。師匠選びも運のうちと先輩芸人が話していたが、師匠の教えはわたしをすごく成長させてくれる。なんだか生まれ変わったと言ってもいいほど、わたしは変わった。ユウトと出会えたのも運命ならば、師匠と出会えたこともやはりわたしの運命だった。今のところ、そう信じられる。

自分に自信が持てるようになればユウトに会えると、それだけを支えにマジシャンの道を目指しはじめ、今日までやってきた。

どうしているだろうか。まだあのマンションにひとりでいるだろうか。忙しい日中は忘れられるが、夜になるとユウトを想《おも》った。記憶は薄れてしまうのかと思っていたが、ユウトの頰にふれたときの皮膚の感覚や、腕の筋肉に手のひらをあてたときの温《ぬく》もりは、ずっとなくならなかった。首筋の汗の臭《にお》いだって、本当に香ってきそうなほどリアルに思い出せた。

なぜなのかすごく不思議だ。ひとの顔を覚えるのが苦手で、父親の顔でさえしばらく会わないとぼんやりしてしまうのに、ユウトが見つめてくれたときの大きな目は、黒目の大きさや、潤《うる》みの光り具合まで正確に思い描ける。手を伸ばせばそこにユウトの高い鼻があるような気がして、ひんやりとしていた鼻先の感触がすぐに蘇《よみがえ》る。

眠れない夜、わたしは空中に手を上げて人差し指と中指で、ユウトの顔にふれる。すこし疲れたときのクマのある下瞼《まぶた》を。こけた頰を。鼻の下のひげ剃《そ》りあとを。冷たくて薄い唇を。

「会いたい。会いたい。ユウトさんに会いたい。どうしても会いたい」

そう書いた手紙は出せなかった。切手まで貼《は》ったのに出さずに破いてしまった。そうしてよかった。想いを伝えれば返事がほしくなるし、会いに来てくれるのを待ってしまう。また欲ばりすぎて失敗するところだった。

きれいなファンに囲まれたユウトが、そのなかのひとりに恋をして運命の出会いと感じるかもしれない。彼女のほうもその想いに応えるように、ユウトに近づくかもしれない。シマノのスタッフとして働いたりして。そしてユウトが風邪をひいて寝込んだときにマンションを見舞いに訪れ、それをきっかけにふたりは結ばれるかもしれない。

そんな想像をはじめると止まらなくなる。マモルが言うように自分に自信がないから
そんな想像をしてしまうのだ。ユウトに見合う女になるために修行しているのだからと思い直しても、やはり現実の時間は流れているのだから、ユウトだって変化しているはずだ。同じところにいることなどありえない。

こんなに不安なのに会わないでいることは正しいのか間違っているのか、毎日毎日振り子が振れるように左右に行ったり来たり。せっかく新しい道を歩きはじめてこれまでやってきたというのに、まだウジウジとしている性格には自分でもうんざりして、ぐったりして、イヤになるばかりだ。

飲食コーナーのお茶で水分補給していると、楽屋のほうから視線を感じる。ドアをすこし開け、こちらをじっと見つめているのは佐織子姐さんだ。ウィッグで高く結った髪型と濃いメイクはすでに舞台仕様だが口紅をつけておらず、白いネグリジェのような楽屋着姿なのでかなり怖い。

若くは見えてもベテラン曲芸師で、今回の一座でいちばんマイペースな芸人さんだ。乗り物の座席から、宿の部屋、食べ物のことなどわがままの言いたい放題だった。しかしご本人はわがままだと思っていないので、我々裏方もいちいち怒ることがばかばかしくなってしまう。

「佐織子姐さん、なにか召し上がりますか？」

「ううん。お昼ご飯のことなんだけど、お魚の煮付け定食って言ったでしょ？」

「はい。ここはお魚がとっても美味しいらしいです」

「定食ということは、白いご飯がついているってことよね」

「はい。定食ですから」

「お蕎麦は？　お蕎麦屋さんの定食だから、お蕎麦はついてる？」

「さあ、どうでしょう」

　メニューの変更ならまだ間に合うからよかった。昨日の夕飯は天ぷら屋で料理が出てから、油抜きにしてほしいと言いだした。

「どうしても気になってしまって。どうかしら。お蕎麦、ついてるかしら」

「わかりました。では、電話して、佐織子姐さんの定食には、お蕎麦をつけてもらうように言います」

「あ、もし、お蕎麦がついていないなら、わざわざつけてもらわなくていいの。ただ、ついているか、ついていないか気になって」

「わかりました。では、電話して、定食にお蕎麦がついているか、ついていないかだけ、聞いてみます。ついていないと言われても、わざわざつけてもらわないようにします」

　やはり理解不可能な佐織子姐さんの脳内だ。理解しようとしないに限る。

不思議な芸人さんたちの存在を知るほどに、ヨネ太郎の普通さを思い出した。ギャンブルに嵌《はま》り浮気をしたのも、もしかすると自分の凡人ぶりにコンプレックスを感じ、芸人ぶってみたのかもしれないと思えてきた。

キヨミとヨネ太郎が一緒に暮らしはじめたと聞いて驚いたのは、つい一カ月ほど前だ。キヨミに借りていたお金を前倒しですべて返済したヨネ太郎は、マジシャンとして力をつけ、単独での仕事が増えてきたらしい。ヨネ太郎からキヨミにもう一度やり直そうと話があったらしく、キヨミはさんざん迷ったあげく、今度は立場をはっきりさせたのだそうだ。

生活費は折半とし、お互いに金銭的には絶対に依存しないという約束を交わした。キヨミも、もうヨネ太郎に尽くすようなことはしないと決心していた。このまま長く一緒に暮らせば、いずれは結婚するのだろうか。そのへんはまだはっきりと聞いていない。

熊本の公演にくる前日の夜、キヨミから電話があった。

「印子の彼氏はどうしてると思う?」

「どうしてるって?」

「新しい恋なんか、しちゃったりして、いちゃいちゃしちゃったりなんかしてないかなー。心配だなー」

何が言いたいのだキヨミは。いやがらせがしたいのか。

「もしかして、どこかでユウトに会った？」

「テレビに出てたぞ。スーパーアイドルマジシャンって。女どもがきゃーきゃー言ってた」

「あっそう。そりゃあそうでしょ。ユウトだもん」

夜のバラエティー番組で、テレビに出ない人気マジシャンとしてテレビに出ていたらしい。熱烈な追っかけのインタビューや、シマノでひとりひとりと抱擁して見送っている様子が映されていたという。

「印子、お前はいい友達を持ったね。私はシマノに偵察に行ってきたぞ」

「え？　いいのに別に」

「知りたくないなら教えない」

「なんなのキヨミは。はっきり言いなさいよ」

シマノは改装して、ビル地階のフロアをすべて使い、百人くらいが座れるディナーショー会場のようになっていたと言う。以前のように夜だけ短いショーを二回行う形ではなく、昼と夜の二回に分け、若手のマジシャンが数人出たあと最後にユウトが出演するという二時間のショーを公演しているそうだ。

「お客は女のひとでいっぱいだったな。ユウトさんも、まあかっこよかったけど、ずいぶん疲れてたな。顔色真っ白だった。痩《や》せてたし」

「え、そんなに？　ちゃんとお野菜食べてるのかな」

夜のステージだけでもあんなに疲れていたユウトが、昼間も休めないなんて、病気になってしまう。お客さんが増え過ぎて店長さんがそうしたのだろうか。それともシマノのオーナーが金儲《もう》けに走ったのだろうか。

「でもユウトさんは、あんなふうに弱っちく見せといて、母性本能をくすぐろうって作戦かね。帰り際《ぎわ》ファンに差し入れいっぱいもらってた。手作りパンだとか、野菜のピクルスだとか、果物だとか。だから食べ物は心配ないと思うぞ。ただなんか元気なかったな。前を知ってる私から見ると」

「キヨミはユウトに会ったの？」

「うん、だってひとりずつ見送ってくれるんだもん」

くれるんだもんの言い方が、女の子ぶっていて不気味だ。キヨミがユウトと抱き合っている姿を思い浮かべると気分がわるくなりそうだ。またあの敷き布団《ぶとん》のような柄の服を着て行ったのだろうか。

「耳元で久しぶりって言うから、ぽーっとなったね」

「キヨミはぽーっとするな」

「で、印子はマジー光司の弟子になってアシスタントしてるからって伝えておいた」

「うん」

「はい」

「で？」

「なに？」

「それで、ユウトはなんて言ったの！」

「うーん、それがよくわかんなかった。ニコッとして、また来てって」

「それだけ？」

大勢並んでいて、キヨミひとりとゆっくり話してもいられなかったらしい。

そうは言ってももうすこし、「連絡先は？」とか、「よろしく言って」とか、あってもよさそうなものだが。やはりわたしのことなど、どうしているのか気にもならないのか。それほどどちっぽけな存在だったのか。

会いに来てくれるかもしれない。わたしがステージに立っていることを知ったら、いつか客席に観に来てくれるかもしれない。そんなことを密《ひそ》かに考えていた自分が恥ずかしくて惨《みじ》めになった。

キヨミに悟られまいと、「まあ、いつかユウトと同じステージに立ったときに、おっ、こんなにいい女だったのかって、びっくりさせるよ」とはったりをかました。

「インコ、道具の鞄、持ってきてよ」

　師匠の声が聞こえて、廊下からあわてて師匠の楽屋に行った。

「道具の鞄は、真崎さんが運んでくれたはずですが」

「どこに運んじゃったの？　これしか鞄はないよ」

　師匠のものによく似ているが、佐織子姐さんのキャリーバッグだ。曲芸に使う毬や升《ます》、撥《ばち》などの道具が入っている。きっと真崎さんが間違えたのだろうと、佐織子姐さんの楽屋まで運んだ。

「あらー、そういえば、鞄がないなと思ってたのよ」

　定食にお蕎麦がついているかいないかが気になって、大事な仕事道具のことは二の次になっていたようだ。やはり佐織子姐さんの脳内は面白い。交換で師匠の鞄をと室内を探してもそこにはない。ほかの出演者の楽屋をすべて回って探したが、どこにも見あたらない。

「真崎さん、師匠の道具の鞄が行方不明です」

「え、どういうこと？　車の後ろは空だけど」

「真崎さんが運んでくれたのは、佐織子姐さんのでした」

「そういえば、昨日まで黒いキャリーバッグ、二つあったけど、さっきはひとつしかなかった。インコちゃん、本当に乗せた？」

「はい、確かに玄関前の黒いワゴンの後ろに乗せました」

「あ、インコちゃん、違う車に乗せちゃったんだよ」

「ええっ」

同じような黒のワゴン車が宿の前に停まっていて先に出発したらしい。我々の車は駐車場のほうに停めてあったのに、わたしはなんの疑いもなく玄関前の車に荷物だけ早めに積み込んでしまった。

すぐに真崎さんは、宿泊した宿に電話をした。事情を話すと黒のワゴン車の持ち主を探してもらえたが、自宅に電話してもまだ帰っておらず、携帯電話を持っていないため連絡のしようがないと言う。

「釣りをしに、大阪から来た男性で、まだこれから九州一周して帰るって言ってたらしい」

血の気が引いて行くのがわかった。頬に手をやると冷たい。たぶん首から上が蠟人《ろうにん》形《ぎょう》のように白くなっている。このまま固まってしまって生き物でなくなればどんなに楽か。

「そのひとが鞄に気づいて、宿に連絡してくるかもしれないよ」

真崎さんの慰めはありがたいが、そのひとが気づかずに、連絡してこない可能性のほうが高いような気がする。連絡が来たとしても、宿からここまでの距離を考えると二時からの公演には間に合わないだろう。こんなときはどう動くのか、これまで叱られ続けて学んだことを生かすべきときだ。失敗は隠さず、すぐに報告するということ。

「し、し、し、師匠」

「なんだ？」

「かば、かば、かば、かば、ん……」

そこまでは覚えているが、気がついたときには師匠の楽屋の着替えスペースに寝かされていた。畳一枚分でちょうどいい広さだった。

夢であればいいと思ったが、師匠のただならぬ形相を見て現実に戻った。

「あんたは気絶しててもいいけどね、ステージはなくならないし、お客さんはもうロビーに並んでるんだよ」

新聞紙とビニール袋で、なにやら工作しながら師匠が言う。怒鳴る余裕さえないような気配だ。なんてことをしてしまったのだろう。還暦もすぎた、芸歴四十年にもなる師匠に、小学生の工作のようなことをさせてしまっている。

「光司兄さん、これ、なにか使えるのありますか？」

「ああ、ありがとう」

佐織子姐さんが、予備で持っていたらしい道具をテーブルに広げた。

「この紙テープは紙吹雪にして、扇で舞いあげるための。今日はそれやらないから使ってください。これは蜘蛛《くも》の糸。ぱーっと広げるときれいですよ。このスカーフは私物ですけど、よろしかったらどうぞ」

師匠は礼を言って白とピンクの紙テープを伸ばすと、指を芯《しん》にして小さく巻き直したものをいくつも作った。わたしもそれを手伝った。

真崎さんが息をきらせて入ってきた。手にオフホワイトの布を持っている。

「光司先生、シルクのハンカチは売ってなかったんですが、ストールならありました」

「ありがとう」

高価そうなシルクのストールに師匠はハサミを入れて、四角いハンカチサイズのものを五枚作った。あとはコインの代わりの五百円玉五枚と、会場近くのスナックから借りてきたステンレス製の小さいバケツ型の氷入れ。釣り具店で買ってきた木綿の細いロープ。

「これだけあれば、なんとかなりそうだ」

開演まで十五分。師匠の出番までは一時間ちょっとしかない。上手く行くのだろうか。また目眩《めまい》がしてきた。テーブルには甘鯛の煮付け定食が届いているが冷めてしまった。佐織子姐さんに伝えた通り、蕎麦のミニ碗《わん》がついていた。

スタッフから糸と針を借り裁縫までこなして、師匠は道具を作り上げた。そして、「よく見てて」と鏡の前で練習をはじめた。わたしはアシスタントとして笑みを湛え、このマジックの手順を間違えることなくアシストしないといけない。できるだろうか。

「みんな昔やってたネタだから、カラダが覚えてるね」

師匠が言う通り新聞紙もコインも、シルクもロープも古典的マジックだ。基本が身についていると、こんな場面でもいくらでも対処できるということだろう。わたしの失敗のせいでこんなことになったのだが、師匠の技術力の高さに惚《ほ》れ惚《ぼ》れとした。

「失礼しまーす」

漫才のズボンタンパンさんが、出番前の挨拶《あいさつ》に訪れた。いつもの紺ブレザーにズボンさんが白い短パン、タンパンさんが白い長ズボンだ。衣装が芸名とは逆になっているのをつかみネタにしている。

「お先に勉強させていただきますー」

「はい、ごくろうさん」

師匠は何ごともないような返事をするが、漫才が終わる二十分後には出番だ。もういちど頭のほうから血の気が引いて行く。また気絶しないように、軽くジャンプしてカラダを温めた。

「紙テープはきれいだから最後にしよう。これをハットから床にどんどん流すからインコは最後の紙テープが切れると同時に前に出てきて蜘蛛の糸を広げる。最後だからタイミング良くね」

「はい」

会場から拍手が聞こえている。ズボンタンパンさんの漫才が終わったのだ。舞台転換がすむまでほんの二分ほどのはず。道具を載せたワゴンを押しながらステージ脇《わき》まで急いだ。いつもよりヒールの音が大きく聞こえて、自分の脚が震えているのに気づいた。震えを忘れようとすると指先まで震えてくる。

「じゃあ、お願いします」

スタッフににこやかに挨拶している師匠は、いつものステージと変わらない表情だ。緊張しているのはわたしだけだと思うと、頭の中がまっ暗闇《くらやみ》になった。さっきまで記憶していた手順が脳みそごとどこかへ消えてしまった。どこへ行った。わたしの脳みそはどこへ。

イヤだイヤだ。自分がロボットじゃないのがイヤだ。ロボットだったら、一度言われただけで正確に動けるのに。

すでに師匠はステージ中央に向かって歩きはじめている。わたしもワゴンをコロコロ押しながら歩いてはいるが、ゼンマイ仕掛けのように膝《ひざ》が高く上がってしまう。ロボットになりたいとは思ったが、こんなポンコツロボットじゃあもっとイヤだ。

中央までなんとか歩き前を向いて立ったときには、もう師匠の演技が始まっている。いつもはやらないカードネタだ。カードはわたしが練習用に自分のバッグに持って来ていた。

初めて師匠のカードさばきを見たが、若い頃どれだけ練習していたのだろうか。カードが生きているかのように動いて広がり、扇形からS字形と美しく変化する。空中でカードを消してまた手のひらから現れるという、わたしが一年以上かかってもできない技を、鮮やかにやってみせた。

ふと師匠の黒の革靴に目をやると、ふるふると揺れているような気がする。まさかと思いよく見てみると、やはりスラックスの裾《すそ》が細かく震えている。

（つぎはロープ。ハサミをわたす。そのつぎにシルク）

さっきどこかに行った脳みそが、突然戻ってきた。師匠も緊張しているのがわかると、こちらがしっかりしなくてはと考えたらしい。

思い出したように口角を上げた。自分に顔があることまで忘れていた。微笑むことがわたしの仕事だった。師匠が差し出す手にロープを握らせた。客席に向け二本のロープを見せると、また手を差し出す。すぐにハサミを渡した。うまく行った。

一本を真ん中で切っても、二本のロープの長さは変わらないという演技をした。単純なマジックなのだが手さばきが鮮やかで、表情がプロのそれなので客席から拍手がわき上がる。

シルクは師匠のタキシードに仕込んである。握りこぶしの中から何枚もシルクが出てきて、それを丸めて広げると、一枚の大きなスカーフになった。佐織子姐さんから借りたエルメスのスカーフだ。縁がオレンジ色で馬や時計、トロフィーなど細かい柄が描かれている。それを受け取ってボレロの内ポケットに仕舞った。

（つぎはお喋りだ。音楽を止めて、スタンドマイクを上げる）

ステージ脇のスタッフに目配せをすると、インカムでなにか話している。いいタイミングで音楽が止まり、マイクが上がって師匠が話し始めた。

「お楽しみいただいてますでしょうか？　マジックのマジー光司です。ここでちょっと、みなさんと一緒にできるマジックをご披露しようと思います」

あらかじめ、ステージに上がってもらうお客様は決められている。主催者がヨイショする意味もあり、今日は商工会の会長だ。いつもは風船と吹き矢を使うのだが、今日はカードを使うしかない。会長に一枚選んでもらったカードを客席にだけ見せてシャッフルすると、なぜかそのカードが会長の背広のポケットから現われる。師匠の話術が軽妙で面白さが増すのだろう、客席から笑いが起きる。

持ち時間の二十分のうち、ここまでで十二分くらいだろうか。客席の後方にある時計で確認しようとした。すると、視線がなぜだか時計の下辺りに引っぱられる。全員の目が師匠を向いているなかで、わたしのほうに向けられた視線を感じる。

さりげなくそこに目線を漂わせた。そのひとがわかったが、なぜかユウトの顔に見える。ここにいるはずがないので絶対に他人なのだが、ユウトにそっくりな顔の男性だった。

師匠が手を差し出した。はっとして、ステンレスの氷入れを渡した。すこし間があいてしまった。師匠は平然と演技をつづけ、椅子《いす》に座った会長の耳の後ろから五百円玉を出してバケツにシャリンと入れる。こんどは首の後ろから出して、またバケツにシャリンと落とす。コインは背広の襟の下から、髪の毛の中から、何個も出てくる。

三軒茶屋でユウトに初めて会ったときにも、五百円玉を消したり出したりしてわたしを驚かせてくれた。ユウトに会いたいとあんまり願いすぎて、客席に幻が見えたのだろうか。もういちどその辺りに目をやった。

見れば見るほど輪郭がはっきりしてくる。やはりユウトだ。どういうことだろう。最後に会ったときと同じ青いカーディガン姿だ。すごく痩せて見える。もともと小さかった顔が、もうひと回り小さくなっている。どこか具合がわるいのだろうか。

「ではお手伝いしてくださった、水島会長に拍手をお願いします。ありがとうございます。どうぞ、お席にお戻りください。え？　なにかなくなりました？　メガネ？　会長がかけていたメガネがなくなっているんですか？」

そう言いながら師匠は、自分の顔を指差し客席に見せる。いつの間にか会長のメガネを外して、師匠がかけてしまっている。それが全員に伝わるまで客席がざわざわとし、そのあとどっと笑い声が上がる。これはどこでもウケる鉄板ネタだ。

後ろに立ちながらもう一度ユウトを見ると、全員が笑っているなかでひとりだけ真顔のままだ。ふいに、ユウトとは同業者になっていることを思い出した。アシスタントではあるが、プロになって初めて見てもらうわたしのマジシャン姿はユウトの目にどう見えるだろう。

師匠の手が伸びてきた。最後のネタだ。黒のハットを上に向けたまま手渡した。シルクハットがなかったので、ズボンさんに借りた私物だ。中に白とピンクの紙テープが仕込んであり、先をつまんで床に落とすとスルスルと伸びる。美しく見えるように、師匠は腕で円を描くのでステージ中央にお花が咲いたように白とピンクの小山ができた。

紙テープの山が大きくなってから、はっと気がついた。最後の最後、わたしには重要な任務があった。蜘蛛の糸を両手に持ち勢いよく広げるのだ。やったことはなかったが、佐織子姐さんに教わり、さっき楽屋で予備を使い練習したばかりだ。紙テープが切れるタイミングで出すのだった。

あわててスカートのポケットに手を入れてみて、更にあわてた。蜘蛛の糸のタネがない。左右どちらのポケットにも入っていない。師匠が手にした帽子から紙テープがなくなるころだ。なんどもポケットをまさぐり、足もとも探したが見つからない。師匠は前を向いたままなので、目で合図を送ることもできない。

胸の内ポケットに手を入れた。佐織子姐さんに借りたエルメスのスカーフだ。いま使える道具はこれのみだ。これを使って終わりにしよう。締めのネタになるだろうか。大きく広げるだけでは拍手ももらえない。

コンマ数秒間のあいだに、わたしは少ない知恵を振り絞っている。プロのマジシャンとしてどう動くべきか、これまでの修行で身についた技を頑張ってかき集めている。そして後ろを向きながらスカーフを食べた。

紙テープがきれいに出尽くし、大きな拍手が上がっている。わたしは中央につかつかと進み、両手を大きく広げた。蜘蛛の糸が出るものと思っている師匠は、最後のあいさつのためにマイクを握る。

両手で口を指差し注目を集めてから、スカーフの先を唇の間から出した。それを少しずつ引っ張り出した。目を丸く見開いたり、苦しそうな演技をしながら、ゆっくりゆっくり口から引き出す。なぜか音楽が止まり客席が張りつめたように静まっている。時間をかけてスカーフを先まで出すとそれを広げ、満面の笑みをつくった。やはり客席は水を打ったようにしんとしたままだ。

「おまえ、お腹空《なかす》いたからって、なんでも食べるんじゃないよ」

師匠の飄々《ひょうひょう》としたひとことで、どっと笑いが起こった。この笑いでステージが締められそうだ。師匠と並んで両手を広げ、その手を胸にあてながら、深くお辞儀をした。大きな拍手が聞こえてくる。

　少しだけほっとして頭を上げた。下手に捌《は》けながらもういちどユウトの席に目をやった。やはりその顔が見える。結んだ口を横に引いて目を細めた、柔らかい笑顔だった。

　舞台袖《そで》に入るとすぐにわたしは「申し訳ございません」と膝にオデコがつくくらいに頭を下げた。師匠に怒鳴られることを覚悟していたのだが、「おつかれー」とだけ言って楽屋にスタスタ戻ってしまう。着替えながらなぜか師匠は口元をほころばせていた。

「まあ、面白かったんじゃない？　切羽詰まってやったことは二度目はウケないから、一回こっきりだけどね」

　スカートのポケットに入れたはずだった蜘蛛の糸のタネは、楽屋のテーブルの上に置かれていた。あまりの緊張で無意識に置いてしまったのだろう。

　真崎さんが楽屋に現れ、師匠の道具の鞄が宿に戻ってきたことを告げる。わたしが間違えて積んでしまった車の持ち主は、まだ近くの海で釣りをしていたそうだ。鞄に気づいて宿まで届けてくれたのだと言う。

　楽屋が落ち着いたのを見届けて、わたしは衣装をつけたまま通用口から客席ロビーに飛び出した。後列側の扉を開け、身を屈《かが》めてそっと客席に入った。まだトリの志ん辰師匠の落語の最中だ。

　ユウトが座っていた後ろから二列目の通路側を目で追った。青いカーディガンの姿はもうなく、そこだけ空席になっている。すぐにまたロビーに出て、階段や玄関口、表の駐車場までその姿を探したがどこにも見つからない。

　玄関前にいるスタッフに、たった今帰ったひとがいなかったか尋ねると、若い男性が会場を出て、レンタカーで走り去ったと教えてくれた。

　なにかに悩んで旅にでも出たのだろうか。たまたま旅先にわたしがいたのだろうか。あんなに会いたかったひとにやっと会えたというのに、少しだけ見た笑顔が儚《はかな》げで、なんだか無性に心配になった。

11　リバース　*reverse*

熊本の旅公演を終えたあくる日から、師匠は三宅坂《みやけざか》にある国立演芸場に出演した。十日間の出演だ。初日に衣装と道具を運んでしまえば楽日《らくび》まで楽屋に置いておけるので、付き人は少しだけ楽ができる。気をつけるのは、ワイシャツと靴下の替えを忘れないことくらいだ。

鞄持《かばんも》ちの仕事がなくても、池袋の師匠の部屋には毎日通い、身の回りの用事をする。昨日師匠からことづかった買い物、近所のパン屋のロールパンひと袋と卵の六個入りパック、ヨーグルトを買い揃《そろ》えてマンションに行くと、インターホンから女性の声が聞こえた。

「おはようございます。インコです」

「ああ、ブラウンです。どうぞ」

姉弟子のブラウン姐《ねえ》さんだ。師匠の五人いる弟子のうち、四番目の弟子でわたしの八年先輩だ。先輩ではあるがブラウン姐さんは十八歳で弟子入りしたので、まだ二十七歳。

わたしより年下の姉弟子ということになる。おまけにファッション雑誌のモデルであってもおかしくないほどの美貌《びぼう》とスタイルの良さで、わたしと並んでも決して姉妹弟子には見られない。

「僕はどちらかと言うと反対だな。そんなに甘くないと思うよ」

「でも師匠、チャンスを逃すと、もうないかもしれないって思うんです。挑戦してみたいんです。若いうちに」

キッチンで冷蔵庫の整理をしながら聞き耳を立てていると、ブラウン姐さんはどうやら仕事の相談で来たようだ。テーブルに師匠と向かい合い神妙な顔で話している。

四人の先輩弟子は、数年間ずつ師匠の鞄持ち兼アシスタントをした後、いまはそれぞれ独立している。師匠が代表になっている芸能事務所に所属しているので、地方公演などには一緒に行くことも多い。打ち上げで一門がそろって食事をすることもあり、たまにしか会わなくても、師匠を中心としたひとつの家族のような関係でもある。

「そっちの事務所で売り出してくれるって言うんなら、うちを離れるのは構わないよ。でも聞いてるとマジシャンとして売るんじゃないだろ。仕事があるうちはいいけど、なくなったら使い捨てにされるよ。それこそ、若くなくなってもういらないってなったら、そのときうちの事務所に戻って来るの？　僕はそれでもいいけど、君もほかの弟子もやりにくいんじゃない？」

「マジシャンを辞めるわけじゃないんです。お天気お姉さんの仕事は毎日テレビに映るんで顔が売れるじゃないですか。やっぱりテレビに出ているひとのほうがステージに上がってもお客さんに喜ばれますから、マジックの仕事もしやすくなります」

どうもブラウン姐さんに、お天気お姉さんの仕事の話が来ているようだ。テレビの報道番組でスタジオから「それではお天気です。ブラウンさーん」と呼びかけられて「はーい」と答え、マスコットの着ぐるみと並んで天気予報を伝えるという役割だ。

バニーガールの衣装でステージに立ち、男性の追っかけがいるくらいのブラウン姐さんならば、そんな依頼が来るのも無理はない。でもその仕事は、別の事務所に移籍することが条件らしい。やはり所属事務所の力が影響するのがテレビの世界なのだろう。

「試験に合格するのに勉強だって必要なんだろ？」

「気象予報士の試験には頑張って合格します。理系の成績は良かったので」

「どんな勉強も、そりゃあ人生経験になるとは思うけど、君はマジックの勉強がいまいちなんだよな。人気ばっかり気にして、ネタが増えないし同じネタばっかりやってるし。いまのうちに基本をみっちり勉強しないと、年取ってからじゃあ無理だからさ。僕は長い目で見ているからそれが心配なんだ」

「はい……」

弟子を思う師匠の気持ちも、売れたいというブラウン姐さんの気持ちもよくわかる。

わたしもマジシャンになる前に、支店長と天鈴姐さんに相談しながらよく考えた。テレビに出られるタレントになりたいのか、長く舞台に立てる芸人になりたいのか。わたしの場合、見た目や年齢が理由でじっくり修行するほうを選ぶしかなかったが、若くてきれいであればチャンスを摑《つか》みたくもなるだろう。

「売れたもん勝ちの世界でもあるからね。それは僕だって身に沁《し》みてるさ。テレビに出れば、ちやほやされて金も入る。ただ生のステージを甘く見てると痛い目に遭うよ。お客さんは正直だからね。テレビで落ち目になった芸人は途端にステージでウケなくなる。そのときにちゃんとしたマジックの技術があれば、乗り越えられるさ。技術がないのがバレると、落ちぶれ芸人だとか一発屋だとか言われる。それがキツくて、もうマジック辞めますって逃げるしかなくなる。そんなやつ、何人も見てきたからさ」

「はい、師匠のおっしゃることはよくわかります」

「だから、その誘ってくれた事務所とよく話し合って、金になるタレント活動だけするんじゃなくて、マジックのステージにも立たせてもらえるのか聞いてごらん。君もマジックの勉強を並行してやっていけるのか、胸に手をあてて現実的に考えてみるんだ。十年後にどうなっていたいかを想像してさ」

卵を半熟に茹《ゆ》でてエッグスタンドに載せた。それを、ロールパン二個と、ブルーベリージャムを入れたヨーグルトといっしょにトレーに並べた。電子レンジで温めた豆乳には黒砂糖ときなこを入れて溶かす。師匠の遅い朝食は毎日だいたいこのメニューだ。野菜が足りないと思うが、寝起きにトマトジュースと青汁で特製ジュースをつくって飲んでいるという。

ブラウン姐さんが帰ってから、師匠はゆっくり食事を摂《と》った。わたしにも同じものを食べるように言ってくれるのだが、いつも弁当を持参してそれを食べるようにしている。

この十日間は演芸場の出演時間に合わせて、十一時に食事をして十二時に家を出る予定だ。夜の出演がある日は五時ごろ外で昼食。夕食は出演後の十時になることもある。仕事に合わせて食事時間が変わり、外食が多くなってはとても不健康だ。修行中は師匠と同じものを食べなくてはいけないところを大目に見てもらい、わたしはできる限り弁当をつくって持ち歩く。

六人掛けの大きなテーブルの右奥に師匠。わたしは左の角に座っている。

「インコの弁当はいつも美味《うま》そうだな」

「いえ、味はどうかわからないです。健康のためにつくってますから。誰かにつくるときは、頑張って美味《おい》しくしますけど」

「そうか。料理が上手《うま》くてよかったな、インコの特技だな」

師匠の言いたいことはわかる。ブラウン姐さんに比べてあまりに平凡なわたしの、ささやかな長所を見つけようとしてくれているのだ。十年後にどんなマジシャンになっているのか、わたしの場合は胸に手をあてる前からわかっている。いまのまま地道に練習と本番を繰り返しているはずだ。

「インコはテレビで売れたいとか、そういう欲が見えないところはいい」

「はあ」

「しかし、欲がなさ過ぎるのも心配だな。ブラウンにあんなこと言ったけど、やっぱり少しは人気のことも考えないとな。男性ファンが、まったくいないのも寂しいよ」

「はい、ごもっともなことでございます」

男性ファンと聞いて、真っ先に神谷支店長の顔が思い浮かび吹き出しそうになった。支店長はわたしがアシスタントでステージに立つようになってから、十日に一度くらいは観《み》に来てくれている。天鈴姐さんと一緒のときもひとりのときもあるが、いつも楽屋には寄らずに、あとから〈良かったよー〉とメールを送ってくれる。アシスタントに良かったも何もないものをと思いながら、すごく励まされる。

父親はこの春に定年退職したのだが、母親の経営する花屋の手伝いに忙しく、両親ともまだ一度も娘のステージ姿を見ていない。まあ実力以上の期待をされるよりは気楽だ。

「これまでの弟子はさ、なんでマジック始めたか、なんとなくわかったんだ」

「はい？」

「内気だったけどマジックで人気者になれたからだとか、お客さんの喜ぶ顔を見て嬉《うれ》しかったからだとか、誰かのマジックを見て感動したからだとか。だいたいみんなそんな理由だから、あえて訊《き》かなくてもわかったんだけど、インコはわからないね」

「え？」

そう言われてみると弟子入り志願に訪れたときにも、マジシャンになりたい理由を訊かれなかった。話さなくていいのかと安心していた。

「なんで？」

「え、あの、それは、あの」

「いや、べつにどうしても聞きたいわけじゃないんだけど」

そう言って師匠は、上のほうだけ殻を割った半熟玉子にスプーンを差し込み、塩を振りながら口に運んだ。

「好きなひとが、マジシャンなんです。マジックバーでステージに上がっています。ユウトの、あ、そのひとタカミユウトっていうんですが、ユウトの感じていることと同じことを、少しでも感じていたくて、マジシャンを目指しました」

口に含んだ半熟玉子を、師匠はゴクリと音をたてて飲み込んだ。そして目を丸く見開きながら、ゆっくりわたしのほうを向いた。そんなに驚かせただろうか。

「恋人？　インコの？」

「え、はい」

ユウトのことを恋人と言ったことは一度もなかったが、こうして口にしてしまうと妙にドキドキする。

「あ、でも、いまは会ってないんです。ちょっと、わたしには釣り合わないくらい素敵なひとで。もっと自分に自信がもてるようになるまで修行したら、会えると思ってます」

パンの最後のひと口に玉子の黄身をつけて口に放り込み、それを飲み込むまで師匠は無言で考え込んでいた。やはり、こんな不純な動機で弟子入りする者などこれまでいなかったのだろう。もしかすると、叱《しか》られるかもしれない。そんな目的でマジシャンになるなと言われるかもしれない。

「だったら、それだけでいいよ」

「はい？」

「目指すところはその、恋人でさ。ほかに脇目《わきめ》をふらずに、それだけで。好きなひとに見てもらいたいっていうのが一番力になるからな」

「はい」

返事をしたものの、師匠が言いそうにないことを聞いた気がしてすこし驚きだった。

その日の演芸場への行き帰り、師匠はずっとぼんやり考えごとをしているようだった。

あくる日から、ステージでのわたしの仕事が増えた。午前中に師匠の部屋に行くとわたし用の道具が準備されていて、道具部屋の真ん中で練習させられた。これまでしてきたアシスタントの仕事に加え、ひとりで演技する時間を与えられたのだ。

二十分の師匠の持ち時間のうちほんの三分ほどだが、大判のシルクの端を左手で握ってぶら下げその中から小さな傘を出し、それを右手だけで開いてステージの床に並べるというネタだ。簡単なマジックのわりに赤、黄、緑、青、ピンクと五色の傘で可愛《かわい》らしい。

「インコ、簡単なネタこそ演技力が必要なんだよ。もっと美しく華麗に」

師匠の指導はやけに厳しかった。初めての単独の演技だというのに、緊張する暇もないほどあわただしく本番を迎えてしまった。

国立演芸場の客席は三百ほど。ゆったりとした椅子《いす》席なのでステージから全員の顔がよく見える。その顔が、わたしひとりの演技をはじめた途端に険しくなった気がして背すじが冷たくなった。傘の演技が終わってお辞儀をしてもパラパラという拍手しか聞こえない。

師匠の後ろに立ち、アシスタントに戻ってからも顔を上げられず、ステージの前へリをじっと見つめていた。

「手もとばっかり見てるから、素人《しろうと》っぽいんだ。顔を客席に向ける。表情豊かに」

ステージを下りるとそのつど師匠にダメ出しされ、家で練習を重ね、三日目、四日目と同じ演技を続けた。

五日目の出番を終えて師匠を部屋まで送り、帰宅途中の電車でメールが届いているのに気がついた。支店長からだ。客席に顔が見えたので来ているのはわかった。

〈印子君、びっくりだよ〉

丸い目の顔文字がついている。初めて傘のマジックを見て、驚いたことだろう。こんなに早くひとりの演技をやらせてもらえるとは、先輩たちからも聞いていなかった。

〈今日、ユウト君が来ていたよ。客席に入らないでロビーのモニターで観ていた。声をかけようとしたら、逃げるように帰っちゃった〉

その文字を、なんどか目でなぞってから意味を理解した。今日のわたしの演技を、ユウトが観ていたのだ。すぐに返信を打った。

〈えー、そうなんですか？　ユウトは元気そうでした？　痩《や》せてませんでした？　どんな顔してました？　服装は？　髪は下ろしてました？〉

そう打ってから、クエスチョンマークばかりのメールは、ユウトと距離ができてしまったことを意味しているようで悲しくなった。すべて消して別の文面で送信した。

〈そうですか。お知らせいただいてありがとうございます。今回の傘のマジック、初めてひとりでやらせてもらってます。緊張しますよ。顔に出てると思いますけど〉

支店長はマメに携帯を見ないので、返信は来ないだろう。

ユウトのことは、様子を聞かなくてもなんとなく想像がつく。わたしの思い過ごしであればそのほうがいいのだが、いまとても苦しんでいるのではないだろうか。天草の会館で見かけた姿でそう感じた。

熊本の旅公演から帰ってすぐに、パソコンでシマノのホームページを開き出演者のシフト表を確認した。

「タカミユウトは体調不良のため、誠に勝手ながら休演とさせていただきます。代演としてエンドウマモルがメインキャストを務めさせていただきます」

天草に現れた日の前日から、ユウトはシマノのステージを休んでいた。それから毎日確認しているが、今日の公演もまだ出演していない。もう七日目だ。ファンたちのあいだでやりとりされているツイッターを覗《のぞ》いたかぎりでは、詳しい様子や体調などは何もわかっていないらしい。

情報を探しているうちに、これまで見ないようにしていたネットでのユウトの評判がすこし目に入ってしまった。最近のシマノではマモルの人気が上がってきて、マモルファンの数もユウトに負けないほどになっているらしい。

マモルの性格の良さを知れば、ファンになるのも当然だろう。若くて筋肉質のスタイルも女性の目を惹《ひ》きつける。でもわたしのひいき目を脇に置いても、ユウトの神秘的な色気やマジックの才能と印象がぴったりの細身のスタイルは、どんなマジシャンよりも群を抜いて魅力的だと思う。それに何よりもマジックの技術が、若いマモルとは比べものにならない。

ステージを休むほどユウトが苦しんでいるのは、マモルの人気が原因だとは思えないが、いったい何があったのだろう。もしかすると新しい恋をして、それが叶《かな》わぬ恋なのかもしれない。

「そうか。私がシマノに行ったときは元気だったぞ」

電話でキヨミに話すとそう不思議がる。

「まあ疲れた顔だったけどな。ファンに囲まれて、嬉しそうにはしてた」

「マモルのファンも多かった？」

「そうだな、マモル君にも若いファンの子が集まってたな。マモル君が若い子に人気で、ユウトさんはあせったのかな」

「ユウトのファンはセレブなお姉さま方だよ。きれいで、おしゃれで」

「だけど、考えてみなよ印子。ユウトさんのファンはどう見ても年上の結婚してる女性だろ。家庭があって、時間もお金もあるひとたち。ユウトさんを一生追いかけるわけじゃないんだよ。疑似恋愛で人生に潤《うるお》いをってとこだと思うぞ」

「でもさ、ユウトの熱狂的なファンはまだまだ減りはしないと思うよ」

「私がユウトさんだったとしたら、アイドルみたいにモテて嬉しいとは思わないな。自分のマジックに惚《ほ》れて来てるんじゃなくて、見た目とかスキンシップとか目当てで来てくれるんだって考えたら、そういうファンは自分が年取ったら来てくれなくなる、ハゲたら来てくれなくなる、加齢臭がしたら来てくれなくなるって、そんなことばっかり気になるんじゃないかな。腹が出たら来てくれない、シワ増えたら来てくれない、へーこいたら来てくれないって」

「もういい、キヨミ。ユウトはまだそんな年じゃないって」

「でも、マモル君は二十三歳だろ。比べちゃうさ」

男心がわからないわたしに諭すようなことを言うのも、最近のキヨミだ。それほどヨネ太郎との関係が上手く行っているとみえる。

「ヨネ君はね、いま全国の学校を回って、子どもたちにマジックを教える仕事してるから、生き生きしてるぞ」

「そうなの?」

「毎回新しいお客さんで新鮮だし、子どもは素直に反応するから、すごくやりがいあるって」

「そうか、そうなんだ」

ヨネ太郎がこれからお好み焼きを作ってくれるからと言って、キヨミはそそくさと電話を切った。

マジシャンにとってやりがいのある仕事とはどんなものなのだろう。このあいだ旅公演に行って、新しいお客様に会えるのはやりがいがあると思った。ヨネ太郎がやっているという、未来ある子どもたちに教えることも誇りに感じる仕事だろう。

ユウトのように、子どものころあこがれていたコンテストに出ることも、ステージという表現の場を得ることも叶ってしまったとしたら、つぎに目指すべき場所はどこなのだろう。

翌朝も午前中に師匠の部屋に向かった。先輩弟子は家賃を払うためにアルバイトをする生活だったらしいが、その点、実家から通えるわたしは恵まれている。勤め先が信金だったおかげで、貯蓄がけっこうあるのも助かっている。

渋谷まで行く途中のバスからユウトのマンションが一部だけ見える。白いビルの屋上の端だけだ。見るたびに胸が苦しくなる。行こうと思えばすぐにでも行ける。部屋の前で待っていればきっと話はできる。わたしのステージを観に来るくらいだから、たぶんユウトはいまひとりだと思う。

会わなくなってもうすぐ一年。ユウトは、わたしのことをまだ恋人と思ってくれているだろうか。ステージ上のわたしを見てどう思ったのかを想像すると、汗が吹き出しそうなほど恥ずかしい。ユウトに見合う女になるために修行してくるなどと宣言したくせに、見合うどころかまだ足もとにも及ばないではないか。

天草でプロとして初めて見せた演技は、ありあわせの道具を使ったせいで、わたしはいつものアシスタントの仕事さえままならなかった。ラストの大事な場面で蜘蛛《くも》の糸のタネを仕込み忘れ、佐織子姐さんのエルメスのスカーフを口に押し込んでそれを吐き出したのだ。あれをユウトに見られていたのかと思うと、しばらくモグラにでも姿を変えて穴を掘っていたくなる。

昨日の傘の演技もそうだ。客席の雰囲気が怖くて、おどおど目を泳がせていただろう。まっすぐ前を見ることさえできなかった。こんな状態でユウトに会うわけにはいかない。会ってからまた自己嫌悪《けんお》に陥るのが目に見えている。

それにほんの少しの自惚《うぬぼ》れのようなおかしな感情が湧《わ》いている。ユウトがわたしのことを忘れずにステージを観に来てくれたという事実があるのだ。すぐに会いに行ったりするよりも、なかなか会えない状態にしたほうがユウトからもっと必要とされるのではないか。そんな計算まで働いてしまうのだ。こんな、モグラになりたいわたしが。

昨夜は遅くまで鏡の前に立ち、客席からスタイルが良く見える向きや、きれいに見える指の揃え方を研究した。手の爪《つめ》にピンクのマニキュアを塗った。鏡を見ているうちにまゆ毛の濃さや、前髪の長さまで気になってきた。新しい化粧品を買いに行くことと、美容室に行くことを手帳に書き込んだ。

午前中の道具部屋での練習で、師匠はこと細かにカラダの使い方と表情の作り方を教えてくれた。もっと上手くなりたいとわたしが懇願したからだ。

「インコのカラダの使い方は、無駄が多いんだ。動きをシンプルにすることがきれいに見せるコツなんだ。常に右足を少し前に出して立っているのが基本姿勢。右後ろに道具のテーブルがあるんだから、右足を一歩引くだけで取れるだろ。それでまた右足を一歩でもどす。左手のお客さんのほうを向くときには左足を引く。一歩ですませるんだ。傘を出す手は腕から大きく使う。指先を見せるシルクの演技は逆に脇を締めたほうが安定する」

指導が具体的でわかりやすく、実際にやってみると確かに無駄なく動ける。

「いちばん不味《まず》いのは表情だな。きれいなお姉さんじゃなくていいんだ。信用できるお姉さんになるんだ。お客さんは気持ちよく騙《だま》されたいんだから。騙すわよって顔されたって信用できないさ。どうせタネがあるんだろうって白けちゃう。傘を出したときに、自分も驚いた顔をするんだ。あら？　わたし、こんなものを出しちゃったわっていう顔を。そうしたら、信用できるお姉さんだと思って、お客さんも安心して騙されてくれる」

教わった通りに動き、恥ずかしさを押し殺して、いまできる精いっぱいの表現力で「驚き顔」を作った。六日目、七日目と、しだいに客席の雰囲気が柔らかくなってきた。拍手も心なしか増えた気がする。硬さが取れてきたのか自分でも動きやすくなったのがわかる。

ステージに上がる前はいつも、舞台袖《そで》の覗き窓にかけてある簾《すだれ》の隙間《すきま》から客席を舐《な》めるように見まわし、その顔を探した。ユウトの顔だ。たとえ客席にいなくても、もしかするとモニターで見ているかもしれないと思いながらステージに上がった。

八日目の金曜日は、昼夜二回の出演がある。昼の出番が終わってからの空き時間に、師匠に付き添って渋谷に出かけた。曲芸の佐織子姐さんと待ち合わせているとかで、デパートのカフェに入った。

「スカーフを買ってあげる約束をしたんだ」

「すみません、師匠。わたしがエルメスのスカーフ、食べちゃったから」

天草の公演で佐織子姐さんに借りたスカーフは、さすがにそのまま返すわけには行かず、わたしが預かってクリーニングに出しているのだが、師匠は新しいのを買ってあげたいのだそうだ。

「佐織子ちゃんとは古いつき合いなんだ。苦労人なのに浮き世離れしていて面白いだろ。若いころはよく一緒に飲み歩いた仲だよ」

浮き世離れしているというのはよくわかる。でも苦労人というのが信じられない。

「確か佐織子姐さんは、ご両親が芸人さんでしたよね」

「うん。ご両親とも曲芸師。だから佐織子ちゃんも小さいころから芸を仕込まれてね。

中学出たらすぐに旅の興行に連れて行かれて、友だちと遊ぶこともできなかったんだ。四十代になってお母さんが亡《な》くなってからはお父さんの介護をしながら、ひとりで曲芸の仕事をしていた」

「ご結婚はされなかったんですか？」

「うん。なんどもわるい男に裏切られたらしい。佐織子ちゃんが言うには社会に出た経験がないから、男を見る目がないんだって」

社会に出た経験があるわたしは無駄なものを身につけてしまったような気がしていたが、芸人としての生き方しかしていないひとにはそんな悩みもあるのか。

「そういえば佐織子姐さん、お父さんが亡くなって、天涯孤独っておっしゃってました」

「数年前にね。やっと介護から解放されて仕事に集中できるかと思ったら、もう曲芸もやる気がしなくなったって言って、ずいぶん落ち込んだんだ。それまで父親のためにと気を張っていたのが、ぷっつり糸が切れたように生きがいがなくなったんだな」

「そうなんですか？　辞めそうになったんですか」

「僕も食事に誘って励ました。しばらく経《た》って病気がちの犬を飼うようになったんだ。ゴールデンレトリバー」

「病気がちなんですか？」

「あんまり歩けない犬でね。知り合いが貰《もら》い手がいなくて困ってるのを、喜んで貰ったって言ってたな。毎日散歩させるのにひと苦労だって。いまはその犬のために、頑張って仕事してるんだ」

涙ぐましい話だが、なんだか笑いそうになった。あえて病気がちの大型犬の世話をしているというのが佐織子姐さんらしい。

「女の芸人は結婚や出産がキャリアに響くと思っているらしいが、僕はむしろ結婚も出産もしたほうがいいと思うな。長く芸人をやっていると、ある日急に虚《むな》しくなるもんなんだよ。そんなときに、好きな人に見てもらいたい、子どものために頑張ろうっていうのが、大きな力になって乗り越えられるんだ。だからインコは早いとこ独り立ちできるくらいに腕を磨いて、結婚出産でいったん休むことになっても、また戻ってこられるようにしないとな」

師匠がこんなに早くひとりの演技をさせるようになったのも、わたしに恋人がいると知ったからなのだろうか。三十路《みそじ》を過ぎてからの修行なので、急いで技術を身につけたほうがいいという師匠の愛情。

「師匠、長生きしてください」

「え？」

「わたしが結婚できるのは、いつになるかわからないですから」

「うん、そうだな。長生きしないとな。いまは弟子の成長が仕事の張りになっているから、僕も弟子のために頑張るさ」

カフェに佐織子姐さんが現れたときには待ち合わせの時間を三十分過ぎていたが、師匠はもう慣れているらしくにこやかに出迎えた。デパートの一階をめぐり、佐織子姐さんはスカーフではなくフェンディの財布を当然のように師匠に買わせた。クリーニングしたスカーフを返しに行く日を訊《たず》ねると「あれバッタもんだからもういらない」ともなげに返された。それにも師匠は慣れているというように微笑《ほほえ》んでいた。

師匠も佐織子姐さんも夜の仕事まで時間があり、上の階のレストラン街で食事することになった。佐織子姐さんがイタリアン、中華、和食と三周回って結局イタリアンに決めるまで、師匠とわたしはのんびりと後をついて歩いた。

「光司兄さんはプレイボーイだったのよ」

佐織子姐さんがわたしの知らない師匠の若いころの話を聞かせてくれる。

「結婚も二回してるしね」

ばつがわるそうに師匠は笑うが、初めて知ることだった。

「でも芸人には絶対に色気が必要よね。恋愛してるのとしてないのとでは、ぜんぜん違うもの。ねえ、インコちゃん」

「はい？」

「恋愛してるでしょ？」

「え？　どうしてですか？」

「だって、すぐわかるわよ。肌艶《はだつや》も、目の色も、笑い方まで違うもの。彼ができたの？」

会ったときから、やけにわたしの顔ばかり覗き込むと思ったが、そういうことだったのか。佐織子姐さんと羽田空港で別れてまだ十日も経っていないのだから、そんなに変わるはずがないのだが。

「インコにはもともと恋人がいたんだよな」

師匠が助け舟を出してくれた。

「はい。ずっと会ってなかったんですけど、最近わたしのステージを観に来てくれるようになって」

「あら、そうなの？　それで色っぽくなっちゃったの、インコちゃん」

「彼はマジシャンなんです。わたしは彼に近づきたくてこの世界に入ったのに、彼はいま調子がわるいみたいで、ステージ休んでるんです」

話し過ぎかと思ったが、恋愛に寛容な空気になっていて許されそうな気がした。

「そうなのか？　具合でもわるいのか？」

食いつくように訊いてきたのは師匠だった。

「何が原因かわからないんですけど、すごく疲れていました。相変わらず女性ファンは多くて人気はあるんです。仕事は順調だったんです」

「そうか」と師匠はしばし考え込み、パスタを食べる手を休めて話してくれた。

「僕は若いころクラブの専属マジシャンだったんだ。大きなクラブでホステスさんが何十人もいてね。ステージがあって、そこでショータイムにダンスやマジックをやるんだ。初めは自分のマジックを披露できるだけで嬉しいから、夢中で勉強して新しいタネを買い回って練習に明け暮れた。テレビにもちょこちょこ出してもらい顔も売れてきた。七年くらいはあっという間だった。そのころ急に虚しくなったんだ。なんのためにマジックやってるのかわからなくなった。好きなだけではエネルギーが切れるんだなって気がついた」

佐織子姐さんはパスタに入っているアスパラだけ別にオーダーできるかどうかを、お店のひとを呼んで訊いている。「お出しできますのでお持ちします」と応《こた》えているのに、「いいえいらないの。ただできるかどうか知りたかっただけ」と断っていた。

「同じステージに立っていると、目の前のお客さんはだいたい同じなんだ。いくら新しいネタを仕込んでも、何年もやっていると同じお客さんの前で同じマジックを繰り返しているだけのような気がしてくるんだ。若いころの人気がずっと保てるはずはないのに、ちょっとファンが減るとすごく人気がなくなったと感じてしまう。若い後輩に負けていると思い込む。すべてをわるいほうに考えるから、ほんとうにわるくなって空回りする」

「ユウトもずっと同じステージに立っていますから、そうなのかもしれません」

「そのころ店に新しいホステスが入ってきて、恋をしたんだな。年上で、あまり美人じゃなかったけれど頭が良さそうな、僕のことを小ばかにしているような目で見ていた。そのひとに見てもらいたいと思うと力が湧いてきたんだ。ステージからそのひとだけを見ていた。目を逸《そ》らされたらすごく傷ついて。微笑んでくれたらもっと頑張ろうと思って。完全に振り回されていたな。だけどそのひとのお陰で毎日張りがあったんだ。恋の力は偉大だな」

「そうね、恋の力は偉大ね」

パスタに入っているシラスを一匹ずつより分けて、目を取ってから口に運ぶことを黙々と繰り返していた佐織子姐さんが急に顔を上げて言うので驚いた。

「インコちゃん、その彼のステージ、観に行ってあげたら？　彼もやる気になるかもよ」

「無理です。無理、無理。わたしには無理なんです。それほどユウトに愛されてはいないみたいなんです」

わたしがどぎまぎと言い訳しているときには佐織子姐さんはもう聞いておらず、またシラスの目を取る作業に戻っていた。

「まあ、恋の力だけでは長くは続かないものだけどね、僕は三十代の半ばに先輩のマジシャンに頼んで旅公演に連れて行ってもらった。毎回違うお客さんで、素直に喜んでもらえるから新鮮だった。その先輩マジシャンの推薦があって寄席《よせ》にも出られるようになった。まあ毎日同じことの繰り返しっていうのは変わりないがね。たまに海外や地方公演に行ったり、テレビに出たり、新しい仕事があるから続けていられる。それに弟子の存在も大きいな。技術を伝えることはやりがいがあるもんだよ」

ユウトがステージを休んでいるという話から、ずいぶん師匠の人生を知ることになった。ユウトに聞かせてあげたい体験談だった。

八日目と九日目のステージも何とか無事終わり、十日目の楽日は、自分自身のなかだけで傘の演技の試験を受けるようなつもりでいた。

客席には今日もユウトの姿はなかった。でもユウトが観てくれていることを前提にステージに上がった。師匠の斜め後ろに立っているあいだも、背筋がぴんと伸び自然に微笑むことができている。

わたしひとりの演技の番になり、師匠と目を合わせて軽く会釈《えしやく》してから中央に入れ替わった。そのとき客席から男性の声で「インコちゃん!」「インコ!」と声がかかった。

こんなわたしでも、応援してくれる存在があると思うだけでリラックスできた。

初めて教わったときからこれまで師匠にうけた注意を、ひとつひとつを思い出しながら演技しようと考えていたが、実際には何も考えずともカラダが自然に動いている。段取りだけを意識して、あとは自然のままカラダに任せようと放っておくと、自分も観客になって自分の演技を見ているような不思議な気持ちになった。

お客さんと一緒に自分のマジックに驚きながら、傘を出して床に並べて行った。五個の傘が足もとに並び、最後にシルクを丸めてくす玉のお花に変えた。そしてゆっくり客席を向いた。一瞬たくさんの視線に戸惑ったが、この視線はユウトのものだと自分に信じ込ませた。全員がユウトなのだと。大好きですよという想《おも》いを込めて、にっこり微笑んだ。

頭を下げてまた師匠と交替するときには、今までいちばん大きな拍手の音が聞こえた。上手く行ったのだろうか。マジシャンとして初めの一歩でしかない拙《つたな》い演技だが、ひとつステップを上がれただろうか。

師匠の斜め後ろに戻り、また背筋を伸ばして立った。よく見ると客席のほとんどが中高年の男女だ。冷静になってみると、このすべてがユウトの顔であったら少し不気味だ。

持ち時間はあと何分だろう。客席の後ろにある時計に目をやると、後部扉が開くのが見えた。扉の隙間から黒いジャケットの男性が入ってくる。

ユウトだ。やっぱり最終日に観にきてくれた。靴の踵《かかと》が鳴りそうなほど胸が躍った。

黒の上下は横浜「わいわい座」でクリエイター風を装《よそお》うためにわたしが買った服だ。最後列通路わきの空いている席に腰を下ろした。ちょうどわたしの視線の先だ。いつもの大きな目でまっすぐこちらを見てくれている。表情はあまり読みとれないが優しげだ。

体調はどうなんだろう。天草のときより顔色はいい。眠れているのだろうか。野菜は食べているのだろうか。いろんな思いがこみ上げて視界が潤《うる》むのがわかった。でも涙は流せない。「好き。大好き。ユウトがわたしのすべて」その想いが届くようにと、じっと目を逸らさずに見つめていた。

ステージ袖に下がるときに、ユウトが扉から出て行くのが見えた。楽屋では師匠のお世話と道具の片づけ、それに今日は楽日なので荷物を持ち帰る仕事があるのだが、どうしてもユウトに会いたい。今日だけは会わないと一生後悔しそうだ。

「師匠、一生のお願いです。恋人が来てるんです。行ってもいいですか？」

「え？　しょうがないな。じゃあ、行っておいで」

「すみません。荷物はあとで運びます」

オレンジ色の衣装のまま走り出した。楽屋から通用口の扉を押し開けてロビーに出ると、売店の店員と受付の女性しかいない。階段を駆け降り出口まで行った。そこにも姿は見えない。自動ドアを出て最高裁判所の方角へ走った。駅への道だ。

裁判所の裏門の手前にユウトはいた。ちょうど背後にオレンジ色の郵便ポストがある。

「ユウトさん」

「ああ」

ふり向いたユウトは痩せてはいたが顔色は良かった。大きな目を眩《まぶ》しそうに細めている。

会えなかった時間が長すぎて、こんなに近くにいることが信じられない。思わず抱きつきそうになり、足に力を入れ踏みとどまった。

「ユウトさん、元気そうだね」

「うん」

元気ではないからシマノを休んでいるのはわかっているが、何も知らないふりをしようと思った。そのほうがユウトは気が楽だろう。

「来てくれてありがとう。びっくりした」

「うん」

天草にも、五日目の国立演芸場にも来てくれたことは知っているが、それも知らないことにしよう。ユウトはこっそり来ているつもりだろうから、知られると恥ずかしいはずだ。

ついでにユウトがいま着ている服はわたしが買ったものだというのも、気づかないふりをしよう。ユウトは照れ屋だから、たまたまこれがハンガーにかかっていただけと言い訳するだろう。

逆にユウトのほうは、わたしのオレンジ色の衣装に気づいてくれただろうか。ユウトとわたしを繋《つな》いでくれる色だから着ているのだけれど。

「この衣装、派手でしょ？　師匠が衣装だけでも派手にしなさいって」

「へえ」

「オレンジ着ると、頑張れそうな気がして」

「なんであの師匠だったの？」

「え？」

オレンジに何か反応してくれるかと思ったのに、ユウトは真顔で質問する。

「あの師匠って、マジー光司師匠のこと？」

「うん」

「あの、わたし、マジックやろうと思ってから、演芸会やマジックショーをたくさん観に行ったの。それでたまたま師匠を見たときに、雷に打たれたみたいになって。話が面白くて庶民的なのに、コインのパームがすごく鮮やかで、よっぽど練習を積んできたんだろうなって思った。マジックが好きだからやっているのが伝わってくる演技だったんだ。ユウトさんを初めて見たときと同じ」

「ふうん」

鼻で笑ってユウトは不満げな顔をした。わたしが選んだ師匠を、ユウトも好きになってくれるものと思い込んでいたが、どうなのだろう。師匠は基本を大切にした演技が持ち味で、ユウトのように新しくアレンジしたものはやらないから、つまらなく感じたのかもしれない。

「あ、そうだ。キヨミがシマノに行ったでしょ？　ユウトさん、相変わらずすごい人気だって言ってた。キヨミ、敷き布団《ぶとん》みたいな服じゃなかった？　本社勤務になってね、出世したからってふてぶてしくなったの。それでね、びっくりだよ。ヨネ太郎といま一緒に暮らしてるの。借金は前倒しで返してもらってね、ヨネ太郎は、全国の子どもたちにマジックを教える仕事で頑張ってるらしい」

わたしばかりが話しているのはわかっていたが、ユウトが話さないので会話が途切れるのが怖かった。

「ユウトさん、わたしのマジックどうだった？　まだひとりの演技に慣れてないから、ぎこちないでしょ」

「うん、そうだね」

「ひどかった？」

「うん」

顔をそむけてユウトは言った。

「プロの目から見るとひどいよね、わたし」

「そうだね。ひどいと思う。でも印子なりに頑張ってて偉いよ……って言ってもらいたいわけ？」

「え？」

「師匠がいて、未熟でもステージに立たせてもらってさ、失敗しても師匠が守ってくれるしさ、徒弟制度って苦労がないね。才能なくたってマジシャンって名乗れるもんな。まあ、女のひとがマジックやるなら技術なんかいらないし、簡単なネタやってにこっとしとけばごまかせるからな」

「え……」

「よかったな、守ってくれる師匠に出会えて。楽な道えらんでさ」

「ユウトさん……」

「じゃあ、仕事あるから」

「ユウトさん、わたし、ユウトさんと同じこと感じたいから、マジシャンになったんだよ」

「同じこと感じられるわけないだろ。師匠がいるのといないのとじゃぜんぜん違うし、寄席とマジックバーじゃ客層も違う。目指しているものがまったく違うんだから」

「そんなことない。マジックの練習は同じだよ。コインだってカードだって、ユウトさんみたいに、毎日こつこつやってるんだから」

「オレとおんなじことやって、ステージに立てば、偉いねよく頑張ったねとか、そんなこと言ってもらえるとでも思った？」

「いや……」

その通りかもしれない。ユウトに褒めてもらえると思っていた。

「お前、思い込みが激しいだけなんだよ。わたしなんかって言ってて、ホントは褒めてもらいたいだけなの」

「それは……そうかもしれないけど。自分に自信が持てるようになったらユウトさんに会えると思って、それだけで頑張ってきたんだよ」

「違うと思うよ。初めはそうだったとしても、いまはオレのためじゃない。自分のためにやってる。自己実現のため。オレを口実に使うなよ」

「ユウトさん、違う。ユウトさんが恋人って言ってくれたから、それだけを支えにしてきた」

「だったら、オレがマジックやめてほしいって言ったらやめる？」

「え？」

「やめられないだろ」

「……」

ものすごく怖い目をしている。わたしが好きだった鋭い目とはまるで違う、本当に怖い目だ。

「ユウトさん、ステージ観に来てくれて嬉しかった」

「……」

素早く背中を向けユウトは行ってしまった。呼び止めようとしても口がこわばって開かない。うしろを気にするそぶりも見せず、ユウトの整った形の後頭部が高速で遠のいて行く。

こんなに簡単に、こんなにあっさりと、わたしは恋人を失うのか。いままでも勝手に恋人と思い込んでいただけだけど……。現実じゃなかったとタネ明かしされてしまっただけだけど……。

気がつくとオレンジ色の郵便ポストにぺったり背中を貼《は》りつけていた。自分と同じ色の植物に身を寄せて命を守る昆虫のように。このまま誰にも気づかれずに、わたしはポストと同化していたい。

門の前に立つ若い男性警備員がこちらを見てすぐに目を逸らした。いまのユウトとのやりとりを聞いていたのか。さぞかしわたしは思い込みの激しい、面倒くさいオンナに見えることだろう。

ずっとユウトのためにマジックをしていると思っていたのに、わたしは自分のことばかり考えていた。それをユウトには見抜かれていた。

裁きを受けた。わたしは最高裁判所の裏で裁きを受けた。いきなり最高裁判所の裏で。

12 トリック trick

「別れはせめて家庭裁判所の裏だったらよかったな」

師匠の部屋に、国立演芸場で使い終えた道具を運んだ帰り道、近くの公園でキヨミに電話した。休日で昼寝中だったというのに話を聞いてくれた。

「ごめんね、昼寝してたのに」

「夜にまた電話して」

「いや、だいじょうぶ。ひとりでなんとかする」

こんなときに相談できる相手はキヨミしかいないのはわかっているが、ほかに友達がいないのもわたしのわがままな性格のせいだと思えば、キヨミにさえ甘えるのが情けない。

電話を切って要町から地下鉄に乗ったが、明治神宮前の駅で降りたくなった。ここで乗り換えると天鈴姐《ねえ》さんの家まで行ける。出かけているかもしれないが、家の前まででも行ってみたくなった。入門してからは師匠の鞄持《かばんも》ちがあって、土曜日のマジック教室に行けなかったことが敷居を高くしている。無理をしたら行けないこともなかったのに。乗り換えた地下鉄のドア横の席に座り、スマホの画像を見た。やはりユウトの画像は一枚残らず削除してしまっていた。いつかまた会えると信じていたから消したのだ。もう二度と近くで顔を見ることがないのなら、一枚だけでも残しておけばよかったと猛烈に後悔した。

目をつぶると、ユウトの怖い顔ばかりが浮かんでくる。せめて優しかったときのユウトの顔を最後の記憶にしたい。最高裁判所の裏門の手前で振り返ったユウトは、わたしの想像ではとびきり優しい目をしているはずだった。わたしが思わず腕にしがみつくと「なんだよー」などと言いながらも振り払わずにいてくれ、カラダを寄せ合ったまま駅のほうに向かって歩くはずだった。

赤坂見附の駅の手前の弁慶橋で立ち止まり、わたしは「あのボートに乗ってみたかったんだ」と橋の下を指差す。ユウトは「お前が漕《こ》げよ」などと照れながらも一緒に乗ってくれる。お堀の澱《よど》んだ水にボートを浮かべ、真正面にいるユウトの美しい顔を見つめながら、わたしはどのタイミングでユウトの頬に触れようかと考えているのだ。水面《みなも》で反射した陽の光が、ゆらゆらと優しくふたりを包み……。

「こっち見るなドブス」

やにわにユウトが言った。

「え？　ごめんなさい、見ません」

怖い顔をしたユウトはオールを手にしてわたしの肩を思いっきり突く。

「あーーー」

わたしはボートから水中に落ち、ばしゃばしゃと水しぶきをあげてもがいている。それなのに冷たい目のユウトはボートを漕いで行ってしまう。お堀の澱んだ水でいっぱいになった口で、わたしは叫んでいる。

「ユぶぶ、ウぶぶ、トぼぼ、さばばーん」


「うわっ」

目を開けると電車の中だった。うとうとして声が出てしまった。右隣りのスーツ姿の男性が驚いた顔でこちらを見ている。「すいません」と小さな声で謝り、あとはひたすら身を縮めていた。口の中が本当に泥水を飲んだように苦い。

夕方になっていた。天鈴姐さんはこんなときばかり訪ねるわたしを、どう思うだろう。なんども迷いながらインターホンを押した。

「まあ、まあ、印子ちゃん、会いたかった会いたかった。来てくれたー」

何十年かぶりで会うような喜び方で迎えてくれた。それだけで目頭が熱くなった。いつもマジックの練習をする和室に座ると、天鈴姐さんはどら焼きやお煎餅《せんべい》や羊羹《ようかん》を、これでもかと言うほど座卓に並べる。

「食べて食べて。よく来てくれたわね」

「天鈴姐さん、ちょっと痩《や》せました？」

「そう？　晩酌しなくなったからね」

「調子わるいんですか？」

「うん。お医者さんがね、お薬を三色も四色もくれるんだけどね、お薬だけでお腹《なか》いっぱいになるの」

そう笑うので、どこの病気なのかは訊《き》かなかった。それでも八十代にしてはずいぶん元気そうだ。

「どう？　ひとりで傘のマジックやってるんだって？　支店長さんから聞いたわよ」

「わたし、けっこう頑張ってたんです。すごく。やりがいも感じていたし」

「そう、よかったわね」

「でも、わからなくなっちゃいました。何のためにマジックをやるのか」

今日あったことを、すべて話してみた。天鈴姐さんは黙ってそれを聞いてくれた。涙ぐんで洟《はな》をかみながら。

「姐さんにこんなこと話して、ご迷惑ですよね。わたしすごくわがままな人間で」

「あら、迷惑だなんて、ちっとも思わないわ。お友達の役に立てるって、そんな嬉《うれ》しいことはないのよ。こんなお婆《ばあ》ちゃんでも力になれるかもって思ったら、もう少し生きていようと勇気が湧《わ》いてくるわ」

どら焼きを小さくちぎって口に入れ、天鈴姐さんはお茶を一口飲み込んだ。

「私が奇術師だったのはずいぶん前だから、いまよりもずっと簡単な手品しかやらなかったわね。だんだん慣れてくると、もっと複雑な新しい手品がやりたいと思うようになって、そのとき慕っていた兄弟子に言ったことがあるの。外国で流行《はや》っているようなハイカラな手品がやりたいって。そしたらその兄弟子が手品のはじまりの話をしてくれたの」

「手品って、はじまりがあるんですか？」

「本当のことは兄弟子にもわからなかったと思うから、憶測で言ってたんだろうけどね。奇術のはじまりは、まじないだって。病気のひとを治したり、いなくなった大事なひとを探したり、なくなった物を見つけたりっていう」

「はあ、そういう意味のまじないですか」

「でも、どうにもならないときもあるわね。死んだひとは生き返らないし、どうしても治らない病もある。そんなときに、まじない師は木の枝を半分に折って、またそれを一本に戻してみせたの。いまでいうマジックの技を使ってね。それを見て家族は、もしかすると本当に生き返るかもしれない、病気が治るかもしれないって思えたの。インチキかもしれないけど、それで一時《いっとき》でも希望が持てたの。マジックはどうにもならない苦しみから一時だけ逃れさせることができる、いいインチキね。騙《だま》されるほうも、インチキだってわかっているんだけど、もしかしたら奇跡が起きるかもって思えてほんの少し楽になれる。それがわかったから、ひとはマジックで騙されたいって思うようになったの。それがマジックのはじまりじゃないかしら」

「そうなんですか」

「だから、単純なマジックでも見ているひとは癒《い》やしを感じるものなのよ。お客さんはハイカラなマジックばかり求めているわけじゃないって、私の兄弟子は言ってたわ」

「はい」

「わかるかしら？」

「わかるような気もします。でも実感としてはあまり理解できないです」

「そうね。大事なひととの別れを知って、はじめてそういう気持ちになるのかしらね」

天鈴姐さんは両親や夫との辛《つら》い別れを体験してきていることを改めて想《おも》った。わたしはまだまだ本当の悲しみを知らない。他人の痛みを受けとめるには未熟な人間だ。

「印子ちゃんが誰かを癒やしてあげるだけじゃなくて、印子ちゃん自身がどうしようもなく悲しいとき、マジックに癒やされるってことがあるかもよ」

「いまかも。いまがそのどうしようもなく悲しいときかもしれないです」

「そう。かわいそうにね」

　天鈴姐さんは涙ぐむが、わたしは以前のようにユウトとのことでいちいち泣いたりしなくなっている。すこしは強くなったのだろうか。

「でもわたし、不思議なんですけど、最初はユウトの感じていることを知りたくてマジックをはじめたのに、いまはユウトと同じくらいマジックが好きになっているみたいなんです。さっきユウトに、マジックやめてほしいって言ったらやめるのかって訊かれて、応《こた》えられなかったんです」

「そうだったの」

「なんだか、矛盾してるみたいでおかしいですよね。でもマジックに癒やされるんだったら、ユウトにふられても生きて行けるのかも。わたしユウトのこと忘れないと……忘れられるかな」

「忘れなくたっていいわよ。印子ちゃんはユウトさんに会って、こんなに成長したじゃない。優しくなって、きれいになったわ。私はユウトさんがそう言ったのには理由があると思う。そんなにひどいことを言うなんて、冷静だったらできないから。きっとユウトさん自身に悩みがあって、理性が働かなくなっているのね」

「え、そうかな……」

「マジックバーのステージ、休んでいるんでしょう？　じゃあ、ステージに立っている印子ちゃんがうらやましいのかも。師匠がいていいなって思ったのかも。まだ初々《ういうい》しくて希望がいっぱいある姿が、ユウトさんには眩《まぶ》しかったのかもよ」

「そうでしょうか……」

「嫌われたと思い込んだりしないで。好きな気持ちは諦《あきら》めなくていいわよ。だってなんども客席に観《み》に来てくれたんでしょう？」

「じゃあ、これからも、客席にユウトがいると思ってステージに上がっていいんですか？」

「そうよ。その気持ちがいちばん大切だから」

師匠のいつかの言葉を思い出した。好きなひとに見てもらいたいという気持ちがいちばんだという。

「あら、そんなことおっしゃったの。いい師匠ね。よくわかってる。やっぱり舞台人には色気が必要なのよ。色気っていっても肌を出したり色っぽい目つきをするっていう意味じゃなくて、内面からにじみでる色気よ。師匠によっては芸と結婚したつもりで、恋愛禁止なんてひともいるけどね、恋多きひとのほうが、見ていて色気がある舞台になると思うわ。芸のために恋愛をしないひとの人生はつまらないと思わない？　人生がつまらないひとは芸もつまらない。ドキドキしないもの」

「そうなんですか？」

「私が好きになったひとはね、ひとりはオペラ歌手だったんだけど先輩歌手の夫人と恋に落ちて、駆け落ちしたのよ。数年後に別の国で復帰したけどね。バレエダンサーは酒場で働く女性と恋をしてね、周りの妨害で別れさせられそうになって、ある日突然バレエを辞めてその女性の元に行ってしまったの。私がそんなひとばっかり好きになるのかもしれないけれど、そういうひとの舞台って危険な香りというのか、狂おしいほどの色香が漂っているのよ」

それほどハイレベルな恋愛話と、わたしの初《うぶ》な恋を並べられるはずもないのだが、天鈴姐さんは少女のように目を輝かせ語ってくれた。

「インコちゃん、わたしなんか、って思っているんだろうけど、初めて会ったときに比べたら目がぜんぜん違うわよ」

「あ、それはまつ毛の際《きわ》にアイラインを引くワザを身につけたので」

キヨミが白眼を剝《む》きながら教えてくれた、自然なのに目が大きく見える化粧法を、わたしも真似《まね》てみた。それを天鈴姐さんに、白眼を剝きながら見せてあげた。

「あら上手にお化粧したわね。それだって、きれいになりたいって思ったからでしょ？ユウトさんに見てもらいたいって」

確かにわたしは鏡の向こうや客席に、常にユウトの視線を意識してきた。ユウトの視線だけを。

「だから、これからもユウトさんに見られているって思ってステージに立てばいいのよ。マジックと恋のどちらかを選ばないといけないって、印子ちゃん自身が思い込んでいるんじゃない？　どっちも必要なのよ。どっちもあっていいの」

「ふられても想い続けてる女って、キモくないですか？　イタいオンナっていうか」

「キモくてもイタくてもいいの。心の中で想っているだけなんだから。誰にも迷惑かけていないわよ」

誰のアドバイスよりも、天鈴姐さんの言葉は信用できた。さっきまでもうマジックを続けられないのかとさえ考えていたが、もう少しやってみようと胸の奥から勇気が湧いている。

それから天鈴姐さんは、いつも出前をとる近所の魚屋に電話をかけてくれ、お刺身と天ぷらを食べながら夜遅くまで語り合った。


毎日同じ演技を繰り返し、それでもモチベーションを保っていることも修行なのだとやっとわかってきた。ひとりでの傘の演技時間を与えられてもう四カ月経《た》つ。

わたしが飽きているのに気づいたのか、師匠は新しい道具を買ってくれた。それも傘だった。水玉模様のシルクの中から出した傘が同じ水玉模様だったというネタだ。

「傘はあと三年くらいやったら卒業できるかな？」

師匠はそんなことを言ってわたしの反応を窺《うかが》い面白がる。本当に三年も同じネタを続けるのかとうんざりするが、顔に出すとよけいに卒業が遅れそうだ。

「はい、わたしは一生傘の演技だけでけっこうです。ステージに上がれるだけでも感謝しております」と口にしつつ、これも修行だと自分に言い聞かせている。

同じことを続けることでわかってくることもあるようだ。客席の雰囲気が明るかったり暗かったりと、その日によって微妙に違う。師匠は出番を終えた芸人さんの「今日のお客は重いね」という声を聞くと、演技をがらりと変える。わたしはまだそんな使い分けができるはずもなく、ひたすら毎日傘の演技を繰り返す。

しかしほんのひと呼吸の間の取り方や、にっこりするタイミングで、歓声や拍手が起こることがある。たまたまそんな風にお客さんとわたしの呼吸が合った瞬間は、何とも言えない快感を覚える。

その感覚は家に帰ってからも、寝て起きてからも忘れられない。ところがつぎのステージでも歓声や拍手をもらえるかというと、なかなか同じような瞬間は訪れない。だからこそ、もう一度あの快感をと求めてしまうのかもしれない。

ステージを終えて袖《そで》に下がるときに、客席から駆け寄ってきて花束をくれるお客さんがいる。五十代くらいだろうか。いつもエビ茶色の手編み風のベストを着ている、前歯の欠けた薄毛の男性だ。毎日のように客席にいて、十日に一回くらい、墓参りに持って行くような色のバランスのわるい花束をくれる。

最初は嬉しかったのだが、ほかのお客さん全員の好奇の目に晒《さら》され、楽屋に戻ってからも「彼が来てたの？」などと冷やかされるのが恥ずかしくなってしまった。というより不快でしかない。わたしはユウトを好きになってから、誰よりも面食いであったことを自覚したのだ。

それでも決してお客さんをむげにはできない。どんなお客さんでも平等に笑顔で接する。それも芸人の大切な心得なのだとブラウン姐さんに教わった。

「どれだけ芸を磨いても、応援してくれるお客さんがいないと生活できないのよ。私はお客さんの容姿は見ないわ。見るのは名刺の肩書きとお財布の中身だけ。イヤな商売だと思うでしょ？　でもそれくらいじゃないと、この世界で生き残れないの」

若いうちから芸人の奥義《おうぎ》を知って売れっ子としての地位を保っているブラウン姐さんは、追っかけファンには丁寧に愛想をふりまき、お金持ちのスポンサーには更に丁寧に気配りする。お酒の席へのおつき合いも怠らず、ゴルフや旅行の同行まですることがある。

芸人として生き残ることに徹していて、みごとだと尊敬している。わたしにそんなことができるかというと、やはり自分に自信がないのを言い訳に、お客さんとのつき合いからは逃げられないかと考えてしまう。

そうしてみると、ユウトのファンサービスは徹底していた。決して社交的ではないユウトがファンひとりひとりの手をにぎり抱擁して見送るのも、本当は辛かったのではないかと最近考えるようになった。自分が同じ立場になってみるとよくわかる。ユウトの数倍も社交性のないわたしには、マジックの練習よりもファンサービスのほうがずっと困難なことだ。

ユウトとは最高裁の裏で別れてから会ってはいない。シマノのホームページを毎日見ているが、まだステージへは復帰していないらしい。こんなに長く休んでシマノをクビにならないのか。オーナー所有のマンションに住んでいられるのか。ファンが離れてしまわないのか。いろいろ心配になるが連絡はしていない。

キヨミがなんどかシマノに偵察に行ってくれた。マモルにユウトの様子を訊くと「充電中ですから心配しないで」と言っていたそうだ。休みなくステージのためだけに生きてきたユウトなので、ここで仕切り直しのために充電をしているのならいいが、復帰はいつになるのだろう。

下北沢にいるというブラウン姐さんから呼び出された。話があるとのメールだ。久しぶりに自転車で向かった。折り畳み自転車はポンコツになっていたが、父親がいつの間にか直してくれていた。

駅の近くのカフェで、黄色いミニスカートに肩の出そうな白のニット姿でブラウン姐さんは待っていた。

「お天気お姉さんの仕事、断ったの」

「そうなんですか？」

「事務所のひとと、よく話し合ってみたら、あんまり将来が見えなかったから。バラエティー番組に出られるタレントにしたいみたいで、マジシャンとしては売れないって言われた」

師匠が心配していた通りだったのか。

「悔しいから私、マジシャンとして売れてやろうと思って。でさ、ひとりだと限界があるから、インコちゃんとユニット組みたいの」

「え、わたしですか？　アシスタントですか？」

「ううん。ふたりでやるのよ。私、再来年、大きな会場を押さえたの。そこでインコちゃんとのユニットのお披露目をしたいの」

「え、お披露目って、え？」

いくら年上といっても、わたしはブラウン姐さんの八年も後輩だ。見た目だって太陽と昼間の三日月くらい差がある。

「わたしとじゃあ、釣り合いがとれないです」

「とれるわよ。むしろ似てないほうがしっくりくるもんよ」

「はあ」

「インコちゃんの、真面目《まじめ》そうなところが欲しいのよ。私はにぎやかし担当だから、バランスはいいわ。師匠には話してあるの。ね、やってみましょうよ」

　カフェでケーキセットをご馳走《ちそう》になりながら、ブラウン姐さんにこんこんと説得された。想像もしていなかったので即答はせず、その日の仕事前に師匠に相談した。

「うん。ブラウンに聞いたけど、再来年だったらインコも修行して三年になるし、大丈夫だと思うよ。でもユニットのことばかりで、ひとりでの演技がおろそかにならないように気をつけるんだ。ひとりのステージでも、ユニットのときと同じくらいお客さんに喜んでもらえるようになるのが理想だな」

「はい、わかりました」

「インコとブラウンだと、お互いの担当が違っていて合うかもよ。ブラウンはお客さん集めや広報の仕事が得意だろ。インコはじっくりネタを考えるのが得意。お互いのいいところを引っぱり出すつもりでやってみたら」

　そう言って師匠は、わたしをやる気にさせてくれた。不安もいっぱいだが、再来年までそれを目標にしようかと思えてきた。

キヨミから電話があったのは国立演芸場のステージが終わった少しあとだった。もちろん師匠のアシスタントとしてのステージだ。初めて傘の演技をしたのもこの演芸場だったがあれから五カ月間ほぼ毎日、日によっては昼夜二回、傘の演技を繰り返している。

「印子、私いま、三軒茶屋にいるんだ。ヨネ太郎が野外ステージで司会やるから見に来た」

そう言われてみると今日は十月の第三土曜日、三軒茶屋の大道芸フェスティバルの日だ。ユウトと初めて会った日から、もう二年も経つのか。ヨネ太郎は道ばたの草木染めTシャツ売りから野外ステージの司会とは、二年でずいぶん芸人らしくなったものだ。

「会場で配ってるプログラムを見たら、ユウトさんの名前があるんだけど」

「え、ホント?」

「うん。マジック、タカミユウトって書いてある」

「ユウト、復帰したんだ」

「どうする?」

「え、行きたい。見たい。でもここが終わったら師匠、夜の出演があって、鞄持ちがあるんだ」

「まあ、いちおう知らせとくよ。私はヨネ君見るのに忙しいから」

「わかった」

今夜の池袋での出演は、出られなくなった芸人さんの代わりに急遽《きゅうきょ》頼まれたものだ。落語メインの寄席《よせ》なので色物のマジックはほんの十五分ほどの出番で、道具も少ししか使わないだろう。時間が押していれば私ひとりの演技の時間はないかもしれない。

「あの……師匠、お願いがあるのですが」

「なんだよ、そんな顔して」

プロのマジシャンなのに、好きなひとに会いたくて仕事を休むとは、たとえ理解のある師匠だとしても許されないような気がした。

「あの」

「どうしたの？」

「あの、父が具合わるいみたいで、倒れたっていう話で」

嘘《うそ》だが、倒れた父の姿が天の啓示のように思い浮かんだ。

「え、じゃあ、早く行ってやりなよ。いいよ夜は休んで」

「すいません」

師匠はあっさりと許してくれた。後ろめたくなり、荷物だけでも池袋に運んでおきますと言うと、「そのくらい持って行けるよ」と自分で持ちたいような口振りだ。

「ありがとうございます」と頭を下げて、すぐに三軒茶屋に向かった。

キヨミに会う時間ももどかしく、ひとりでユウトを探した。案内所でタカミユウトのマジックショーの出演時間と場所を訊いた。係の男性が言うには、今年のユウトのコーナーは茶沢通りのどこかということだけしか決まっておらず、本人が自由にゲリラ的にマジックを始めるという。

茶沢通りを下北沢の方向に歩いてみた。所々に人垣ができているが、輪の中心から流れている音楽でユウトではないことがわかった。

二年前にも見た、たくさんの楽器を身につけそれをひとりで演奏する芸人がいた。手足に竹馬をつけた黒くて大きいクモ男のような芸人もゆっくり歩いている。その先には糸巻きのようなコマを空中で回しているジャグリングの男性芸人が見える。

歩行者天国になっている通りの端から端までなんども往復したが、ユウトは見つからなかった。わたしと同じように、プログラムでユウトの出演を知ったのであろう顔見知りのユウトファン数人とすれ違ったが、やはり見つけられずにいるようだった。

とりあえずキヨミに会いに、ヨネ太郎が司会をしているという野外ステージに行ってみようと、世田谷線の改札口前を横切ったときだ。ホームのベンチに男のひとがひとりで座っている。見覚えのある、青色カーディガンだ。

改札口を通って近くまで行ってみた。衣装の黒いパンツに白いシャツの上から、それを隠すようにカーディガンを着てマスクをしているユウトだ。声を掛けられたくないのだろうか。

立ちすくんでいると、ユウトがゆっくり顔を上げこちらに視線を向けた。マスクを取りわたしの目を見る。

「ユウトさん」

わずかに頷《うなず》いただけで、ユウトは表情を変えなかった。なにかあったのかと心配になり、恐る恐るベンチの脇《わき》に座った。

「ユウトさん、これから出番？」

「いや、もう帰る」

「世田谷線で？」

「いや、ここ、ひとがいなかったから」

確かに表はにぎわっているというのに週末の世田谷線は空《す》いていて、ホームも発車時刻前に乗り込む人の短い列ができるだけだ。

「ユウトさんのファンが待ってたよ」

フンと鼻で笑い、ユウトは「知らねえよ」と怖い目でわたしを睨《にら》んだ。やはり声を掛けなければよかった。おせっかいで口うるさいヤツでしかなかった。

立ち去ろうと腰を上げたときに「ごめん」と、ユウトの声が聞こえた。

「ちょっとさ、今日は新しい感じでマジックやろうと思ってたんだけど」

「そうなの？」

「知らないお客さんの前で、いきなり始めたかったんだ」

「でも、ファンのひとたち、いっぱいいたね」

「だからいやなの。またもとに戻っちゃって、同じこと繰り返すのかって」

「え、なんで？」

あんなにファンを大切にしてきたのに、もう煩《わずら》わしくなってしまったというのか。

「いや……本当はオレ自身の問題なんだよ。違ったことしようと思っても、このスタイルは変えられないんだよ。新しいことするのが怖いんだろうな」

新しいことなど、ユウトほどの技術があればいくらでもできるだろうに。そう思うのもわたしがまだ経験の浅いマジシャンだからか。長く積み重ねたものがあって、楽しみにしているファンがたくさんいて、期待されていればいるほど、それを壊すのは勇気がいるということだろうか。

「だったら、もっと休んじゃいなよ」

「……」

アドバイスする資格などなにもないが、どうしたらユウトが苦しまずにすむのかを考えた。

「また、マジックやりたくなるまで休みなよ。そのうち、ファンのひとたちにも忘れられるよ。そしたら本当にやりたいことだけやれば？」

またフンと鼻で笑い、ユウトは俯《うつむ》いた。そんなに単純なことではないんだと言いたげに。それもわかる。シマノのことや、後輩たちのこと、実家のお母さん。ユウトが背負っているものは、わたしの想像以上に大きいはずだ。

ユウトの足元には道具の入ったアタッシェケースが置いてある。何カ月かぶりに演技をするのに、どんな思いでこの道具をそろえたのかを考えると、胸が熱いものでいっぱいになる。

そのときわたしの肩にかけたバッグのなかでスマホの着信音が鳴った。画面表示を見るとブラウン姐さんからだ。

「インコちゃん、いまどこ！」

強い口調にわるい予感が走った。

「え、三茶です」

「なんで師匠と一緒じゃないの？」

師匠はひとりで池袋の仕事に向かったはずだ。

「すいません。ちょっと」

「すぐに病院に向かって。師匠が救急車で運ばれたって」

「え、救急車？　師匠がですか？」

「永田町の駅に降りる階段で転んで、頭打ったんだって。たまたま演芸場に来てた加藤さんがその場にいたみたいで、私に連絡してきた。私、青森にいるの。奥さんに電話したけど病院まで一時間以上かかるって。インコちゃん、すぐ行って」

　スマホを耳にあてたまま立ち上がった。ユウトを見ると驚いた目をしていて、改札を出るわたしの後ろについてきた。

「いま、タクシーに乗ります」

　世田谷通りでユウトが空車を止めてくれ、いっしょにそれに飛び乗った。ブラウン姐さんの言葉の通り運転手に病院名を告げた。

「どうしよう姐さん。わたし、ちょっと用があって、師匠が自分で道具の鞄持ったんです」

「私、先輩たちと師匠の仕事先に連絡するから、いったん切るね」

　ユウトに事情を話すと冷静にそれを聞き、落ち着くようにとわたしをなだめてくれた。

「でもわたし、父親が倒れたって嘘ついて、大道芸フェスに来たの。鞄持ち、さぼったの」

　全身から血の気が引き、ぶるぶると指先が震えてくる。わたしのせいだ。持ち慣れていない道具の鞄を持って、足もとが見えにくかったのだろう。

　病院には救急患者用の受付があり、訊《たず》ねると師匠は処置室にいて会えない状態だった。廊下に中年男性が座っていて、マジック用品のディーラーをしている加藤さんだ。救急車を呼んで一緒に乗ってくれたそうだ。

「演芸場の帰りにたまたま後ろを歩いてたら、光司さんが階段で足を滑らせるのが見えてね。鞄の上に落ちたから大丈夫かと思ったら、頭をどこかに打ったんだねえ。呼びかけても返事がなくて。インコちゃんの電話番号聞いてなかったんで、ブラウンちゃんにかけたんだ」

加藤さんにお礼を言っていると後ろから看護師に呼ばれ、医師のいる部屋に連れて行かれた。関係を訊かれて弟子だと告げると、親族でなければ症状の説明はできないと言われる。

「弟子は親族のようなものなんです」

「しかしできれば、血縁者に」

「でも、奥さんが来るまで一時間くらいかかります」

「そうですか」

途方に暮れているときに、廊下にいたはずのユウトが入ってきた。そして「すいません、僕、息子なんですが」と芝居をする。わたしもそれに加勢して「あ、このひとが師匠の息子さんのユウトさんです」と芝居をした。この場は作り話をしてでも早く治療を始めてもらうのが先決だ。

わたしもユウトの後ろに立って、医師の説明を聞いた。頭蓋骨《ずがいこつ》を骨折していて、脳をわずかに圧迫しているため緊急手術が必要という。脳内でこれ以上出血がみられなければ、命にかかわることはないらしい。ほっとして膝《ひざ》の力が抜け、その場にしゃがみこんだ。手術の同意書というのを渡されて、ユウトはそれに書き込んで行く。

不思議なことに師匠の本名、生年月日をすらすらと書き、本人との続柄の欄に長男と記した。師匠の住所と電話番号はわたしが教えた。看護師さんに血液型を訊かれてユウトは「父と同じO型です」と答えた。

「ユウトさん、どうして師匠のこと……」

「息子なんだ」

「それは芝居でしょ？」

「それが、本当なの。親子なの」

「そんなわけない……え？」

「両親離婚して、オレが七歳のときに別れた親父《おやじ》」

「……」

脳内に許容量を越えた情報が入ってくると、声も出なくなる。まったく整理ができない。

「言ってなくて、わるいけど」

「……」

「ホントなんだよ」

「……」

整理するのに時間がかかりそうで、とりあえずコクリと頷くしかない。

手術室に運ばれる師匠とほんの少しだけ会えた。目がうっすらと開き、瞳《ひとみ》が動いた。指先をしきりに動かそうとしている。血の気が失《う》せて白くなった顔を見ると「師匠、師匠」と繰り返すだけで、あとは何も言えなかった。すべては、わたしが鞄持ちをさぼったからだ。

先輩弟子が順に駆けつけ、師匠の奥さんと長男さん、正確には次男さんが到着した。わたしはひたすら謝り、ユウトは自分が実の息子であると、きちんと名乗っていた。わたしは師匠と生き別れたはずの長男と、なぜ一緒にいるかをなんども説明しなくてはならず、マジックをやるきっかけになった友人だと説明しているうちに自分の脳内も整理されてきた。

ユウトのことを話したときの師匠の驚いた顔。ユウトが悩んでいると知ってアドバイスするように人生経験を話してくれたこと。すべてユウトの父親であるがゆえだったのだ。

待ち合いコーナーのソファーに皆が腰かけていた。お茶やおにぎりを買って来るよう言われ、わたしはあたふたと動き回った。落ち着いてから、やっとユウトと廊下の椅子《いす》に座って話ができた。

「びっくりし過ぎて、頭から煙が出そうだった」

「言わないほうがいいかなって思ってさ」

師匠とユウトが親子だったという事実を受け止めると、じわじわと浮かんでくる気掛かりなことがある。ユウトが客席に来てくれたのは、わたしではなく、父親を見るためだったのかということだ。そうだとしたら、わたしは相当打ちひしがれる。

「ユウトさん、お父さんの跡を継いで、マジシャンになったんだ」

「そういうことになるかな。小さいころ、家でずっと練習してるのを見て、親父は魔法使いだと思った。コインもカードも目の前で消えてまた出てくるからさ。憧《あこが》れだったな」

幼いユウトの美形で可愛《かわい》らしい姿がすぐに思い浮かぶが、師匠の姿がどうもユウトと重ならない。師匠は西郷隆盛に似た、厳《いか》つい顔立ちだ。

「お母さんて、きれいなひとなんだね、きっと」

「そうかな？　ホステスだったんだ。親父が専属マジシャンだった大きなクラブの」

「あ、それ聞いた。年上で、師匠のこと小ばかにした目で見てたって」

その彼女に見てもらいたいという思いで、マジックを続けられたと話してくれた。その後ふたりは結婚したのか。そしてユウトが生まれ、七年で離婚してしまった。

「お袋の実家の秩父に引っ越してからも、オレは親父に会いたくて、じいちゃんに頼んでこっそり寄席に連れて行ってもらった。そのころはクラブも辞めて寄席の芸人になってた」

そう言えば、ヨネ太郎を見に行ったときにもユウトは寄席のことに詳しかった。そういうことだったのか。

「ちょっとがっかりしてさ」

「え、なんで？」

「なんだか、ちっちゃいマジシャンになってて。簡単なロープとかシルクしかやってなくて、魔法使いじゃなかったんだって。ちょうどそのころ親父が再婚して息子も生まれたってお袋から聞いた。すごいショックでさ。それからオレ、親父がびっくりするようなマジシャンになって、親父に教わんなくてもこんなすごいことできるんだって見返してやろうと思ってさ」

中学生のころからデパートのマジック道具売り場に通って、いろんなコンテストに出まくっていたというわけか。

「知らなかった。そんなことなんにも知らなくて。わたし師匠に弟子入りして、ユウトさんの傷に触れるようなことしちゃったんだ」

「キヨミちゃんから、印子が親父に弟子入りしたって聞いたときは、なんでだよって思った。親父はたいしたマジックしてないだろうと思ってたからさ。だけど何回かステージ観に行って、考えが変わったんだ」

やはりユウトはわたしではなく父親の芸を観に来ていたのか。

「四十年以上もステージに立って、マジックやってるってことに素直に感動した。続けるってことはすごいことだよ。オレはシマノのステージ、七年でもうイヤになって辞めたくなったのにさ」

「え、そうなの？　あんなに頑張ってたのに」

「いくら新しいネタを考えたって、いくらファンが応援してくれたって、毎日同じようなお客さんの前で、同じようなマジックしてるみたいに思えて。そう考えはじめたらどんどん不安になって、このままあと何年同じこと繰り返すんだろうって。それが働くってことなんだろうけど。三十にもなって、これでいいのかなって。正直、印子がマジシャンになるって出て行ったとき、オレ、マジックを辞めようと思ってた」

「そんな……」

「だけど印子がプロになるのに、オレが辞めたら負けるのを怖がって逃げるみたいで、辞めるに辞められなくなった。なんか挑まれてるのかなって思ってさ」

「そんなんじゃなかったんだよ。本当に、ユウトさんと同じこと感じていたかっただけ」

「それはわかったよ」

本当はわたしを見に来たのではなくて、師匠を見に来たの？　と問いたいができない。

「シマノを休んでるのは、何かあったからなの？」

「ああ、実は」

言いにくそうにして間を置いてから口をひらいた。

「店長の奥さんが、長く病気だったんだけど亡《な》くなったんだ。オレの昔好きだったひと。きれいなひとだった」

「え？」

あのスマホにあった画像の女性のことだとすぐにわかった。あの美しい女性は店長の奥さんになったのか。マモルが話してくれた過去のひどい失恋とはそのことか。そして亡くなってしまった……。

「ひとが亡くなるってそういうことかと思った。あんなにきれいなひとだったのに、最《さい》期《ご》は何本ものチューブにつながれて、やせ細って、髪もなくなって。好きだったひとが亡くなったショックもあるけど、自分もああやって死ぬんだと思ったらものすごく焦《あせ》った。このままでいいのかって。これからずっとシマノのステージだけで、マジシャンとして生きて行くのかなって考えたら、違うことがしたくなって、少し休もうと思った。でも休んでもやっぱりマジックしかできないのもわかって、けっこう八方ふさがりになった」

そんなことがあったのか。もはや、本当はわたしを見に来たのではなかったのね？　とは口にできない。

「あ、ユウトさん。師匠は、わたしとユウトさんのこと知ってるの。わたしが話したの」

「そうなの？」

「それで、ユウトさんがステージを休んでるって言ったことがあって、すごく心配して自分の経験を話してくれたの。きっとユウトさんに伝えたかったんだね」

いつか師匠から聞いたことを話した。クラブの専属マジシャンで、同じことの繰り返しで急に虚《むな》しくなったこと。そのときに、好きな人に見てもらいたいという思いで立ち直ったこと。旅公演に行ったこと。きっと父親として息子に伝えたかったことだ。

ユウトはじっとそれを聞いてくれた。なんどか頷きながら。

「いまは弟子に教えることも生きがいだって」

「わかった。ありがとう……」

「それで、ユウトさん、客席に見に来てくれたのは……」

「うん、長くステージに上がれるモチベーションはなんだろうって考えた。師匠と弟子の関係っていいなとも思ったな。オレ、うらやましかったんだな、きっと。印子にはいろんなひどいこと言ったけど」

やはり天鈴姐さんが言う通り、ユウトは悩みがあったためにわたしに当たっていたようだ。そしてやはり、客席に通っていたのは師匠を見に来ていただけかもしれない。

手術室から出てきたときには、師匠の頭は白い布で覆《おお》われていて、顔はかなり浮腫《むく》んでいたが血色が感じられる肌になっていた。麻酔が効いているだけで意識は戻るという。しばらく待ち合いコーナーにみんなが集まり、今後の仕事のことなどを決めていた。

夜遅くにブラウン姐さんが青森から到着し、わたしの両親がそろって見舞いに来てくれた。電話で事情を話したので、花かごとわたしの着替えを持ち神妙な顔で現れると、皆さんの前で身を折るようにして謝ってくれた。

「そんなことないです。インコちゃんのせいじゃありませんから」

奥さんがそう言ってくれる。ほかの兄姉弟子たちも、「そうですよ。インコちゃんが来るまでは、師匠、自分で鞄持ってたんですよ。インコちゃんのすぐ上の弟子は、忙しくてほとんど鞄持ちやらなかったんですから」とわたしを庇《かば》ってくれた。わたしのすぐ上の弟子であるブラウン姐さんのほうが、きまりがわるそうにふくれっ面《つら》をしていた。

早朝に師匠が目を覚ましたときには、奥さんとわたしと、ユウトが病室にいた。なぜか最初に出した声が、「ユウト君か?」だった。もう何年も会っていないはずなのに。

「はい。久しぶり……です」

照れるようにもじもじとユウトはそばに寄る。

「三軒茶屋で、大道芸やってただろう?」

発音がやはり少しおかしい。呂律《ろれつ》がよく回っていないようだ。

「うん、今年は休んじゃったんだ」

「ああいうことは、たくさんやるといい。人数は少なくても、初めてのお客さんに見てもらうのは楽しいよ。あとはな、お客さんを待っているんじゃなくて、届けに行くのがいいよ。日本全国、世界中でも、ユウト君のマジックを届けに行くの。エネルギーをもらえると思うよ」

「うん、わかった」

応える声が震えていた。ユウトがなんども洟をすすっている。呂律が気になって聞き流しそうになったが、師匠は三軒茶屋の大道芸と言った。つまりこっそりユウトのスケジュールを調べて見に行っていたということだ。ずっと息子のことを案じていたのだろう。

ほっとしたように目を閉じると師匠はまた眠ってしまった。ユウトは枕《まくら》もとの椅子に腰掛け、いつまでも顔をぬぐっていた。

ブラウン姐さんと交替で、わたしとユウトはいったん家に帰ることになった。駅まで一緒に歩いた。

「わたし、師匠に何かあったら、生きてはいられないと思った」

「相変わらず思い込みが激しいんだな」

手術後に聞かされた医師の説明では、頭の中の出血は少量ですべて取り除けたので、しばらくのリハビリで後遺症は残らず仕事にも復帰できるという。師匠の運のよさをみんなは口にしていたが、わたしは自分の運のよさのように思えて、運を決めている神様を思いうかべて心のなかで手を合わせて感謝した。

師匠の心配がやっと収まると、また例のことが気になって仕方がない。

「それで、ユウトさんに訊きたいことがあるんだけど」

「なに？」

「わたしのステージを見に来てくれたわけじゃなかったんだね。お父さんを見に来てたんだね」

やっと言えた。またネガティブな発言なのだが。

「うん。そうだね」

やっぱりそうか。喜んでいた自分がバカみたいだ。

「でもまあ、可愛くなったよ」

「うそ……」

「表情だけだけどな」

「ユウトさんが客席にいると思ってにっこりしてるんだよ」

「へえ、じゃあオレのステージも見に来てくれる？」

「え、行っていいの？」

「好きなひとが見てくれるとやる気が出るんでしょ？」

それはどういう意味なのか問いただしたかったけれど、やめておいた。こんなときはたとえ意味がわからなくてもポジティブにとらえるべきだ。バカみたいでも、わたしは素直に喜ぶべきだ。

ユウトの左手をわたしから取って手をつないだ。ユウトは何も言わずにそのまま歩いてくれた。

13 ミラクル *miracle*

三軒茶屋は街ごと賑《にぎ》やかだった。十月恒例の大道芸フェスティバルの初日だ。歩行者天国になった茶沢通りの中央がユウトの持ち場と聞いていた。

師匠はすぐに目星がついたようで、ひときわ大きな人垣に向かって歩いて行く。輪の中から拍手や歓声が上がっている。外側で立っているのはいつもの女性ファン。内側で体育座りをしているのは大勢の子どもたちだ。師匠とわたしは少し離れた歩道から見守ることにした。

あの事故の後、三カ月ほど療養をした師匠は、今年の二月から仕事に復帰している。ちょうど一年前、救急車で運ばれるほどのケガをしたことを思うと、毎日ステージに立ち、なんだか以前より元気そうに見えるのは師匠がマジシャンだからとしか思えない。長くマジックをしていると、少しは魔法が使えるようになっているのではないだろうか。

「師匠、びっくりしますよ。ユウトさん、変わったので」

「え、そんなに？」

人垣の中心にいるのがユウトだとわからないのか、師匠はしばらく眺めてから頬をゆるめて、わたしのほうを向いた。

「本当だな」

「そうなんです」とわたしも微笑《ほほえ》み返した。

ユウトは顔を白く塗ったクラウンのメイクで、丸く赤い鼻をつけている。カーリーヘアーに黒ハットを被《かぶ》り、衣裳《いしよう》はだぼだぼの青いコートだ。もともとの顔立ちの良さで、お人形のように可愛《かわい》らしいクラウンになった。

去年の暮れにユウトはシマノを辞め、フリーの大道芸人になった。数年前に路上でパフォーマンスをするためのライセンスを取っているので、東京都が指定する公園や広場、路上で、週末や日曜祭日にマジックを披露している。収入は観客の投げ銭という、その日稼ぎの不安定さではあるが、ユウトは生き返ったように目を輝かせ、毎日が楽しそうだ。

各地で行われるイベントや、個人的に催されるパーティーにもよく呼ばれる。ユウトがこれまでファンを大切にしてきたことが実を結び、フリーになっても仕事をくれるひとが多い。

「いいステージだね」

師匠が、ユウトの足もとの四角い革のトランクを指して言う。アンティークの大きなトランクでかなり頑丈なので、その上に乗って演技をしている。

「あれ、高かったんです。でもあのトランクがすべての始まりで、トランクに合うように衣装やメイクを考えたんです」

ふたりで大道芸の準備をするのは楽しかった。トランクの次には、音楽を流したりトークをするための小さなアンプとマイクを買った。マジック道具はトランクに入るものだけにした。子どもたちが喜びそうな、動物のおもちゃなどを使った笑えるようなもの。手伝ってくれた子どもにあげるキャンディーも用意した。

師匠の鞄持ちの合間を縫って、できる限りわたしも路上に行って手伝った。と言ってもライセンスがない者が手伝うのは原則禁止らしく、もっぱらお客さんとして場をもりあげ、先頭に立ってお札の投げ銭を帽子に入れたりとサクラに徹していた。

あれ以来、わたしのことを恋人と言ってくれることもなければ、誰かに紹介されることもないのだが、それはユウトの欠落しているところだと諦《あきら》めて、それも含めてユウトのことが大好きだ。いつかユウトから愛を伝えてもらえると淡い希望は持ち続けている。

路上のユウトはカードマジックを始めている。観客のひとりに、マジックペンでサインしてもらったカードを両手に挟んで持たせながら、そのカードを自分のポケットから出そうとしている。なんど出しても違うカードが出てきてしまい観客からブーイングが上がる。ユウトは泣き顔になって口の中から折り畳んだカードを引き出す。そっと広げてみると、それがサインの入ったカードだった。ユウトがニタッとすると、人垣のあいだから大きな笑い声が上がった。口から出したカードを、サインをしてくれた男性にプレゼントしようとして断られていた。

「じゃあ、僕はブラブラして帰るから。インコは行くんだろ？」

ユウトのマジックショーが終わってひと息つくと、師匠はわたしのことを気づかってくれた。今日これからのことは、前もって師匠に報告してある。

「はい、すいません。家までお見送りできずに」

「ああ、いいよ。お別れしておいで」

「はい。あ、夜の仕事には間に合いますから」

天鈴姐《ねえ》さんの家には喪服ではなく、オレンジ色のステージ衣装で行った。

葬儀告別式から四十九日目の今日、天鈴姐さんのお友達だけが集まって、お別れの会を催すことになっていた。しばらく住人がいなかった天鈴邸を、娘さんの好意で使わせてもらえることになった。

玄関では神谷支店長がテーブルを出して受付をしている。

「支店長、わたしもお手伝いします」

「ああ、じゃあ、和室のみなさんに、飲み物を頼むよ」

ステージのある和室は襖《ふすま》を開け放つと三十畳くらいもあるのだが、そこにざっと五十人は集まっている。

オペラ歌手やバレエダンサー、最近ではフィギュアスケート選手に入れあげて追っかけをしていた仲間がほとんどで、わたしとキヨミ、支店長もその仲間に加えてもらった。支店長は生前の天鈴姐さんからこの会のことを頼まれていたそうで、案内状や式次第の作成、受付から料理の手配まですべて取り仕切ってくれた。

キヨミも横浜の「わいわい座」で世話になったからと出席してくれ、さっきからわたしの付き人のように、ぴたりと後ろにくっついている。今日は敷き布団《ぶとん》というほどではなく高級羽毛布団に近い細かい花柄の服だ。ワインレッド色の眼鏡をかけた女性を見て、

「あのひと、天鈴姐さんの娘さんか？」と訊《き》く。

「うん。思ったほどわるいひとじゃなかった。弟さんが独身で無職だから、遺産相続のことですごく心配してたみたい」

「そうか。あとで名刺渡しとこうかな。マンションでも建てそうだし」

「やめてよ、こんなときに仕事は」

天鈴姐さんが言い遺《のこ》したということで、ご主人とほかの女性との間に生まれた息子さんも呼ばれている。会社を経営する方らしく、身なりのパリッとした真面目《まじめ》そうなイケメン男性だ。姉弟が三人揃《そろ》って会話している様子には感動を覚える。

「ユウトさんは？　来るのか？」

「三茶の出番がまだあるからね、休憩時間に来られたら来るって」

チームTENを組んだときに、この部屋にみんなが集まって練習したことが懐《なつ》かしい。キヨミだけ陰気だったが、ほかのみんなは笑いっぱなしだった。わたしと支店長の台詞《せりふ》が棒読みで、あまりにヘタな芝居だったからだ。

ここの小さなステージがわたしのマジックの初舞台だった。今日はステージの横に祭壇をつくり、うちの母親に頼んでピンクや白の可愛らしい色の花を飾ってもらった。お気に入りのブルーのワンピースを着た遺影も、とびきり可愛らしく微笑んでいる。

手伝いを終えると一番前の座布団に座り、ただぼんやりと遺影を見つめていた。四十九日も経《た》ってしまったというのに、天鈴姐さんとの別れがまだちゃんとできていない。

支店長からの電話で、「実は、天鈴姐さんが」という震える声を聞いたときも、わたしは泣かなかった。泣くどころか、心の中では笑いを堪《こら》えていた。みんなでわたしを引っかけているのだと信じきって。

築地にある大きなお寺での葬儀告別式は盛大なものだったが、参列者は親族とご主人や娘婿《むこ》の仕事関係の方々がほとんどで、まるで悲壮感がなかった。だからこれは、社会的なしがらみからさっさと縁を切りたいという、天鈴姐さんが考えた生前葬なのだろうと思った。遺影と同じブルーのワンピース姿の姐さんが現れて、「さあこれからは、相沢喜久子ではなく、松洋斎天鈴として生きるわ」と宣言する様子を思い浮かべていた。

横浜の「わいわい座」でステージに上がり、口から血のりを流しながらロープで首が絞まる演技をした天鈴姐さんだ。誰よりも演技が上手《うま》かった姐さんだ。体力のあるうちにと、気候も穏やかな九月に大掛かりなマジックショーを計画して、参列者をあっと驚かせようとしているんだ。式の最後に棺《ひつぎ》からマジックで現れた姐さんが、いつもの観音様のような笑みで「騙《だま》してごめんなさいね」と、両手を広げたポーズをつくる。

出棺のときまで、わたしはその瞬間を楽しみにしていた。どこかにマジシャンが隠れていて登場するはずだ。棺の上に飛び乗り、白い布を持ち上げて下ろした瞬間に天鈴姐さんと入れ替わっているというマジックだろう。上手く行くだろうか、ちゃんと練習したのだろうか。そんなことまで考えて、心配しつつわくわくしながら待っていた。

霊柩車《れいきゅう》に棺が乗せられて、走り去ってもわたしは天鈴姐さんを待っていた。手を握って大笑いするつもりで待っていた。それからずっと待ったままでいる。

支店長の司会でステージに上がったお友達代表が、天鈴姐さんの思い出を語ってくれている。

「喜久子さんとは、なんども海外旅行に行きました。気さくで楽しくて」

そう言えば天鈴姐さんと呼ぶのも、わたしたちチームTENの五人だけだった。奇術師だったころを知る者はいないのか。それがすごく寂しい。

食事を終えるころ、ユウトが白塗り痕《あと》が残る顔で駆けつけてくれた。葬儀告別式に参列できなかったのでお別れがしたかったそうだ。

支店長がわたしに「じゃあ、そろそろ」と合図をして司会席に立つ。

「では、ここで、喜久子さんのマジック仲間で、いまはプロのマジシャンとして活躍しています、マジーインコさんに、喜久子さんの好きだったマジックを披露していただきます」

支店長が音楽をかけてくれた。少し緊張したが大きく息を吐いて力を抜き、左手で道具を載せたテーブルを持ってステージに上がった。

「喜久子さんが得意だったマジックです」

天鈴姐さんが使っていた道具を使い、色とりどりのくす玉をステージにたくさん並べた。音楽を止めてもらい、話しながら演技をすることにした。

「亡《な》くなったひとにもう会えないということは辛《つら》いです。また会いたいです。できたら生き返ってほしいです。でも生き返らないのはわかっています」

ロープマジックのタネを手にとった。長いロープを見せて半分に折り、真ん中にハサミを入れた。それをそっと伸ばすと、切れてはおらず長いロープのままだ。

「マジックでは、こうして切っても、また元通りになります」

もう一度真ん中を切って、長いロープに戻した。

「なんど切っても、元に戻ります。こんな風に、亡くなったひとも元に戻るといいです。

マジックの始まりは、そんな思いだったのではないかと思います。元に戻ったらいいな。元に戻ってくれないかなって、そんな、どうにもならない思いを、マジックに託していたんじゃないかなって」

ロープを切っては伸ばすマジックをなんども繰り返した。涙が下目蓋《まぶた》にたまっている。

支店長が立ち上がってステージに向かってきた。すでに顔中が濡《ぬ》れている。

「僕もそう思っていました」

コインマジック用のバケツを手にしてそれを逆さまにして見せる。

「いなくなってしまった家族が」

空中に手を掲げ、指のあいだからコインを出す。それをバケツにカランと音をたてて入れる。

「こんなふうに戻ってきたらいいな。ばらばらになった家族もこうして、またひとつの所に戻ってきたらいいなって、先人はこのマジックを作ったんだって思います」

何個もコインが指のあいだから現れて、カランとバケツに入る。

こんどはわたしが新聞紙を手にして、半分に折ったものをびりびりと破いた。

「こんなふうに、別れてしまった恋人も」

その新聞紙を小さく折りたたんで開くと、もとの新聞紙の大きさのまま。

「もう一度もとに戻らないかな。また仲良くできないかなって、そんな思いでマジックをやるようになったんだと思います。違うかもしれませんが、そう思いたいです」

支店長が声をあげて泣き出した。それを見て、わたしだけは泣かずにちゃんとお別れを言おうと思った。

「喜久子さんは、かつて松洋斎天鈴という芸名で、世界的に活躍した奇術師で、ご主人と大恋愛をしました。そのとき、客席に観《み》に来てくれていたご主人と見つめ合って、愛を確かめ合ったんです。わたしは、ステージですごく緊張したときにその話を思い出して、好きなひとが客席にいると思って微笑むようにしています。それから、もうひとつ天鈴姐さんに教わりました」

堪えきれず嗚咽《おえつ》がもれそうになり、ぐっとがまんした。

「どうしようもなく悲しいとき、一時《いっとき》でもマジックに癒《い》やしてもらえるということです。天鈴姐さんが亡くなって、やっとそれがわかりました。だからわたしは、マジックが好きなんだということに気づかせてもらいました。すごく感謝しています。わたしの大切なお友達でした。ありがとうございます」

大事なひとの命と引きかえに、わたしがマジックをやる意味を教わってしまった。もう一生マジックと別れられない。ずっとマジックに振り回されて、助けられて生きて行く。

皆の拍手をもらい、わたしは天鈴姐さんの遺影に向かって精いっぱいの拍手を送った。

ユウトを見送りに表に出た。

大道芸フェスティバルの出番があと一回あるそうで、近くの駅まで歩いた。

「印子、来年の八月って仕事休める？」

「どうして？」

「エディンバラに一緒に行かない？」

「国際フェスティバル？」

「うん。行くことに決まった」

「よかったー。おめでとう」

毎年八月にスコットランドのエディンバラで国際フェスティバルが行われ、世界中から集まった大道芸人たちがパフォーマンスを繰り広げる。その日本代表のひとりにユウトが選ばれたのだ。

「印子が客席にいてくれないと、やっぱり不安なんだ」

素っ気なく、こちらを見ずにユウトはそう言った。

思わずユウトのカラダに抱きつきそうになった。これはユウトにとっては最大限の愛の告白なのではないだろうか。

ずっと待っていた言葉をやっと聞けた喜びで、泣いてもいいような場面だと自分でも思う。でもなぜか言いたいことが頭のなかに浮かんできた。

「ユウトさん」

「ん？」

「甘ったれるな！」

「え……」

立ち止まってユウトと向き合った。

「ユウトさんをすごく尊敬してる気持ちは変わりないよ。ずっと同じだよ。ユウトさんは偉大なマジシャンだと思ってる。だから言えるんだけど、甘ったれないで」

「うん……」

「わたしが客席にいなくても、いると思えばできる。わたしも、ユウトさんが客席にいなくても、お客さんの全員がユウトさんだって思ってやってるんだもん」

「うん」

「見てるよ。いつでも、どこにいても」

ユウトを叱《しか》るような言葉を平気で口にしている自分に驚いた。いつの間にかわたしは、ユウトと向き合えるくらいの自信を身につけていたのか。

「それ怖いな」

「え？」

「お客さんの顔が全部印子だったら怖い」

ふたりでひとしきり笑ってから、ユウトはふっきれたように「わかった」と言った。

「オレがマジック好きなワケ教えてあげようか」

「なに？」

「印子が言ってた、失《な》くした過去の再生って意味もあると思うけど、オレの場合、未来だな」

「未来？」

「人間の脳にはまだまだ隠された能力があるって言うだろ？ いつか本当に手のひらからコインが出せるようになるかもしれない。シルクハットの中から実際にハトを出せるようになるかもしれない。ありえない夢でも現実になるかもしれないっていう希望。オレにとってのマジックは未来への夢と希望。だから好きなんだ」

「なんでもできそうな気がしてくるね」

わたしの考えとは違うことを得意げに話すユウトが頼もしかった。そして可愛らしかった。やっぱりユウトが愛《いと》おしい。かっこよくて可愛げがあって、マジックの天才だと思う。

知らぬ間に手をつないで肩を並べて歩きはじめていた。初めてユウトのほうから手を握ってくれた。にやけてしまいそうになるのをごまかしながら、わたしは背すじを伸ばして歩いてみた。

ブラウン姐さんとの新しいユニットの名は「ミラクル」に決まった。来年の春、お披露目のショーを催す。師匠に相談しながら当日のネタを決め、道具を買ったり練習をしたりの作業を、各々《おのおの》の仕事の合間を縫って進めている。

今日の打ち合わせは午前十時に約束していた。九時半に師匠の部屋に着くと、すでにテーブル席には師匠とブラウン姐さん、もうひとり知らない女の子が座っていた。十八歳くらいだろうか。高校を卒業したばかりという見た目だ。

「この子ね、こんど弟子に取ることにしたから。インコの妹弟子だな。いろいろ教えてあげて」

「あ、あの、がんばりますので、よろしくお願いします」

小さな声でそう言うと、立ち上がってペコリと頭を下げた。

「よろしくね」と応じながら、焦《あせ》った。身が引き締まるとはこのことか。師匠はよく「後輩ができたときのために」と口にしつつわたしを叱ったものだが、実際にそうなってみるとものすごく責任を感じる。こんどは、わたしが後輩に教える立場なのか。

「師匠、わたしビシビシ仕込んでいいですか？」

「え、いいけど、あんまり苛《いじ》めないでね」

「苛めないですけど、叱ります」

わたしは妹弟子の目を見て言った。

「しばらくは叱られることが仕事だと思ってね」

彼女は「はいっ」と言って身を硬くした。師匠とブラウン姐さんが顔を見合わせて笑いを堪えている。二年半前のわたしもブラウン姐さんに同じことを言われて、ガチガチに緊張していたからだ。

「姐さん、わたしお披露目会のネタ思いつきました」

「どんなの？」

「お料理マジック。ステージにキッチンのセットを作って、壁にかかっているカボチャの絵から、本物のカボチャを出すんです。電球をひねったらそれが玉ネギになって、窓のカーテンを閉めてもういちど開けると外がプチトマト畑になっている。それらを使って料理を作るんです」

「うん、いいかも」

「ストーリー仕立てにして、食材がみんな意志を持って、なかなか料理させてくれないというのはどうでしょう。カボチャを切ったはずが、お鍋《なべ》に入れるとまた元に戻ってる。玉ネギ、トマトも刻んだはずが元に戻る。卵を割ってフライパンに入れたはずがフタを開けると鶏になっているんです。食べものには命があるっていうメッセージにもなるかと思います」

マジックのことを考えるのは面白い。失敗だらけの過去も、緊張ばかりであろう未来も、すべてが面白いマジックに変えられる。わたしがここにいることも、こんなに面白いひとたちと出会えたことも、まさに最高にミラクルなマジックだ。

「面白いじゃない。どうですか、師匠」

「うん、インコは料理が上手いからな。ブラウンはできないよな」

「じゃあ、私は食材になります。輪切りにされてもなかなか死なないの」

「それはちょっと、ブラックだ。ブラウンがブラックになる」

「うわー、師匠のギャグ、聞きたくなかったー」

新しく入った女の子が「ふふ」と小さく笑った。それを聞いて、三人が順に伝染するように吹き出した。

いつかひとりで大きなステージに立ち、やってみたいマジックがある。黒一色だったステージが一瞬にしてオレンジ色のコスモス畑に変わるのだ。遠くに夕焼け空が見え、鳥が飛んで行く。どこからかカレーの匂《にお》いが漂ってくるなんていうのも面白い。

どんなことでも、近い未来に叶《かな》いそうな気がする。

《**参考文献**》

『マジック大全』松田道弘（岩波書店）
『図解　マジックパフォーマンス入門』カズ・カタヤマ（東京堂出版）
「なぜマジックは不思議なのか」酒井邦嘉、前田知洋（東京大学出版会『芸術を創る脳　美・言語・人間性をめぐる対話』所収）

＊本書の執筆にあたり、プロマジシャンの横山俊之介さんに多大なご教示をいただきました。
この場を借りてお礼申し上げます。
著者

この作品は平成二十八年四月新潮社より
『オレンジシルク』として刊行された。
文庫化に際し改題を行った。

デザイン　川谷康久（川谷デザイン）

一生《いつしよう》に一度《いちど》のこの恋《こい》に
タネも仕《し》掛《か》けもございません。

新潮文庫　か－83－1

平成三十年六月一日発行

著者　神《かん》田《だ》茜《あかね》

発行者　佐藤隆信

発行所　株式会社 新潮社

郵便番号　一六二―八七一一
東京都新宿区矢来町七一
電話 編集部(〇三)三二六六―五四四〇
　　 読者係(〇三)三二六六―五一一一
http://www.shinchosha.co.jp

価格はカバーに表示してあります。

印刷・錦明印刷株式会社　製本・錦明印刷株式会社

ISBN978-4-10-180126-1 C0193